U0109335

古典詩歌研究彙刊

第十九輯

龔鵬程 主編

第 7 冊

陳衍詩學研究
——兼論晚清同光體（上）

吳姍姍 著

國家圖書館出版品預行編目資料

陳衍詩學研究——兼論晚清同光體（上）／吳姍姍 著 — 初版
— 新北市：花木蘭文化出版社，2016〔民 105〕
目 4+244 面；17×24 公分
（古典詩歌研究彙刊 第十九輯：第 7 冊）
ISBN 978-986-404-466-5（精裝）
1. 陳衍 2. 詩學 3. 清代詩 4. 詩評
820.91 　　　　　　　　　　　　　　　105001548

ISBN-978-986-404-466-5

9 789864 044665

古典詩歌研究彙刊
第十九輯　第七冊　　　　　　　ISBN：978-986-404-466-5

陳衍詩學研究——兼論晚清同光體（上）

作　　者　吳姍姍
主　　編　龔鵬程
總 編 輯　杜潔祥
副總編輯　楊嘉樂
編　　輯　許郁翎
出　　版　花木蘭文化出版社
社　　長　高小娟
聯絡地址　235 新北市中和區中安街七二號十三樓
　　　　　　電話：02-2923-1455／傳真：02-2923-1452
網　　址　http://www.huamulan.tw 信箱 hml810518@gmail.com
印　　刷　普羅文化出版廣告事業
初　　版　2016 年 3 月
全書字數　342566 字
定　　價　第十九輯共 8 冊（精裝）新台幣 12,800 元

陳衍詩學研究
——兼論晚清同光體（上）

吳姍姍　著

作者簡介

吳姍姍，臺南市人，國立成功大學中國文學系博士。原畢業於私立世界新聞專科學校，1992 年以同等學力考入成功大學中國文學研究所碩士班，畢業論文《元雜劇中的通俗劇結構》，2006 年獲博士學位。學術專長為陳衍、晚清詩論、蘇雪林、五四文學。

提　　要

　　本論文以陳衍詩論為主要考察對象，而提出晚清「同光體宗宋」之商榷。主要描述兩大背景，其一，敘述陳衍詩學內容，由於同光體是清朝末期之詩歌體派，許多詩學觀念大多已被提出討論，但即使歷代詩論家都提過的問題，到了陳衍仍有其接受或修正，此部分對陳衍詩學之探析著重在其與前代之流變演化；其二，對近代以來「同光體宗宋」的流行答案提出商榷。目前的同光體研究，有兩個主要論點：一，在「宗宋」的角度看同光體；二，對清代而言，「宗宋」是復古，所以得到的結論是同光體的文學價值頗低。本文提出同光體「宗宋」之商榷，從陳衍詩學看到同光體有自身的特色與意義，前人的研究，以未經權衡之「宗宋」角度切入，同光體的研究因此模糊，故本文以陳衍詩學為出發點，而不預設「宗宋」立場，重新審視同光體。

　　論文章節分為五部分。第一部分是陳衍詩學的歸納整理，包括第二章至第五章，透過陳衍論詩的本質、創作、源流以及選詩評詩，從詩學基礎考察同光體，由陳衍論詩所擴大延伸的同光體論題也才能是有根本的。陳衍作為同光體的發言人，主要成就是詩論詩評，透過其詩論之分析，可以了解陳衍對於詩的思維，以及對前代之承襲與修正，此一部分可呈現同光體的詩歌理論。

　　第二部分是同光體的文學社會性研究，主要針對同光體的形成與發展進行文學、時代、社會的觀照。據陳衍所言，同光體是指清同治至光緒年間，不墨守盛唐的詩人，而同光體之名是陳衍與鄭孝胥所定，此詩人群體當中，陳衍譽沈曾植為「同光魁傑」、陳三立為「稱雄海內五十年」者，故以陳衍、鄭孝胥、沈曾植、陳三立四人為同光體之代表詩人，說明同光體詩歌特色，而沈曾植與陳三立是從陳衍、鄭孝胥之同光體原義偏離出去之同光體別支。

　　第三部分提出「同光體宗宋」之商榷。從清代唐宋詩之爭論題，分述清初至盛清之宋詩觀與晚清之非宗宋詩觀。清代宋詩論，除了少數情緒化之強調擁唐或擁宋者，大多數傾向融合折衷唐宋，此現象說明清代宋詩論已取消唐宋詩之絕對，朝向相對與融合的思維。當事物與自身之外的對象之間的對應關係是相對性，事物本身即具活動力，並且釋放出足可鬆動的空間；尚有空間，因此能夠容受，向外開啟，便能引進新力量。

第四部分為同光體之共時性考察，理論基礎是同光體之反對者的言論。晚清反對同光體有兩條線索：反宋詩與反陳衍；從這兩線索之言論，分析同光體之共時性舞台上的相反論述，以反求正，從反宋詩與反陳衍襯映晚清詩壇對同光體的兩種態度。

　　第五部分為陳衍詩學之時代意義。同光體在晚清以唐宋詩之爭的結構，因「宗宋」而被當世與後代理解或誤解，但是陳衍詩學透過唐宋詩之爭，其實正在轉化新舊文學之爭。化解同光體宗宋之誤讀，中國現代新文學之機不在詩界革命的「革命」，而在中國古典詩學的內在反省，契機在自己。

　　本文旨在經由陳衍詩學描述「同光體宗宋」此一流行的答案是在誤讀的場域產生的權力話語，去除權力誤讀，同光體有自身存在的意識，自由存在意識方能開啟創造，創造的勇氣是不論古典詩或現代詩的生命所在。於是，清詩有自己面目，並非末代垂落。

目

次

第一章　緒　論

一、研究的問題

　　本書撰述範圍，以陳衍詩論為主，以及所處文學歷史背景中的詩學理論消長，討論同光體在晚清之意義與價值。陳衍，字叔伊，號石遺，福建閩侯（今福州市）人，生於清咸豐六年（1856）四月八日，卒於民國二十六年（1937）七月八日，〔註1〕是同光體主要發言人，在晚清至民國年間具有影響力之論詩著作是《石遺室詩話》三十二卷、《續編》六卷（以下稱《詩話》、《續編》），〔註2〕著作主旨在宣揚同光體理論。〔註3〕本書透過陳衍《詩話》及相關詩文之分析，欲呈顯陳衍詩學系統並提出「同光體宗宋」的商榷。所探討的問題如下：

〔註1〕陳衍之子陳聲暨所編：《侯官陳石遺先生年譜》，《石遺先生集》第11冊，（臺北：藝文印書館，1964）。

〔註2〕陳衍詩文收在《石遺先生集》中，此版本並收錄有陳聲暨〈侯官陳石遺先生年譜〉、錢基博〈石遺先生壽序〉、唐文治〈石遺先生墓志銘〉，（臺北：藝文印書館，1964）。而《詩話》與《續編》收錄於《陳衍詩論合集》上冊，詩敍收錄在下冊之〈石遺室論詩文錄〉。此外，陳步編有《陳石遺集》，（福州：福建人民出版社，2001），而沒有臺灣藝文印書館之年譜、壽序、墓志銘。本文參考此三書，各標出書名。

〔註3〕曾克耑〈論同光體詩〉：「石遺室詩話這部書，真可以說是同光體的宣傳總部，開派及中間分子。」《頌橘盧叢蕙》第4冊，（香港：新華印刷公司，1961）。

（一）陳衍詩學

　　《詩話》是陳衍論詩之代表作，在晚清詩壇具舉足輕重之地位，該書乃陳衍應梁啓超之請，民國元年於《庸言報》連載之論詩文章，〔註4〕衡量古今，風行海內，當時，人爭欲求得陳衍一言以爲榮，後生奉爲圭臬。陳衍主盟晚清詩壇泰半因《詩話》著作之影響，有批評故有討論，人人爭相求教。邵鏡人《同光風雲錄·陳衍》云：

> 石遺室詩話，網羅尤富，引錄批評，亦極至當，時人稱之爲詩壇救主，信不誣也。……於古今詩派，無所不包，亦無所不容，讀之者，探本尋源，處處可通，其加惠於詩壇，不亦鉅歟！〔註5〕

推崇《詩話》在當時詩壇網羅豐富、教人探本求源之貢獻。陳衍之子陳聲暨編《侯官陳石遺先生年譜》卷一云：

> 家君官不及五品，舉不過乙科特科，而生平學問事蹟關繫數十年來學界政界者不小，大略散見於詩文集及平日手邊日記。然日記筆墨未經修飾，不許示人。〔註6〕

陳衍《詩話》及詩文集保存了其學問思想。又曾克耑〈初學做詩的三部書〉讚揚《詩話》之功績：

> 他平生論詩，當然是提倡宋詩，（其實宋詩王蘇黃陳，哪一個不出於杜韓，不過把唐詩膚廓的地方去掉罷了，也可以說宋詩即是唐詩精粹的揀擇和發揮）……不論同光時期在朝在野凡是倡杜韓蘇黃的幾位大師作品能傳出去，風氣廣

〔註4〕黃霖：《近代文學批評史》：「《石遺室詩話》初發表於1912年梁啓超主編的《庸言》雜誌上，後陸續於《東方雜誌》、《青鶴雜誌》上連載，抗戰前夕，無錫國學專門學校又刊以《續編》，總成四十二卷，篇幅之浩繁，爲歷代詩話之冠，在近現代舊詩界影響巨大，故『時人稱之爲詩壇救主』（邵鏡人《同光風雲錄》）。」（上海：古籍出版社，1996），頁125。另外，錢仲聯：《夢苕盦論集·論同光體》云，《石遺室詩話》於一九一四年印行十三卷，一九二九年由商務印書館出版三十二卷全本，抗日戰爭前年，再由無錫國學專門學院刊出續編。楊淙銘：《石遺室詩話研究》亦有〈石遺室詩話之成書經過〉。

〔註5〕周駿富輯：《清代傳記叢刊》第六十二冊，頁657～659。

〔註6〕《石遺先生集》第十一冊，（臺北：藝文印書館，1964）。

播出去，和一般同時詩人所做的好詩能夠引起一般人的欣
賞，以及後之作者之能夠走入正確途徑，都不能不歸功在
這部書。〔註7〕

看來，《詩話》於晚清詩壇的價值乃在提倡唐宋詩之精粹。然而，譽
者有之，毀者亦俱在，徐珂《清稗類鈔・文學類》〈姚鵷雛評近來詩
派〉：

若同光體詩人，海藏石遺聽水之倫，與義寧公子散原精舍
詩，出入南北宋，標舉山谷荊公後山宛陵簡齋以爲宗，枯
澀深微，包舉萬象，而學之有得者殊鮮，前有林晚翠，後
有李拔可，差爲此宗張目耳。〔註8〕

批評同光體詩人「學之有得者殊鮮」，言下之意，同光之成派是白費
心機，雖爲一偌大宗派，但後生紹繼者只有林晚翠、李拔可二人。評
論雖各有毀譽，但在毀與譽之間重新梳理評估，可還原陳衍詩學在中
國古典詩史之位置。

　　本書第二至第五章即從陳衍《詩話》、評選《宋詩精華錄》、爲詩
友所作之詩敘等論詩文字，歸納出陳衍詩學體系。

（二）同光體

　　陳衍於《詩話》卷一說明所謂「同光體」是：

　　同光體者，余與蘇戡戲目同、光以來詩人不專宗盛唐者也。

蘇戡，即鄭孝胥，字太夷，別號蘇戡，一稱蘇盦，福建閩縣人，與
陳衍共領晚清閩詩壇數十年之久。陳衍此語有兩個範圍：一、「同光
以來」，二、「不專宗盛唐」；前者較無疑義，指同治、光緒年間；至
於後者，「不專宗盛唐」未必意指「宗宋」，因爲，陳衍固然沒有明
確表示同光體「非宋詩派」，但相對地，陳衍也從來沒有說同光體「是
宋詩派」，況且，「學宋」並非同光體主要前提，而是以「不專宗盛
唐」爲宗旨，陳衍以此劃分，其意在區別當時以王闓運爲首之湖湘

〔註7〕曾克耑：《頌橘廬叢槀》第三冊，頁117。
〔註8〕徐珂：《清稗類鈔》第八冊，（臺北：臺灣商務印書館，1983），頁142。

派，〔註9〕並沒有直接指明同光體即宋詩派。

自錢仲聯以至目前學界研究幾乎一致指稱「同光體宗宋」、並貶抑同光體在中國古典詩論史之價值。早期錢仲聯、曾克耑的說法是以地域性角度首稱同光體爲「閩派」，〔註10〕然而，陳衍〈劍懷堂詩草敘〉有云：

> 吾閩詩人，至宋而大昌，……。今之人喜分唐詩、宋詩，以爲浙派爲宋詩，閩派爲唐詩，咎同、光以來，閩人舍唐詩不爲而爲宋詩。〔註11〕

同光以來，閩詩人被批評爲「舍唐詩不爲而爲宋詩」，而陳衍定義同光體爲「同光以來，不墨守盛唐」，於是論者將這兩句話各取一言的交集點：同光體就是「宋詩」。並且「閩人爲宋詩」，再以陳衍爲了標榜聲氣而倡言閩詩人，故又將同光體視爲閩派詩，然而，同光體並不能與閩派詩劃上等號。

同光體被後世誤解，基本原因在於學者都未從陳衍詩論談起，反而從淵源、學習對象、詩歌賞析等旁線進行討論，因此，同光體的「流行答案」成爲「宗宋」，甚至與黃宗羲、葉燮、浙派、秀水派、肌理說、格調說、桐城派等都有了關係，此或許可以視爲一個詩歌流派之溯源與發展的考察，但是，同光體似乎並沒有因此而得以明晰，亦無從得見同光體之自我特色。若此，則同光體何必是同光體？「同光體」以陳衍之說法，本身已有非常明確的時間義界，更重要的：它是發起人自己定名的，而非由同時代或後代人爲其命名，是

〔註9〕 錢鍾書：《錢鍾書集·石語》：「鍾嶸《詩品》乃湖外傖體之聖經，予作評議，所以搗鈍賊之巢穴也，然亦以此爲湘綺門下所罵。」陳衍稱王闓運湖湘派爲湖外詩，其評議鍾嶸《詩品》乃間接反對王闓運。（北京：三聯書店，2001）。

〔註10〕 錢仲聯：〈論同光體〉指出同光體包括三流派，即閩派、江西派、浙派。《夢苕盦論集》，（北京：中華書局，1993），頁 419～436。曾克耑〈論閩派詩〉云：在同光體中，就地域來分，有三大派，即吳派、新江西派、閩派。《頌橘廬叢藁》第六冊，（香港：新華印刷公司，1961），頁 1406。

〔註11〕 《陳衍詩論合集》下冊，頁 1059。

一個本身有意識的、獨立的體製觀念，而發展成的詩人群體。

　　「同光體」自出現於晚清詩壇就屢遭同代與後世之詰責多於褒讚，各方詰難的立場乃始終站在「以宋詩去檢驗同光體」，本書不採取此立場，即不先從宋詩去談同光體，而是回到陳衍詩文、詩論資料中，釐清同光體的「陳衍的說法」，據以深入研究其詩學觀念，從詩論脈絡勾勒出陳衍詩學，再對照後世所論之同光體，而使同光體有清晰面貌。

　　本書第七章即敘述同光體形成的文學、時代、社會背景，並以陳衍、鄭孝胥、沈曾植、陳三立作為同光體代表詩人，分析其詩歌特色。

（三）晚清詩學

　　「晚清」，學界一般之斷限時間乃從鴉片戰爭爆發到辛亥革命成功（1840～1911），由於研究主題或對象不同，又有「清末」、「清季」之名，〔註12〕陳衍《詩話》、同光體詩派均屬晚清詩學之範疇。蔡鎮楚《中國詩話史》卷六〈近代詩話〉指出近代詩話繼承宋元以來的詩話創作傳統，又是新時代風氣變革的產物，有「明顯宗宋」傾向，〔註13〕此說法雖然抓住了重點，但還有可議空間，其紛雜細微之處仍待釐清。僅以詩人身分來說，晚清詩人雖然身居廟堂，而他們詩

〔註12〕李瑞騰：《晚清文學思想論》〈緒論〉所引：孫廣德《晚清傳統與西化的爭論》、王爾敏《晚清政治思想史論》、周陽山與楊肅獻合編《近代中國思想人物論——晚清思想》、小野川秀美《晚清政治思想研究》、何信全《晚清公羊學派的政治思想》、汪榮祖《晚清變法思想論叢》、康來新《晚清小說理論研究》等書，皆以清代最後七十年間為研究對象，也有因研究主題的特殊性而縮短期限，在此情況下，學者便不稱「晚清」，而稱「清末」「清季」，而李瑞騰認為晚清文學思想真正起大變化是在甲午之後，因此該書所採時間斷限為甲午之戰（1894）到辛亥革命（1911）。（臺北：漢光文化事業，1992），頁 8～10。

〔註13〕蔡鎮楚：《中國詩話史》卷六〈近代詩話〉指出近代詩話繼承宋元以來的詩話創作傳統，又是新時代風氣變革的產物，其主要特徵是：一、強烈的政治性和戰鬥性，二、明顯的宗宋傾向，三、具有兩面性特點，四、題材內容和表現手法的開放性。（長沙：湖南文藝出版社，1988），頁 316～321。

作中多紀遊山水、感發抒情，至於「明顯宗宋」則非絕對，晚清著
名的《湘綺樓說詩》、《飲冰室詩話》即不宗宋的兩部著作。

　　因此，在分析陳衍與同光體的同時，對於晚清詩壇必須一併觀
照，才能了解陳衍詩學的特點。本書第六章與第九章即以晚清宋詩論
及反對同光體的言論，呈顯晚清詩學與同光體的相互關係。從兩者關
係，可了解同光體與當代不同派別之間的互動影響，以及晚清詩人對
當代或前代詩論的反應，詩人作爲群體存在，如何爲自己說話，形成
歸屬；而，作爲與流行群體同時的非主盟者，他們又如何反對當時的
主流論述，藉以爭取自己的一方發言權力。

　　中國文學批評史習慣視清代文學特色爲「集大成」，〔註14〕一般
的說法，每當改朝換代，研究者總喜以「天崩地解」歸結該時代的一
切現象都逃不過劇變命運之說法。相對地，許多研究的結果即是「劇
變的時代有其劇變現象」，但以時代而言，清末民初不僅改朝換代，
隨著朝代改變所更替的還有政治制度、社會思潮、文人心態等，也就
是它不只改變一個朝代的名稱，是從裡到外的改換，這樣的「劇變」
恐怕不同於中國三千年來歷朝歷代的盛衰興亡模式可相比擬。而時
代劇變時，所謂保守復古思想便以遺老之姿存活著，清代作爲中國
最後一個王朝，若清代之前的任何一種詩論都是「復古」，而同光體
的「復古」何以又能影響清末民初詩壇？所以，晚清至民初，近代
中國遭遇巨大歷史變革，伴隨此一巨大變革而來的重要事件是西學
介入，引起了新舊文學之爭，則「唐宋詩之爭」詩學觀念的轉化在
中西衝突下的脈絡爲何，以及陳衍詩學在晚清有何重要意義，乃本
文所提出的結論。

　　由於本文描述陳衍詩學而非時論所研究的大範圍之「同光詩
人」，又以「同光體宗宋之商榷」爲核心，問題之提出與目前坊間之

─────────

〔註14〕郭紹虞：《中國文學批評史》〈清代文學批評概述〉：「清代的文學批
　　　　評，四平八穩，即使是偏勝的理論，也沒有偏勝的流弊。若再由這
　　　　一點而言，則清代的文學批評，更可稱爲集大成的時代。」（臺北：
　　　　文史哲出版社，1990），頁439。

研究焦點有異，故對於前人論文引述較少，主要根據材料是陳衍詩文。本論文從陳衍詩論被分出去的叉線入手，把目前對同光體的慣性解釋之分叉線索再收聚回來，嘗試以陳衍詩學為核心，釐清同光體被誤解的部分。

二、研究方法與選材

本論文採歷時性、共時性交叉研究，以文藝學的研究方法，縱線上下清初、清中葉、晚清詩論，橫線則觀察與陳衍同時代之重要詩論家之說。即：從陳衍詩論中，就詩之本質、創作、源流、鑑賞方面勾勒同光體之詩學觀念，並同時關照同一時代中的「異」與「同」。以陳衍為座標，參考清代宋詩論，分析清代初、中葉詩論家對宋詩之接納與排斥，並以與陳衍同時代的幾位有重要作品行世的作者，比較其詩學觀念之異同。

詩話是研究清代詩學的一個基礎。本文所參考的詩話，除了陳衍《詩話》與《續編》之外，尚有嚴羽《滄浪詩話》、丁福保編《清詩話》、《清詩話續編》、臺靜農編《百種詩話類編》、杜松柏主編《清詩話訪佚初編》、張寅彭主編《民國詩話叢編》等。〔註15〕

三、目前的研究

最近四十年的同光體研究，可依四種類別言之。一是有關同光派或陳衍詩論的研究，較早有尤信雄〈清代同光詩派研究〉，〔註16〕後有楊淙銘《石遺室詩話研究》，〔註17〕是早期以單篇論文、專書形

〔註15〕郭紹虞校釋：《滄浪詩話》，（臺北：里仁書局，1987）。丁福保編：《清詩話》，（臺北：木鐸出版社，1988）。《清詩話續編》，（臺北：藝文印書館，1985）。臺靜農編：《百種詩話類編》，（臺北：藝文印書館，1974）。杜松柏主編：《清詩話訪佚初編》，（臺北：新文豐出版社，1987）。張寅彭主編：《民國詩話叢編》，（上海：上海書店，2002）。
〔註16〕尤信雄：〈清代同光詩派研究〉，臺灣師範大學《國文研究所集刊》第十五期。
〔註17〕楊淙銘：《石遺室詩話研究》，臺灣師範大學國文研究所碩士論文，1988 年 5 月。

式出現的研究論述，但僅對《詩話》作歸納分類敘述，指出現象，關於陳衍詩論在晚清的問題沒有深入分析，陳衍之詩學理論歸納亦過於簡單。〔註18〕尤信雄另有〈清代同光派之詩風與特色〉〔註19〕一文，論點多承襲汪辟疆與錢仲聯之說。張健有〈石遺室詩話研究〉，〔註20〕從原理論、方法論、體裁論、批評與鑑賞論、實際批評五個部分，董理詮釋《詩話》，並加以評價。除了針對同光派的這兩篇論文與《詩話》的一本碩士論文之外，另有將同光體以附屬的身份作研究，這個方式較常出現在近代文學史著作中，而將同光體稱為「近代宋詩派」。

　　第二類為通論研究，其中又分詩論、文學史兩部分。詩論之研究將同光體置入不同的名稱之中，而主題則談「近代宋詩派」。例如：一、視為「近代宋詩派」之一支，如吳淑鈿《近代宋詩派詩論研究》第一章〈導論〉：

> 到了清代此末代王朝的後期，中國社會受到歷史性的衝擊的時候，一部分舊派文人擷取其中的養份，以為創作的指標，指標的選擇又意味傳統詩說的回歸；將道德主體與創作主體合而為一，表現重德的人文精神，遙應孟子的「知人論世」說。我們將道咸至同光間一群在詩學上有這種共識的詩人稱為近代宋詩派。〔註21〕

吳淑鈿的定義有四個要點：道咸至同光年間、舊派文人、傳統詩說、重德的人文精神，此為某一段時間（所謂近代）的歷史研究，是以時代與思潮為範疇去談，則同光體只是在此歷史主題中附屬的一個環節，並非專論同光體。其〈近代宋詩派主體論探析〉一文亦云：

〔註18〕楊淙銘：《石遺室詩話研究》第四章〈石遺室詩話之文學理論〉以：唐詩、宋詩、學人之詩、詩人之詩，詩文一理三項為同光體之文學理論，但《石遺室詩話》的詩學理論尚有其他，不只這三項。

〔註19〕尤信雄：〈清代同光派之詩風與特色〉，《中華詩學》，1970年7月。

〔註20〕收在張健：《清代詩話研究》，（臺北：五南圖書出版有限公司，1993），頁429～514。

〔註21〕吳淑鈿：《近代宋詩派詩論研究》，（臺北：文津出版社，1996）。

> 近代宋詩派雖非有意識的具體詩派，但道咸同光年間前後
> 有關的詩派成員輪調相承，表現相同或相近的詩學觀，實
> 可廣義地視爲一個共同的詩學團體。〔註 22〕

認爲「近代宋詩派」是一個廣義名詞、共名的詩學團體，那麼，同
光派被納入如此廣義範疇或許沒有大錯，但有小誤，亦即從廣義看
同光派則只能看到其與共名團體之間的共性，其差異性較難被發
掘。沒有差異性，則同光體何能彰顯自身特色，更何能影響晚清至
民國之詩壇？二、命名爲「宋詩運動」者，例如龐中柱《晚清宋詩
運動研究》，〔註 23〕將晚清宋詩運動分爲「道咸時期的宋詩派」與「同
光體詩派」，吳、龐二人所取的時間斷限不同，但觀點同是把同光體
視爲清代「宋詩派」的一支。程亞林《近代詩學》第四章〈自立眞
我、甘處困寂──何紹基、陳衍詩論〉亦以「宋詩派」言之：

> 宋詩派指道光、咸豐年間和同治、光緒時期直到辛亥革命
> 之後崇尚宋詩的詩人形成的詩歌流派。道、咸間的主要人
> 物有程恩澤、祁雋藻、何紹基、鄭珍、曾國藩、莫友芝等；
> 同、光及以後的主要人物有陳三立、陳衍、鄭孝胥等。
>
> 〔註 24〕

蕭華榮《中國詩學詩想史》則稱「宋詩派」之義爲：

> 指在一般「禰宋」思潮中所形成的一個具體的、人員相對
> 穩定、聯繫較爲緊密的流派。通常認爲程恩澤、祁雋藻、
> 何紹基、曾國藩、鄭珍、莫友芝是其代表人物。〔註 25〕

這樣的涵蓋面其實與陳衍說的「同治、光緒」年間溢出許多，且知同
光體、宋詩派、禰宋、近代宋詩派等詞是混用的。至於「宋詩派」的
詩學理論，蕭華榮指出「宋詩派」與「禰宋」有相同原則性，即表現

〔註 22〕國立中山大學中文系主編：《第一屆國際清代學術研討會論文集》（高
　　　　雄：中山大學中文系，1989）。
〔註 23〕龐中柱：《晚清宋詩運動研究》，中國文化大學中文所碩士論文，1995
　　　　年 6 月。
〔註 24〕程亞林：《近代詩學》，（長沙：湖南人民出版社，2000），頁 67。
〔註 25〕蕭華榮：《中國詩學思想史》，（上海：華東師範大學出版社，1996），
　　　　頁 376。

在：

> 重學問，主性情根柢於學問，追求詩人之言與學人之言合
> 一，取法杜、韓、蘇，推重「宋詩型」的藝術風貌。(同上)

蕭華榮並未對「『宋詩型』的藝術風貌」作出說明，而且是將「宋詩派」置於「禰宋思潮」中的一部分來說，換言之，依然視同光體爲「宋詩派」之一支。郭延禮《中國近代文學發展史》〔註26〕將同光派諸人與王闓運合論，可喜的是郭延禮已將宋詩運動與同光派分立章節，表示他並沒有將同光體與宋詩運動混爲一談。三、名爲「舊詩」者，陳子展《中國近代文學之變遷》：

> 總之，這個時期的舊詩人，無論他的詩學宋、學唐、學六
> 朝、學漢魏，乃至學《詩》、《騷》，無奈他們所處的時代，
> 總不是周、秦、漢、魏、六朝、唐、宋。他們在詩國裡辛
> 辛苦苦的工作，不過爲舊詩姑且作一結束。〔註27〕

必須指出的是清代詩論似乎沒有「宋詩派」、「宋詩運動」等名稱，即如陳衍本人亦未提出來。「運動」是後人爲研究方便而利用的現代西化名詞，本來無可厚非，然而如果這種借用的研究造成模糊，只是將許多沒有經過判析的詩論，擷取與宋詩相關或某一點相似就編入「宋詩派」，其危機是「宋詩派」與「清代被劃入宋詩派」的詩論一併模糊。與此相似者，或名曰「近代舊詩派」，例如季羨林主編《20世紀中國文學研究·近代文學研究》，〔註28〕云同光體既爲「近代宋詩派」又爲「近代舊詩派」，同光體是宋詩、是舊派，那麼，近代的「新派」又指什麼呢？又龐中柱《晚清宋詩運動研究》對於宋詩運動詩人，云：

> 此輩於民國建立時，多已年過半百，且以遺老自居，詩作

〔註26〕郭延禮：《中國近代文學發展史》第二十八章〈同光體及其他詩派〉第二冊，(濟南：山東教育出版社，1995)，頁1401～1461。

〔註27〕陳子展：《中國近代文學之變遷》〈宋詩運動及其他舊派詩人〉，(上海：上海古籍出版社，2000)，頁32。

〔註28〕季羨林主編：《20世紀中國文學研究·近代文學研究》，(北京：北京出版社，2001)。

　　　　中不時流露出眷念清室之情。

則「舊」者乃遺老所流露之眷戀清室之情，是身份與心情，不是詩學觀念。如此不同的名義加在同光體身上，是否應還原同光體原始的定義，不再從共性看待，同光體才有可能因其自身而存在，而顯明、有意義。

　　通論研究又有綜合性的文學史著作，從史的角度觀察同光體，例如各種清代詩史、近代詩史。這一類研究大多承襲錢仲聯、汪辟疆之以區域切割，方法是將同光體以詩人籍貫而研究，如馬亞中《中國近代詩歌史》第六章〈全面的歷史反省中對新雅的追尋——同光時期的同光體〉，其中所討論的陳衍、陳三立、沈曾植是同光體詩人，但是該書又將三人以閩派、西江、浙派作論述，最後所談的范當世則是「開新境於放煉之間」的詩人，敘述線索又從詩人籍貫變成詩風的分析，其方法並沒有一個明確的論述基礎，而此書最大的問題在：同光詩人並不等於同光體詩人。這種把同光體揉成混沌一片的研究方法，似乎提不出對同光體有何具體見解，但優點是分析了同光體詩論之外的其他研究方向，諸如區域文化、文學影響、社會層面等問題。

　　第三類是關於陳衍個人之研究。如陳槻《詩人陳衍傳略》、〔註29〕鄭亞薇〈侯官陳石遺年譜之研究〉。〔註30〕前者屬於傳記文，以陳衍一生事蹟，分作三十章敘述其重要經歷與思想，書後有〈陳衍年譜紀要〉。後者以陳聲暨所作之年譜加以文字敘述化。

　　第四類為區域性研究，以汪辟疆〈近代詩派與地域〉、錢仲聯〈論同光體〉為著名，汪辟疆將近代詩家分為湖湘、閩贛、河北、江左、嶺南、西蜀六派，而同光體屬閩贛派；〔註31〕錢仲聯將同光體分作三

〔註29〕陳槻：《詩人陳衍傳略》，（臺北：臺北市林森文教基金會，1999）。
〔註30〕《中國工商學報》第十四期，1993年6月。
〔註31〕汪辟疆：〈近代詩派與地域〉《汪辟疆說近代詩》，（上海：上海古籍出版社，2001）。

個流派：閩派、江西派、浙派。〔註32〕饒有興味的是，汪辟疆將同光體「置入」近代詩派之一，錢仲聯則將同光體「分解」為三支。區域研究應探討區域有何文化生態、此文化生態的歷史時空關係、區域文化生態如何影響了該區域的文學風格與消長，但是，汪辟疆與錢仲聯對這個部分是略過的，只是將詩人以籍貫分類而已。

　　無論「置入」或「分解」，研究之最後結論，多數指出同光體是衰落的，看到的是同光體因「宗宋」而「復古」而「沒有價值」，然而，這是否為同光體宿命之時代意義？以上四類研究，除第三類屬於考證文獻、第四類屬區域性質之外，其他兩類涵蓋兩項特點：從宗宋角度談論同光體，值得注意的是：其一，這些研究所謂「同光派宗宋」，但似乎均未對同光體的「宗宋」指出確切意旨，亦即它何以宗宋？如何宗宋？所宗之宋為何？其二，以上述角度研究同光體，大多數對同光體抱持負面看法，詰責之焦點，一是針對陳衍《詩話》、《近代詩鈔》之評論與選詩不公，二是針對同光體之歷史位置處於傳統王朝之末，很自然地，人們看到它的變化殆盡、乏善可陳，於是研究者不約而同有以下貶責之說。

　　有承襲錢仲聯以區域分派之說，由地域之別，於是認為同光體同聲相求、陳衍所論所作是在褒揚閩派詩人。如張之淦《遂園書評彙稿》，其中，成惕軒之〈遂園書評彙稿序〉亦云：

> 竊嘗以為清代咸同而後，詩教不張，頹波日下，湘綺石遺飲冰方湖諸君子，各據壇坫，宏獎同文，談藝說詩，頗收振勵之效，顧其論或失之偏好，或囿於地域，眉叔（案：張之淦）折衷群言，務求其當。〔註33〕

〔註32〕錢仲聯：《夢苕盫論集》〈論同光體〉。

〔註33〕張之淦：《遂園書評彙稿》〈近代詩話四種析評：石遺室詩話〉：「石遺力白其不是非丹素，不聲氣標榜，其實未能免也。」言下之意，認為陳衍以聲氣標榜閩派詩，然而張氏之言，又有矛盾之處，如對於《石遺室詩話》內容及評價又云：「石遺室詩話在當時自為翹出，多有精闢之言。」，頁86～88。

此序是讚揚張之淦，但從上述話語可知，成惕軒認爲咸同以後的詩論是偏頗囿限的，原因在於派別代表者的個別偏好，及其地域之壟斷性，成惕軒是將王闓運（湘綺）、陳衍（石遺）、梁啓超（飲冰）、汪辟疆（方湖）「失之偏好」、「囿於地域」一概推倒。龔鵬程〈晚清詩論：雲起樓詩話摘抄〉論陳衍亦以相互傾軋視之：

> 然石遺之媚俗，不過撰一詩話而已，書中遍載咸友門人詩，且又暗幟閩派、打擊湘綺，誠有不盡光明磊落者，要於大節無虧，而不樂仕宦，早歸林泉，亦非海藏一意求官之比。……故知《石遺室詩話》標舉閩贛，立幟同光者，拉陳散原鄭海藏沈子培以傾軋王湘綺，復抑陳揚鄭以導揚其閩派詩也。〔註34〕

蓋詩派與詩派之間的抑揚，本爲了宣揚己派之思想主張，陳衍若「暗幟閩派、打擊湘綺」，那麼清末民初柳亞子「南社」打擊同光體詩派，以及同爲閩人之林庚白斥責同光體，亦同出一轍：

> 民國詩濫觴所謂「同光體」，變本加屬，自清之達官遺老扇其風，民國之爲詩者資以標榜，展轉相沿，父詔其子，師勖其弟，莫不以清末老輩爲目蝦而自爲其水母。門戶既張，於是此百數十人之私言，淺者盜以爲一國之公言，負之而趨。〔註35〕

若只認定甲派打擊乙派、相扇成風，以「攻擊」爲論述基礎，則甲、乙派亦不必是甲、乙派，且丙派、丁派、戊派……若何？應從這些派別所提出的論點分析彼此之間的異同及其脈絡。因此，朱庭珍《筱園詩話》卷一以爲古今詩之升降「勢本相因，理無偏廢」：

> 要之各派皆有所長，亦皆有所短。善爲詩者，上下古今，取長棄短，吸神髓而遺皮毛，融貫眾妙，出以變化，別鑄真我，以求集詩之大成，無執成見爲愛憎，豈不偉哉！何必步明人後塵，是丹非素，祧宋尊唐，徒聚訟耶？執一格

〔註34〕《中國學術年刊》第十期，1989年2月。

〔註35〕林庚白〈今詩選自序〉，引自郭延禮：《中國近代文學發展史》〈同光體及其他詩派〉，頁1403。

以繩人，互相攻擊，此弊始於南宋，明詩人效尤，愈啓爭
端。莊子曰：「辯生於末學。」此之謂也。〔註36〕

朱庭珍引莊子「辯生於末學」語，似亦過激之言，然而，此顯示晚清
詩論已不再刻意爭唐宋，集大成並非以「攻擊」產生，而是能「融貫
眾妙」。

此外，與陳衍有師友之誼的錢仲聯〈論同光體〉指出同光派是
「標榜」出來的：

陳在張之洞幕府時，任官報局編纂，聲名未起，所以追敍
一八八六年話，推沈爲魁傑，明明是挾沈以自重，是舊時
代文人標榜的惡習。陳衍編《石遺室詩話》，標榜聲氣，不
下於袁枚編《隨園詩話》。〔註37〕

錢仲聯認爲《詩話》中同光宗旨之兩度指出「不墨守盛唐」與「不專
宗盛唐」用語不一，是陳衍欲依附沈曾植名氣，由用詞之出入看出陳
衍的攏絡心態。事實上，「墨守」與「專宗」只是字詞之轉用，字詞
不同而字義同，在字詞上苛求同光體宗旨反而看出錢仲聯對同光體問
難的狹隘處。以上學者所論，貶低同光體之理由是陳衍打擊湖湘派、
維護閩派，然而，以流派生成而論，正所以維護，乃能成派，也正所
以維護，必會被視爲「打擊」別派，但是，就算「打擊」的理由是成
立的，亦須辨明如何維護與如何打擊。退一步說，惟其聲氣相求，才
能自成流派，故聲氣相求並不能作爲評論某一流派的主要標準，應探
求其深層結構，方能對該流派有清楚的認識。

張仲謀《清代文化與浙派詩·緒論》又指出陳衍「數典忘祖」：

如同光體詩人陳衍論近代詩，不知是無意於追根溯源，還
是有意諱所自來，往往數典忘祖。《石遺室詩話》卷一云：
「道咸以來，何子貞紹基、祁春圃雋藻、魏默深源、曾滌
生國藩、歐陽磵東輅、鄭子尹珍、莫子偲友芝諸老，始喜
言宋詩。」據陳衍口氣，彷彿清人之宗宋，是近代以來才

〔註36〕《清詩話續編》第三冊，頁2330。
〔註37〕錢仲聯：《夢苕盦論集》〈論同光體〉，頁416。

開始的新風氣，而實際上浙派詩人由清初的黃宗羲到清中葉的錢載，已經探索從事百有餘年了。〔註38〕

張仲謀突出浙派爲主導清詩的宗主地位，而陳衍「宗宋」卻又沒有顧及清初浙派之宗宋，故爲忘本。此仍是將同光體以宗宋視之，並以「宗宋」質疑陳衍「沒有宗宋」。察《詩話》卷一所云乃指「道咸以來」喜言宋詩者，本來就不指清初與清中葉這一段時間，學者習以這一段話指責陳衍拉攏何紹基、祁巂藻、魏源等著名詩人爲同光體張目，但是，同光體「不墨守盛唐」未必是宗宋，則陳衍談及「喜言宋詩者」怎會是數典忘祖？研究者以「宗宋」定位同光體，再以「清代宋詩派」批評同光體，所得到的責難結論，恰好是同光體「非宗宋」的證明。

蔡鎭楚《中國詩話史》形容晚清詩壇「了無生機」、同光體是「沉渣」，〔註39〕至於陳衍詩論則是「良莠並存，龍魚夾雜，精華和糟粕冶於一爐」。尚有從政治社會來看待，如李繼凱、史志謹《中國近代詩歌史論》：

> 後期宋詩派，即同光體，更是墮入末流，嗜古擬古的結果，不是脫胎新生，而是壽終正寢了，抑或是窒息腹中，成了古人遺下的死胎了。只有少量與實生活、眞感情相通的詩作，尚有一些價值。〔註40〕

此言同光體又屬於「後期宋詩派」，且嗜古墮入末流、壽終正寢，此書在專論同光體時，云：

> 同光體詩派作爲嘉道年間所形成的宋詩運動的餘緒，伴隨著整個王朝的衰頹與崩潰，艱難地唱出了時代的悲音與困惑。但在更多的情況下是精神的逃避，逃向對封建王朝的幻夢中去，難以割捨對皇家的依戀之情，使他們在辛亥革命之後大都散發出了遺老的氣息，或者逃向古典詩歌的形式迷宮中去，費盡心機在學古宗宋的前提下，戴著鐐銬跳

〔註38〕張仲謀：《清代文化與浙派詩》，（北京：東方出版社，1997），頁7。
〔註39〕蔡鎭楚：《中國詩話史》卷六〈近代詩話〉，頁315。
〔註40〕李繼凱、史志謹：《中國近代詩歌史論》〈近代詩歌的多邊關係〉，頁17。

舞，玩出一些自鳴得意的花樣來；或者乾脆逃進語言的遊戲中去，把古老的漢語弄得更加佶屈聱牙，還美其名曰「寧澀勿滑」，爲了澀得有名堂，多用僻典、佛典也就成了一種必然的選擇。其詩歌功能也就局限於自我精神安慰和同道者的相互嘆賞，儼若精神貴族。〔註41〕

所說的「遺老氣息」、「語言遊戲」其實都不是陳衍詩論的主旨，對同光體的評定是輕蔑的，認爲它是逃避，並以清詩宗唐與宗宋兩大派之宗宋「餘緒」、「迴光返照」、「精神貴族」〔註42〕等語視之。由於以「守舊詩派」設定，同光體縱然具有中國近代詩歌轉型的生機，但依舊是「落伍者」。〔註43〕劉納《嬗變——辛亥革命時期至五四時期的中國文學》一書云：

在 1912～1919 年間宋詩派詩人與宋詩的直接承襲關係中，貫穿著對「盛唐之音」經典化了的詩歌秩序的有限度的反抗。同光體詩人惡俗惡熟、搜奇抉怪，便是抵制與逃避中國詩固有意境模式的詩歌手段，而南社內部宋詩派的抬頭，說明在「思振唐音」的「嚌呿鏗鞈」之後，很容易出現「枯瘠其語」、「寒澀其音」的反撥。〔註44〕

劉納更有所謂「餓鬼道中語」，書中引《民權素》刊載詩僧寄禪〈唐宋詩別說〉，〔註45〕其友慘佛說明宋詩派的心理內涵：

〔註41〕同前註，頁 188。

〔註42〕同前註〈第五章：近代詩歌的三大流派〉論南社：「就詩學主張與實踐而言，與宋詩派的餘緒同光體相對照，南社詩派顯然聲威居上，並在創作上確有新的貢獻，新的建樹。」頁 173、187。

〔註43〕李金濤〈中國近代詩歌轉型論綱〉：「與此同時，以『實用』爲本質的太平天國詩人和以『宗古』爲特徵的宋詩派——同光體，也曾爲中國詩歌的重現生機做過一些嘗試，但他們由於受內外因素的影響，採用了不正確的革新方法，最終成了時代的落伍者，他們所付出的努力，也只是和其間活動著的以漢魏六朝詩派、中晚唐詩派爲代表的『守舊』詩派一樣，從反面爲中國近代詩歌的轉型提供了經驗教訓。」《江漢論壇》，2000 年 9 月。

〔註44〕劉納：《嬗變：辛亥革命時期至五四時期的中國文學》第四章〈中國古典文學的回光返照〉，（北京：中國社會科學出版社，1998），頁 205。

〔註45〕同前注，頁 213。

> 今日之詩，其最上者，多趨宋人冷徑，實則鼠入牛角，自
> 尋苦惱。大解脫人，必不屑於此。……詩人窮愁，如伍子
> 胥吹簫吳市，淒咽之聲，運以慷慨亮節。一味刻削，僅工
> 逋峭，終是餓鬼道中語。

頗有中國詩史至同光體已罔有生機、命定衰亡之勢，嚴迪昌《清詩史》更以「雙向垂落」〔註46〕作爲篇名標題；張大明、陳學超、李葆琰《中國現代文學思潮史》則稱爲「最後的掙扎」。〔註47〕問題是：看待一個文學觀念或流派，何以一定要將它擺在「動盪的時代」之下看，並以「新的時代」去檢驗？如果討論的標準在此，則在後的時代只能以放棄舊有事物爲天職，那麼，古典當然有罪、創新必定有理，而創了什麼樣的新，以及古典、創新之外，是否有第三種可能性？故許多研究頗據此一角，似乎若不能「站在現代化潮流之中」的，就是狹隘、逃避現實，若此，同光體的存在僅是歷史末位的文學史的一陣灰塵，而是否所有曾在文學歷史中出現過，但時間處於「末位」者就沒有價值可言了，如果沒有價值，如何看待它曾經存在？即使「同光體宗宋」，但宗宋未必是復古的死亡，古典詩學亦非精神殘骸，〔註48〕應該看它如何解釋詩的問題，以及它解釋的主客觀脈絡。

從詩學內部言，視「同光體宗宋」而貶之者，因宋在清之前，所以成了「有弱點」的「復古」之流，而陳衍之相扇襃揚，則爲「私言」，但是，一個流派之所以成爲流派，或許正因爲成員能夠凝聚一股相扇之風，流派乃得以可成，但後世斤斤於過度知人論世，往往執著於時代出處，落入舊與新兩極化之論點，甚且，近世評論家常備之格套乃：「貴今賤古」，凡能符合所謂時代精神者，則爲創新且

〔註46〕嚴迪昌：《清詩史》第五章〈結篇：詩史簾幕的雙向垂落──「同光體」「詩界革命」〉，（臺北：五南圖書公司，1998），頁1055。

〔註47〕張大明、陳學超、李葆琰：《中國現代文學思潮史》，（北京：十月文藝出版社，1995），頁40。

〔註48〕林學衡〈今詩選自序〉說同光體詩人是：「捃摭古人之殘骸於墟墓中者」，引自李繼凱、史志謹：《中國近代詩歌史論》，頁189

具有社會意義，否則就打入「思想保守，作品的時代氣息淡薄」之牢籠，但問：是否不寫時代背景就是保守，而詩之價值只在「創新」一格？所以，若以詩論詩，應該從其詩論檢定，至於行事作風、生活習慣，乃至個人的政治選擇只能備作參考之用，若以末爲本，毋乃忽略焦點而旁追歧路。晚清末年，諸詩人之出處參差，評價頗不一，且時局動盪，權勢反覆，是非本難定言；晚清民國之際，又不同於歷代之改朝，它不僅改朝，並且將兩千年帝制翻轉，故其複雜性並非往昔歷史之改朝換代可等量齊觀。因此，以陳衍詩學爲出發點而了解同光體，方不至於落入此一複雜之時局偏見中，而喪失了就詩論探索同光體的主線。

　　以上這些研究的侷限在於並未以陳衍詩學爲基礎而研究同光體，大多數是外部研究，如汪辟疆、錢仲聯之以區域分派；或並未聚焦，泛散地視同光體爲近代宋詩派之一支。尤其自錢仲聯開始，並不以陳衍爲同光體代表而是沈曾植；鄭孝胥由於清亡之後，事於僞滿州國，亦以傳統忠逆角度視爲「漢奸」；陳三立則以與黃山谷同籍並服膺其詩，而被視爲「江西派」代表、或稱「新江西派」。〔註 49〕此爲晚清詩壇複雜的現象，本文從陳衍詩學入手，期使同光體研究有一個原始基礎。

四、預期成果

　　本論文對陳衍詩學作歷時與共時的研究，有以下的意義：

　　其一，了解同光體之「陳衍的說法」。經由陳衍論詩，可以了解晚清至民初此一時期的古典詩論情況，處於末代王朝的最後一個古典詩歌流派，陳衍對中國古典詩歌作出解釋的內容特點。不論學者將陳衍歸類於「近代宋詩派」，或是「近代詩話之舊派詩」，陳衍論詩之宗宋傾向目前是一個流行的答案。清詩，在歷史發展中已走到

〔註49〕曾克耑〈論閩派詩〉，《頌橘廬叢蕪》第六冊，（香港：新華印刷公司，1961），頁 1404。

「融合」、「集大成」的局面，她無法擺脫唐詩與宋詩的影髓，時至晚清，無論漢或魏、唐或宋、元或明，都是同光體所隱含的詩之思維，而待吾人開發與釐清。這個在時間上進入近代，而在詩學觀念上仍屬古典調子的流派，其實是以古典的身份作爲新舊文學遞變之機而存在。

其二，了解由陳衍詩學分叉出去的「同光體偏義」。時代對一個文學風潮或流派的影響是值得關注的，而文學風潮可能對詩派造成偏轉，同光體的偏變可由陳衍詩學之對照而清晰。在此基礎下，同光體除了陳衍、鄭孝胥始倡的意義之外，所發展出的其他偏義，則有助於了解同光體在晚清詩壇的複雜性。此複雜性表現於晚清至民初之傳統詩學理論對幾種不同類型知識群體的作用，可釐清陳衍之同光體原義轉移焦點，以至選擇偏義的群體各自與歷史對話之風貌。

其三、同光體之「不墨守盛唐」是一個開放性領域，同光體若不再從「宗宋」角度展開敘述，則本論文期許廓清近代以來，活躍於晚清詩壇的詩人及其詩作，在圈定「宗宋」意義之外將有新的詮釋可能與進一步之開拓研究。

第二章　陳衍詩學之本質論

　　一個文學流派之形成，並能在當世與後世流傳且具有影響力，必有自身的特殊結構體系，陳伯海主編《近四百年中國文學思潮史》一書云：

> 一種特定的文學思潮，必然有其特定的文學觀念、創作方法、文本結構、文體風貌乃至批評範式和理論架構，以示區別於之前或之外的其他文學思潮，並把屬於自身的眾多文學現象聯結成一個整體。在這諸方面特徵，文學觀念尤為重要，它決定著創作和批評的路向，規範著文學潮流的渠道，從而呈現為整個思潮的主導性標志。〔註1〕

欲了解一個流派，內部與外部結構須視為相關相成之條件。內部結構即思想觀念，外部結構例如社會、經濟、政治等環境之因素與彼此關係之互動，這裡所說的文學流派的內部結構中，文學觀念又是最重要的，因為了解該派文學觀念之後，這些文學觀念有些什麼內容，及如何對該流派、或者與當時其他流派之間互相產生影響，以至於在文學史上有何重要或不重要性則昭然可見。在清代，文學批評是以詩話方式大量呈現的，陳衍是同光體的主要發言人，《詩話》針對清中葉以來具有影響力的作家與作品提出評估，汪辟疆〈近代

〔註1〕陳伯海主編：《近四百年中國文學思潮史》〈導論：自傳統至現代〉，（上海：東方出版社，1997），頁5。

詩派與地域〉云：

> 石遺初則服膺宛陵、山谷、戞戞獨造，迴不猶人。晚年返
> 閩，乃亟推香山、誠齋，漸趨平淡。其名滿中外者，實以
> 交遊多天下豪俊，又兼說詩解頤，所撰《石遺室詩話》近
> 二十萬言，妙緒紛披，近人言詩者，奉為鴻寶，則沾溉正
> 無窮也。日人鈴木虎雄撰《支那文學》，列《石遺詩說》一
> 章，認為近代詩派中堅，洵非無故。〔註2〕

故《詩話》是了解陳衍同光體詩學觀念的基礎。本書第二章至第五
章以《詩話》、《續編》、《陳石遺集》、《石遺先生集》、《近代詩鈔》
〔註3〕等書中有關詩的論述，從詩的本質、詩的創作、詩的源流、
詩的鑑賞，分四章敘述，以明陳衍之詩學觀念。

　　《詩話》雖以著錄晚清詩人及作品為主要內容，並對詩人加以
評論，但嚴格說來，和多數歷代詩話相似，缺乏理論系統性，陳衍
本人對「同光體」的釋義亦僅見片段言語，一般近代文學史著作，
通常只提到陳衍之「三元說」、「學人之詩與詩人之詩合」兩項重點
而已。〔註4〕蔡鎮楚《詩話學》從詩歌的本質論、創作論、風格論、
鑑賞論、批評論、作家論、詩體論、詩史論八個系列探討詩話之體

〔註2〕汪國垣：《汪辟疆文集》，（上海：上海古籍出版社，1988），頁 300。

〔註3〕錢仲聯編校：《陳衍詩論合集》，（福州：福建人民出版社，1999）。本
文所引用的《石遺室詩話》以此版本為主。另張寅彭編：《民國詩話
叢編》，（上海：上海書店，2002）第一冊亦收輯《石遺室詩話》。陳
衍撰、陳步編：《陳石遺集》，（福州：福建人民出版社，2001）。陳衍：
《石遺先生集》，（臺北：藝文印書館，1964）。陳衍編：《近代詩鈔》，
（上海：商務印書館，1923）。

〔註4〕郭延禮：《中國近代文學發展史》〈同光體及其他詩派〉云陳衍詩論為：
一、標舉「三元說」，二、主張「合學人、詩人之詩二而一之」，三、
風格的多樣性。（濟南：山東教育出版社，1995），頁 1417～1424。
錢仲聯：《夢苕盦論集》〈論同光體〉：「陳衍不僅是閩派詩人的首領之
一，自著有《石遺室詩集》，而且又是詩論家，著《石遺室詩話》以
標宗旨，選《近代詩鈔》以擴大影響，其詩論中心為三元說、學人之
詩說。」（北京：中華書局，1993），頁 420。龔鵬程：〈晚清詩論：
雲起樓詩話摘抄〉云：「石遺論詩宗旨，一曰揭名同光，標舉三元，
二曰不隔。」，《中國學術年刊》第十期，1989 年 2 月。

系，〔註5〕但是，並非所有的詩話著作都包含此八項內容，尤其我國詩話之作，自歐陽脩《六一詩話》始，本為「以資閒談」而已，詩論家說詩亦信手拈來，片言斷語，詩話以不經意、瑣雜的體例為正宗。再者，即使詩論家之言，其內容或已形成某種體系，但該體系之確切名義往往又無法明確被完整敘述。故陳衍雖然提出「同光體」，但檢視其論詩文字對此名義所論不多，因此，《詩話》之作固在發揚同光體，但陳衍並未明顯地以所謂「同光體」為前提而有意凝聚出一個有意識的、具足的論述體系，陳衍之志亦在選詩、存詩，以與同世君子共此雅好，〔註6〕必須再參考陳衍其他論述，方能全面了解陳衍詩學。

　　劉若愚《中國文學理論》一書以亞伯拉姆斯（M. H. Abrams）《鏡與燈》"The Mirror and the Lamp"所設計的四個要素——作品、藝術家、宇宙、觀眾，提供的概念框架應用於分析中國文學批評作品，並將中國文學理論分形上論、決定論、表現論、技巧論、審美論、實用論六類。〔註7〕本書參考該書所論之批評範圍，從詩、詩人、世界、欣賞者四個角度，將陳衍詩論以：詩的本質論、創作論、源流論、鑑賞論四方面進行分析。必須說明的是，陳衍所有論詩文字並非有意識以此四種架構而書寫，本書宗旨是藉由歸納陳衍之論詩文字，試從這四個領域觀察陳衍對於古典詩的看法，本章先探討本質論。

　　詩歌理論首先必須辨明詩的本質論，通俗化地說，即「詩是什麼？」。在中國古典詩歌理論裡，對於這個問題的討論有不同的針對性，由於詩樂同源，先秦時期的《易傳》、〈樂記〉所談的是在宇宙哲

〔註5〕蔡鎮楚：《詩話學》第七、八章，（長沙：湖南教育出版社，1992）。
〔註6〕陳衍：〈近代詩鈔述評敘〉：「然以數十年見聞所及，錄其尤雅者都為一集，視吾家迦陵之《篋衍》，放而大之，其諸世之君子，或亦有樂乎此也？」《陳衍詩論合集》上冊，（福州：福建人民出版社，1999），頁 876。
〔註7〕劉若愚：《中國文學理論》，（臺北：聯經出版社，1981），頁 19。

學框架中的形上理論，所談的是「詩言志」；〔註8〕至漢代〈詩大序〉所討論的詩之本質則有了「詩的功能」傾向，側重社會教化內容；魏晉時，陸機提出「詩緣情」，開始了「情」是詩的生命之論述；到了宋代，由於理學發達，此提問受到宇宙本體「道」的觀念影響，詩的本質與宇宙道性被相提並論，而詩的產生，首先必來自於詩人性情，因此，詩之「吟詠性情」〔註9〕又用來說明詩的本質。縱觀歷代對詩之本質的探討，大致從功能、本源、形成等方面而論，若從詩的「情

〔註8〕 先秦時代，對詩之本質說約有：、「詩言志，歌永言，聲依永，律和聲；八音克諧，無相奪倫。」（《尚書・堯典》）、「詩以言志，志誣其上。」（《左傳・襄公二十七年》）、「詩以道志。」（《莊子・天下篇》）、「詩，言是其志也。」（《荀子・儒效》）等，這些是談詩的作用。《孟子・萬章篇》：「故說詩者，不以文害辭，不以辭害志。以意逆志，是爲得之。」是從讀者角度而論，漢代則：「詩，志也。從言，寺聲。」（《說文解字》）等，皆以「詩言志」爲主。然陳良運：《中國詩學體系論》〈詩言志正源〉認爲「詩言志」並非出自舜之說，孔子也不要求學生稱詩名志，因爲中國詩學發端之際，最先出現的是接受理論的觀念，缺乏創作理論方面的觀念，而「詩言志」觀念形成於秦漢之際。（北京：中國社會科學出版社，1998），頁31～47。

〔註9〕 蔡鎮楚：《詩話學》所錄，宋明清詩話所討論詩的詩之本質，較著名的有：「吟詠情性，總合而言志，謂之詩。」（〔宋〕張表臣《珊瑚鉤詩話》）、「歐公云：詩者，人之性情也。」（〔宋〕李頎《古今詩話》）、「山谷云：詩者，人之性情也。」（〔宋〕黃徹《碧溪詩話》）、「詩者，吟詠情性也。」（〔宋〕嚴羽《滄浪詩話》）、「蓋因情以發氣，因氣以成聲，因聲以繪詞，因詞以定韻，此詩之源也。」（〔明〕徐禎卿《談藝錄》）、「作詩本乎情。」（〔明〕謝榛《四溟詩話》）、「詩以道性情，道性之情也。」（〔清〕王夫之《明詩評選》）、「詩乃心聲，……人於順逆境遇間所動情思，皆是詩材。」（〔清〕吳喬《圍爐詩話》）、「詩到極則，不過是抒寫自己胸襟，若之陶元亮、唐之王古丞，其人也。」（〔清〕徐增《而菴詩話》）、「何謂詩？既緣情而綺靡，亦體物而瀏亮。」（〔清〕王士禎《師友詩傳錄》）、「詩本性情，古無所謂『性靈』之說也。《尚書》：『詩言志』，《詩序》：『詩發乎情，止乎禮義』，《文賦》：『詩緣情而綺靡』，有情然後有詩。」（陳僅《竹林答問》）、「三百篇專主性情，性情有厚薄之分，則詩亦有淺深之別。性情薄者，詞深而較淺，性情厚者，詞淺而轉深。」（袁枚《隨園詩話》）、「詩以道性情，感志意，關風教，通鬼神，倫常物理，無不畢具。」（薛雪《一瓢詩話》）等。

志說」之主「志」→ 主「情」→「情志」兼舉〔註10〕來看，傳統文學理論所談的詩的本質比較傾向被理解爲詩的特質。故以下所謂詩的本質，主要指涉即詩的特質。

第一節　詩者荒寒之路

　　陳衍對「詩是什麼？」的問題，提出「荒寒之路」之說。不同於〈易繫辭〉、〈樂記〉的形上理論，荒寒之路是比較有具體感的喻詞，詩既是一條荒寒之路，此路是詩人行走於上的，故其特點是一種個人單獨的內涵，此內涵對於詩的創作者而言又可直探詩人的內在，即：性情。抒情是歷代詩論家對於詩的認識之共識，陳衍處於古典詩論末期，如何看待「性情」是一個重要的命題，歷代詩論家大都注重性情，陳衍亦同，並且進一步指出是一種以「荒寒」爲內在特質的性情。

一、不畏寂困

　　那麼，何謂「荒寒之路」？陳衍〈何心與詩序〉云：
　　寂者之事，一人而可爲，爲之而可常，喧者反是。故吾嘗謂：詩者，荒寒之路，無當乎利祿，肯與周旋，必其人之賢者也，既而知其不盡然，猶是詩也，一人而不爲，雖爲而不常，其爲之也惟恐不悅於人，其悅之也惟恐不競於人，其需人也眾矣；內搖心氣，外集垢病，此何爲者！一景一情也，人不及覺者，己獨覺之；人如是觀，彼不如是觀也；人猶是言，彼不猶是言，則喧寂之故也。清而有味，寒而有神，瘦而有筋力，己所自得，求助於人者得之乎？余奔走四方三十餘年，日與人接，而不能與己離，不能與己離，

〔註10〕參蔡鎮楚：《詩話學》，頁177～183。劉運好：《文學鑒賞與批評論》第五章〈中國傳統的鑒賞和批評〉指出「五對範疇關係」即：文與質、言與意、形與神、志與情、象與境，其中志與情的發展關係包括言志、緣情、情志合一。（合肥：安徽大學出版社，2002），頁198～201。

雖接於人，猶未接也，焉往而不困？若是者，無所遁於其
詩也。持此以相當世之詩，若是者百不一二，其一二者，
固無往而不困也。……柳州、東野、長江、武功、宛陵，
以至於四靈，其詩世所謂寂，其境世所謂困也。然吾以為，
有詩焉，固已不寂，有為詩之我焉，固已不困，願心與勿
寂與困之畏也。

首先，「荒寒之路」是與「利祿」對立的，一種文學形式之盛衰與當
代的提倡或壓抑有關，盛衰不外來自帝王好惡和時代風尚，所謂「上
有好者，下必有甚焉者矣」，在上者好之，則所好之事物即能躋身風
潮尖端，最後該事物終會因群士吹捧而踏上「利祿之途」。陳衍認為
唐詩盛行是「利祿之途」導致的：

詩至唐而極盛，蓋以詩取士，如漢代以經學為利祿之途（見
〈儒林傳〉）也。(《詩學概要》〈唐〉) 〔註11〕

文學風潮之盛，大環境是因「利祿」之誘；詩之傳與不傳，小環境
則與「名位」有關。厲鶚〈趙谷林愛日堂詩集序〉認為詩之傳布除
了關乎「名位」，還有隨之而來的附加價值，〔註12〕因為有名位之人，
其門生故吏、四方崇仰者必然自動為之廣為宣傳，所以，除了「名
位」本身的功效之外，還有隨名位而來的不邀自來的附加利益。利
祿之誘與名位之盛，對於詩歌有推波助瀾之力，而身處利祿名位之
誘的讀書人必須有不隨波逐流的勇氣，超越流俗。吳喬《答萬季埜
詩問》認為事之關係功名富貴則人肯用心，〔註13〕依吳喬所云，此

〔註11〕《陳衍詩論合集》下冊，頁1033。
〔註12〕厲鶚〈趙谷林愛日堂詩集序〉：「自漢魏迄今，詩歌之傳於代者，往
往有名位人為多，而顛頓偃蹇之士，不得二三焉。其故何也？有名
位人勢力既盛，門生故吏不憚謄寫模印，四方希風望景之徒，又多
流布述誦，雖無良友朋佳子孫，而其傳也恆易。」(《樊榭山房文集》
卷三)
〔註13〕吳喬：《答萬季埜詩問》：「事之關係功名富貴者，人肯用心。唐世功
名富貴在詩，故唐世人用心而有變，一不自做，蹈襲前人，便為士
林中滯貨也。明代功名富貴在時文，全段精神，俱在時文用盡，詩
其暮氣為之耳。此間有二種人：一則得意者不免應酬，誤以二李之
作為唐詩，便於應酬之用；一則失意者不免代筆，亦唯二李最便故

種用心不論得意失意，結果都是應酬與代筆，那麼，兩者都不再是作詩之初衷眞情了。

「荒寒之路」又見陳衍〈贈仁先〉詩：

昔讀君詩筆嶄然，祗愁古鏡罕成篇。

豈知江海頻年別，忽睹雲霞變態妍。

興會每從深討出，深蒼也要取材堅。

羌無利祿荒寒路，肯與周旋定是賢。（《詩集》卷四）

值得注意的是陳衍將「興會」與「荒寒」並舉，興會是創作之始時，詩人由審美客體引發情感，進而主客體互動所產生的一種創造力，荒寒與創造有何關連呢？據 Philip Koch 著 "*Solitude*"《孤獨》〔註14〕一書，指出孤獨之德有五：自由、回歸自我、契入自然、反省的態度、創造性。其中，孤獨所提供的創造性價值，超出其他四德之上，可以說「創造性是孤獨的一大獎賞」。孤獨不是一種情緒，而是一種開放性狀態，由於不涉入社會，沒有認知、感官、情緒、行動上的介入，所以，在自由空間裡具有反省心態，擁有寧靜、特殊的時空感，詩人因此可以以象徵轉化自然界事物，契入自然，與大自然產生一體之感，在孤獨之中，人可能會體驗最深沉的交會。孤獨與創造性的關係即：

自由讓我們可以去從事創造，而自由的想像力，更是創造的必要媒介；回歸自我讓我們可以接受到內心的創造呼喚；契入自然讓我們可以在物質材料上預見我們創作品的輪廓；而反省則可以讓我們把構成新作品的各項分散的元素匯聚到思維裡面去。只有當我們把前四德發揮到極致，創造性才能發揮到極致。〔註15〕

所以，在傳統士人最繫心的仕途之相反的「荒寒之路」談詩，陳衍深

耳。」，丁福保輯：《清詩話》，（臺北：木鐸出版社，1988），頁34。

〔註14〕Philip Koch: "*Solitude: A Philosophical Encounter*" 梁永安譯：《孤獨：一個哲學的交會》，第二部〈評價孤獨〉，（臺北：立緒文化公司，2004），頁137～199。

〔註15〕同前註，頁183。

切了解孤獨所能引起的創造性能量。

其次，荒寒之路是「一人而可爲，爲之而可常」的寂者之事，〈何心與詩序〉指出詩的特質是「荒寒之路」，而且還要肯與荒寒周旋，故詩人必須具備相當的擔當與決心，並以一顆孤寂之心看到別人看不到的事、說別人不說的話。「日與人接，而不能與己離」對詩人而言是一種內在的「寂」，因爲寂，所以「雖接於人，猶未接也」，「接」是外在的、動的行爲，「寂」是內在孤獨狀態，如果能忍「寂」這一種極大的心靈困頓，則「焉往而不困」？對於唐宋幾位重要詩人，世所謂「其詩寂、其境困」，陳衍認爲「有詩焉，固已不寂，有爲詩之我焉，固已不困」，這條荒寒路上有「詩」、有「我」，詩因我而不寂不困。詩人守寂，則「爲之可常」，詩與詩人永不背離，此亦《詩話》屢言當時詩人「以詩爲性命」、爲「文字骨肉」、「文字因緣」，詩人不悔。陳衍教詩人在「荒寒」裡認識詩，他用了一個看似否定的語詞肯定對詩的終極肯定。

詩是既寂又困的，詩也因「我」而不寂不困，那麼，「詩」、「我」與「荒寒」之間，有何關係呢？程亞林《近代詩學》一書中，解釋「困」乃始終保持獨立的自我；「寂」是保持不與眾人爲伍的寂寞心境，用獨特的、完全屬於個人的眼光觀物感物和表現事物。「荒寒」是詩人與利祿絕緣；「困寂」是眞正的詩人與孤獨的自我、寂寞的心境和獨特的感受方式、表達方式有緣。〔註16〕程亞林分析「困」「寂」所投射的對象──外在的環境，其實這四件事都往內朝向一個集中點，那就是：孤單的自我。〈何心與詩序〉所舉例之詩人，世人都說「其詩寂」、「其境困」，但陳衍認爲有「詩」可以「不寂」，有作詩的「我」則「不困」，肯定詩之路途雖然荒寒，但是有詩、有我，則境不困、人不寂，詩因爲作詩的「我」而存在，「我」有了這存在的「詩」則不寂，可以看出陳衍特別指出「詩」、「我」在詩的世界中之主體性、

─────────────

〔註16〕程亞林：《近代詩學》第四章〈自立眞我　甘處困寂──何紹基、陳衍詩論〉，（長沙：湖南人民出版社，2000），頁 79。

特別性，詩人主體被傳統詩論重視並不稀奇，但是此主體性之荒寂卻
是陳衍隻眼所具。

　　詩之「寂」與「困」有兩種產生背景，一是內在自我性情之不屑
流俗，詩人與流俗絕緣則性情自然趨於冷寂，另一種爲外在環境之困
窘；前者是心寂，後者是境困，或者可以合併——是心境兩寂。心寂
之例，《續編》卷三錄：

> 仲良詩脫手便多可誦，……〈看人〉云：「……詩從深夜燈
> 邊得，菊爲蕭齋坐上留。朝市山林兩非計，園葵有女正多
> 憂。」〔註17〕

「深夜燈邊」與「蕭齋坐上」都是寂寥景境，詩被催成總在深夜熒
燈之下，而詩人所作的詩又與蕭齋之菊對舉，這是詩人所處的境寂。
〔註18〕在此情境下，所得之詩淡，則境寂心寂互相影響，境與心互
相成就。

二、身世遭遇

　　陳衍所說以「困」與「寂」爲內在因素的「荒寒」有兩種指涉，
一是詩人內心與環境之困寂，二是勿畏內心與環境之困寂。雖然詩人
心寂境困，但是詩人若能「勿寂與困之畏」，則可以使得詩人內在心
性清明澄淨，自然引發誠摯情意，表現爲好詩。所以，「荒寒」字面
上是枯槁消極的，但它作爲詩人內在修爲與寫作的準備是具體積極
的，「勿畏困寂」是在詩的特質之中，再賦與詩人不逃避的勇氣與清
澈之心眼。

〔註17〕《陳衍詩論合集》上冊，頁577。
〔註18〕鄭孝胥亦有澹泊養心之見，其〈多竹山屬題澹庵圖〉詩云：「養心莫
　　　　若澹，可爲知者道。利欲苟薰心，神智必盡耗。熱中滿天下，學者
　　　　尤淺躁。平生吾竹山，行己有殊操。密林置小軒，飛塵不能到。猶
　　　　餘文字業，捨此無所好。偶然來舊雨，默對即深造。祇愁意非堅，
　　　　出戶還媚竈。」(《海藏樓詩集》卷十)，「密林置小軒，飛塵不能到」
　　　　意爲摒棄勞人草草，獨闢靜地，此靜地之中，猶餘文字業，詩是在
　　　　這個寂靜之處還留存下來的事物。

　　心與境的「荒寒」常受到詩人內在心靈與外在環境的影響，通常，引起這兩方面困寂的主要動因是外在環境，心不論是有緣有故或無緣無故而困寂，必有感於外物才產生起伏，而環境變動又往往牽涉詩人的身世際遇。故「荒寒之路」與環境、身世關聯，外在環境很難改變，身世是環境運轉中的產物，所以「荒寒」的外在指涉有環境與身世；環境是現實的世界，身世是詩人的遇合，故「荒寒之路」與詩人身世遇合所產生的效應息息相關。陳衍賞識詩人困遇之詩，屢言詩人之身世遭遇：

> 己舟先生以名孝廉屢困公車，值天下兵革，往來戎馬寇盜間，中更悼亡，《劍懷堂詩》，悽惻者追莘田，牢落者近亭甫，身世然也。（〈劍懷堂詩草序〉）

> 南通劉松之元弼雄，……〈別楡生達安〉云：「天涯磊砢兩詩人，從此相望重愴神。直似去官猶戀闕，不知何處著吟身？肺腸結轄憑誰省？肝膽輪囷覺汝真。別後新詞常寄我，江干明月輾征塵。」松之艱於生計，故言之愴然。……子堪好詩甚多，佳句尤夥，幾不勝收。……〈和幹寶宛在堂吟集〉云：「江山亂亟詩逾健，文字緣深誼自長。」（《詩話》卷三十）

困於仕途、戎馬兵革、生計艱難、悼亡等等「身世」都會蘊釀好詩佳句。「不遇」使得詩人之筆悽惻深刻，此非無病呻吟，是遭遇之極加深了詩人的感受力，表現於詩，自與尋常詩語不同。陳衍有《翁評漁洋精華錄一卷》，乃批評翁方綱之《漁洋精華錄評本》，其中，翁方綱評：「〈冶春絕句〉末首云：漁洋先生平生職志，故在元裕之也。竟以得髓許吳天章，亦奇。」，陳衍案語：

> 漁洋時有貌似裕之處，裕之之英姿健筆，則所未有。音節同，神理不同，則身世不同故也。〔註19〕

神理是詩之極高境界發揚，王士禎與元裕之不同處，在於詩之音節同而神理不同，此異則在「身世」，換言之，身世會影響並形成不同的

〔註19〕《陳衍詩論合集》上冊，頁969。

詩之「神」。又《詩話》卷三十一：

> 永定賴岐生維周，才筆兀傲而刻摯，文似黃石齋、李寒支，
> 詩直是金亞匏。苦語使人不能卒讀，亦其遇使然，非無病
> 而呻者比。多錄之，亦以知亂離有至於此極者。

詩人遭遇使得詩中苦語不能卒讀，但陳衍多錄之，其用意在讓讀者
「知亂離有至於此極者」，故陳衍重視現實環境的實況對詩人產生的
創作作用。《詩話》卷三十錄林天遺詩，陳衍評曰：

> 起兩聯秋氣滿紙，……〈三月三日宛在堂春祭到者五六十
> 人可謂盛矣喜而有作〉云：……。次聯非真有山林氣者說
> 不出，所謂會心不在遠也。二詩收皆減色。君詩末多衰颯，
> 余常憂其與晚景有關，後果然。〔註20〕

什麼樣的身世境遇就寫出什麼樣的詩來，林天遺有何遭遇呢？《詩
話》同卷又曰：

> 君又有〈久不到匹園海棠諒已花矣回首去年悵然有作〉，次
> 聯云：「想見春風依舊好，自憐殘客再來遲。」余家海棠三
> 株，樓前二株，高已過牆。此花本絕豔，而君詩總說得淒
> 黯，殆罷官後境遇蕭條之故。然君狷介自持，可取即在此
> 也。

罷官後，境遇蕭條，如此遭遇而詩人仍狷介自守，因此，詩就寫得淒
黯，甚至原本風華絕豔之海棠，在詩人筆下都蒙上殘影，陳衍藉此強
調詩人「狷介自持」之可取，是在評論詩人之身世遭遇與「荒寒」的
關係時，連帶肯定詩人孤特、不與流俗的個性。《詩話》卷十三論江
左詩人馮煦：

> 馮夢華壬午同年，未與識面，惟從何研孫維棟處，得其詩稿
> 一小冊，經喪亂後所作，多淒咽之音。

喪亂之後，多淒涼之音，這也是際遇影響詩人、再影響詩作，雖然，

〔註20〕林天遺「秋氣滿紙」詩〈石遺丈自鷺江因病久未詣昨過開化寺回首
　　　　往歲偕遊諸處悵然有作〉：「不是西湖景物非，欲持故目與心違。未
　　　　涼殿宇皆秋氣，偌大亭林剩夕暉。來日逆知黃菊損，背人靜看白鷗
　　　　飛。舊遊空在思何益，再會能無感式微。」。

並非所有的詩人之詩必定如此，但是，環境影響詩人卻是不容忽視的重要的事實。

爲何身世遭遇是詩的重要因素？陳衍肯定「身世如其詩」，〈知稼軒詩敘〉云：

> 吾鄉人之常爲詩者，余識葉損軒最先，次蘇戡，次弢庵，又次乃君常。而君常所常與爲詩者，弢庵與余外，則有葉肖韓、陳徵宇。之數子者，身世皆略如其詩。……獨君常才筆馳騖自喜。……其間有憂愁牢落，託於《莊》、《騷》之旨者，亦坡公之憂愁牢落也。〔註21〕

凡人的心態總是好逸惡勞，對讀書人而言，至少都企求蘇軾〈洗兒〉詩中的人生：「人皆養子望聰明，我被聰明誤一生。惟願孩兒愚且魯，無災無難到公卿。」蘇軾之意：欲到公卿之路不可能無災無難，因爲「愚且魯」能到公卿是不可能之事，蘇軾的反諷正說明孤兀的個人性情與現實環境其實不能相容，所以蘇軾固有此誦。一個人若性格孤傲，仕途必然難以順遂，自古以來，官場險惡、士人不遇之例比比皆是，一個讀書人若爲了堅持個人性情，必須承受與惡勢力搏鬥的種種心靈煎熬，最後的結局即中國自古以來的仕隱糾葛。多數士人一旦作官，宦海浮沉，最後則性情大失，選擇留在沒有自我的官場，有人寧願維持個性，只能歸隱；喪失個人性情就無法自適自在，更遑論寫出眞性情之詩了。所以，詩的特質是荒寒之路，既知其荒寒又肯與之周旋則有眞詩，此爲創造的勇氣。

身世遭遇又牽涉詩人「少達而多窮」的問題。詩人多窮，因爲歷代甚少明君，在此「少達多窮」的不平衡中，「窮」幾乎可以說是自古詩人的宿命，宿命既如此，詩人何以自處？陳衍藉著提出「詩者，荒寒之路」毋寧說他看到一個詩壇的眞實現象並提出理性的主張，荒寂之中自有生命力，不能因爲「荒寒」、「困寂」、「詩窮」等字眼就判別陳衍論詩之消極與退步。因爲，「荒寒」並非只有字面上的意義而

〔註21〕《陳衍詩論合集》，頁 1059。

已。

在〈知稼軒詩敍〉前半段，陳衍提到張之洞論詩「揚蘇斥黃」，陳衍認爲蘇黃齊名，但是，因蘇軾受黨禍而能「坦蕩殊雕飾」，故可見「大人先生之性情樂廣博而惡艱深」，從這一資料可知陳衍認爲張之洞對蘇黃的好惡在於「性情」上的欣賞，所以，聯繫荒寒之路、心寂境困、身世遭遇之論述，「性情」可視爲陳衍詩學觀念中，對詩的本質的一個重要觀念。

三、詩非窮而後工

陳衍賞識困窮之詩、也同意身世影響詩人、貴人不能詩，但卻不認同「詩窮後工」，甚至不以爲「詩能窮人」，〈陳仁先詩敍〉：

> 昔歐陽公序梅聖俞詩，既疑詩能窮人，又疑窮而後工，吾以爲皆非也。聖俞爲都官，富於詩，豈眞窮餓能以詩自飽哉？窮無定準，歐公窮聖俞，有窮於聖俞者，聖俞不窮。聖俞唯不自窮，故敢於工其詩。自謂窮，則戚其窮不暇，何詩之能工？仁先旅食大困，亦若窮然，然工詩固已久矣，暫而窮，即以坐詩，非道也。〔註22〕

陳衍看到的陳仁先詩，是陳詩早已「工」，並不是「窮後」才工，所以窮與不窮並非詩之工與不工的先決條件，重點在詩人自己的內心。〈陳仁先詩敍〉又云：

> 余以爲詩者荒寒之路，羌無當乎利祿，仁先精進之猛，乃不在彼而在此，可不謂嗜好之異於眾歟？舊歲八月，武昌兵事猝起，仁先挈家人，奉二親祖母，流寓春申江上，食指三百數。居數月，大困，無以自存，乃以書抵余閩中，言自理其詩將刊之，乞爲敍者累百十言。何其困若轉徙之餘，拳拳之獨在此歟？

陳仁先鍾情於詩，甚至「大困，無以自存」時仍拳拳於詩集刊行之事，詩人對詩之執著，到了身命關頭還能如此念茲在茲，是詩與生

〔註22〕《陳衍詩論合集》，頁 1054。

命同在而不輕言背離。因此，詩並不能「窮人」、境同樣也不會「窮人」，詩人境遇儘管困窮，只要詩在詩人內心猶是與生命之共在，則詩人不窮、其詩不窮：

> 詩窮後工，與詩能窮人，二者豈果有其事歟？林謙宣葆忻，七言律本多可誦，而近日處境稍困，方以爲必作苦語矣，乃急寄〈三月三日宛在堂春祭見懷并呈同社〉二律云：……。其二云：「瓣香湖上有千秋，詩思憑欄茗一甌。風軟蝶隨飛絮舞，水肥鴨逐落花泅。春當三月堪乘興，客滯江南未倦遊。遙讅朝雲陪笠屐，踏青此日遍蘇州。」清新俊逸，如見春服詠歸之致。（《續編》卷一）

陳衍說「詩是荒寒之路」又質疑「窮而後工」與「詩能窮人」之律，似是矛盾語，但「荒寒」與「窮」並非同義詞，而是互相作用。「詩者荒寒之路」是詩人內心須先自我肯定的認知，「荒寒之路」並不一定只指境窮，它包含心寂與境困，而心寂是更須先於境困之認知，因此，境不會「窮人」，窮境是能讓詩人提煉性情真純度之客體，因爲，詩人即使並非處於荒寒之境，若能以荒寒之心寫詩，其詩亦能動人，只是，荒寒之心常是凡人修煉不到的境界而已。所舉詩人林葆忻「近日處境稍困」，其詩反而清新俊逸。《詩話》卷三十錄鄭守堪詩：

> 鄭守堪〈和幹寶宛在堂吟集〉云：「江山亂亟詩逾健，文字緣深誼自長。」

鄭守堪在世亂愈亟之下，其詩愈健。但相反地，「人窮」又未必是詩造成的，《詩話》卷三十：

> 詩情幽詩筆峭者，其人多瘦，張如香培挺瘦人也。〈秋懷〉四首云：……皆詩瘦如其人矣。……送伯修一首，可謂借他人之酒杯，澆自己之墨塊矣。〈題鹿莊聯軒作〉後半有云：……。幾使人不能卒讀。然有此美才，未必詩終能窮人也。

張培香人瘦故詩瘦，這或許是陳衍的玩笑之語，詩人恰巧身形瘦，但陳衍主要是說人瘦詩瘦難掩美才，則又「未必詩能窮人」。不論境窮、

人窮、詩窮，陳衍指出「詩人自身之才」的重要，亦即詩人自身對詩的感受與表現力。陳衍《近代詩鈔》選張佩綸詩，評曰：

> 黃齋詩才力富有，用事穩切，與張文襄并驅中原，未知鹿死誰手。惟文襄雖頗更憂患，抑鬱不得大行其志，然數十年外疆圻而內樞府，事業爛然，……黃齋則獲罪遣戍，……而詩筆剽健，所謂精悍之色，猶見眉間，與悽惋得江山助者，兼而有之。豈眞愁苦之易好歟？抑亦蘊積有素，而遇景觸事，乃恣所發揮，淋漓盡致歟？〔註23〕

張佩綸與張之洞兩人詩才不相上下，從境遇來看，張佩綸「獲罪遣戍」而「詩筆剽健」，張之洞雖不得行其志但事業爛然，二人際遇不同。這裡以質疑「愁苦易好」肯定詩人平素的「蘊積」之重要，「境」之有助於詩人，乃「所遇」與其「性情」觸發而盡情發揮於詩，此發揮突顯的仍是境遇所受之「個人」。

　　陳衍把「詩」與「窮」放在一起討論，明辨兩者之間的關係是：境窮可以提昇詩境，境窮有積極意義，但是詩不能窮人，因爲詩人在窮境中仍應寶貴個人獨特之持守，境窮而有佳詩，但境窮不能窮人。故陳衍雖然提出「荒寒之路」，但是並非從消極的眼光看待詩，反而教人應體認「荒寒」的鑄煉意義，從個人主體感受結合詩的荒寂特質建設作品的美感價值。前述在「貴人不能詩」的主張下，更絕決地指出：要做官乾脆不要寫詩。詩是一種摒絕世俗、脫落塵道之物，其〈沈澄園遺詩敘〉云：

> 澄園至嗜學，方從余讀時，余有所作，殘稿棄斥，往往掇拾藏之。長肆業書院，經義治事詞章之學，無不致力，獨未見其爲詩。余遊臺遊滬旬月，以書相勞問，偶有作寄懷，澄園亦未有以答。以謂澄園志經世，如日方東，詩者窮士所爲，雖不爲可也。〔註24〕

「詩者，窮士所爲」，一個人若志在經世，那麼，可以不要作詩，

〔註23〕陳衍：《近代詩鈔》第九冊。
〔註24〕《陳衍詩論合集》下冊，頁1062。

因爲一旦有經世念想，其人之心開始有「利」的作用，利心必無法「寂」，心不能靜寂，則不作詩可也。

「窮而後工」之說，始於歐陽脩〈梅聖俞詩序〉：

> 予聞世謂詩人少達而多窮，夫豈然哉？蓋世所傳詩者，多出於古窮人之辭也，凡士之蘊其所有，而不得施於世者，多喜自放於山巔水涯，外見蟲魚草木風雲鳥獸之狀類，往往探其奇怪，內有憂思感憤之鬱積，其興於怨刺，以道羈臣寡婦之所嘆，而寫人情之難言，蓋愈窮則愈工，然則非詩之能窮人，殆窮者而後工也。〔註25〕

歐陽脩「窮而後工」之「窮」指的不是物質的困窮，而是有志不得酬的際遇之窮，境窮詩工。陳衍反對境窮而後詩工的理由之一是：「窮無定準」，某甲窮於乙，某丙也可能又窮於乙，如果以遇窮來判定詩之工拙，那麼，結果是甲詩必劣於乙詩、乙詩必劣於丙詩？且窮既無定準，則窮到何種程度，詩才能算是工？故詩工與不工不能由「窮」認定；理由之二是：人「惟不自窮，故敢工於其詩」，詩之工否，在詩人自己而未必在環境，境窮激發詩人不自窮之意志，故詩工。因此，「窮」之於詩人並非絕對的關係，換言之，詩人之心與所處之境，寧「寂與困」而不要求「樂與達」，且未必境「窮」則詩才工，陳衍之「荒寒之路」與歐陽脩「窮而後工」稍稍有異。趙翼亦懷疑窮而後工，〔註26〕應該說，處於窮境比較容易感事興懷，境窮而詩人有荒寒的體認則心清意明。創作時，詩人有深刻感受，所成之詩則入人自深，但境窮與詩工之間並非絕對因果關係，因爲最後有影響力的是「人」。趙翼僅懷疑窮而後工之說，陳

〔註25〕歐陽脩：《歐陽文忠公集》第二冊，（臺北：臺灣商務印書館，1967），頁63。

〔註26〕《甌北詩話》卷二〈杜少陵詩〉：「詩人之窮，莫窮於少陵。……或謂詩必窮而後工，此亦不然。觀集中〈重經昭陵〉、〈高都護驄馬〉、〈劉少府山水障〉、〈天育驃騎〉、〈玉華宮〉、〈九成宮〉、〈曹霸丹青〉、〈韋偃雙松〉諸傑作，皆在不甚饑寒時。氣壯力厚，有此巨觀，則又未必眞以窮而後工也。」，《清詩話續編》第二冊，（臺北：藝文印書館，1985），頁1161。

衍則進一步指出「非詩能窮人」，從「人不自窮」來看，可知陳衍
區分現實之窮與精神之窮，並且強調詩人自我個性充實發揮的主體
能量，因此，陳衍論詩的特質，人的自我性情扮演著優先性的角色。
然而，敏澤《中國文學理論批評史》卻認為「荒寒」之說是逃避現
實：

> 一再強調詩是通向荒寒的道路，實際上是在中華民族處在
> 「喪亂云臆」的情況下，要求詩歌遠離紛紛擾擾的現實。
> 如他自己所表白的：「既非天寶時，位復非拾遺。所以少感
> 事，但作遊覽詩。」「流連愛光景，亦自是一適。」〔註27〕

陳衍喜作遊覽詩的原因是自己所處之位置「時非天寶、位非拾遺」，
故詩少感事、只作遊覽詩，是瞭解當世已不可為的自寬之計。陳衍在
詩的特質方面，強調詩人個體有感受的自我，外事外境是烘托地位，
況且晚清詩人寫山水詩是一種常態，不只陳衍喜作山水之遊，由《詩
話》記載，晚清詩人個個喜遊山水，且每遊必有詩，不能說喜作山水
詩者，就是逃避現實，更重要的，「荒寒」說的是詩之特質非作詩之
取向，〔註28〕敏澤之理解恐有誤差。

　　一般而言，詩論家如果身兼政職，思想難免會有官方的傾斜，例
如乾隆時的紀昀，也反對「不平則鳴」、「窮而後工」，但是理由不同：

> 三古以來，放逐之臣，黃畿牖下之士不知凡幾，其託詩以
> 抒哀怨者亦不知其凡幾，平心而論，要當以不涉怨尤之懷，
> 不傷忠孝之旨為詩之正軌，昌黎〈送孟東野序〉稱「不得
> 其平則鳴」，乃一時有激之言，非篤論也。（〈四松堂集序〉）
> 詩必窮而後工，殆不然乎，上下二千年間，宏篇鉅製，豈
> 皆出山澤之癯耶？（〈月山詩集序〉）〔註29〕

〔註27〕敏澤：《中國文學理論批評史》下冊，（長春：吉林教育出版社，1993）
　　　　頁1362。
〔註28〕相同的誤解亦出現在劉世南：《清詩流派史》〈詩界革命派〉比較同
　　　　光派與詩界革命，云：「同光體大多數人越來越對中國的政治前途悲
　　　　觀失望，日益走向『荒寒之路』去，而『詩界革命』派一直洋溢著
　　　　戰鬥精神」，（臺北：文津出版社，1995），頁581。
〔註29〕引自鄔國平、王鎮遠：《清代文學批評史》，（上海：上海古籍出版社，

詩歌作品如果是「不平」與「窮」的情況下而鳴，等於間接承認當世政治社會正是「不平」和「窮」，紀昀身當乾隆承康、雍基礎而來的清代盛世，當然不能表彰「不平則鳴」之說。袁枚亦認爲「窮而後工」乃衰世之言，〔註30〕故大凡盛世或代表官方的文藝思想絕不肯輕言「詩窮後工」。然而，陳衍在晚清的身份是政壇人士兼文學家，提出「荒寒之路」、「困寂」，顯然跳脫官方鉗制的成規，而對於詩歌之屬於個人性靈的特質能有清楚的認識。應該注意的是，陳衍雖提出詩的「荒寒」但不主張太過悲苦之「窮詩」：

> 劉仲英近頗詩窮，所作多似散原，讀之不歡。再錄其舊作兩首，一〈廣州雜詩‧六榕塔禮東坡像〉云：「獨與盧敎遊汗漫，南荒九死勝生還。人間快意成奇絕，心折西泠陸講山。」〈潮州西湖〉云：「山北有鵑南無鵑，舊栽官柳已飛綿。當時枉有騎驢意，不向山靈乞墓田。」（《詩話》卷三十二）

所錄二詩乃詠景物，詩中因景觸興而有「九死」、「乞墓田」之語，所以陳衍讀之不歡。又勸少年人作詩不宜苦語悲音：

> 振心有弟揮之揮，幼學早卒。嗜爲詩，而苦語悲音，奔走紙上，雖年少血性過人，動形感憤，亦言爲心聲，太乏春夏氣也。……以上語幾百無一歡，多錄之，勸年少者不宜無病而呻，亦聊慰齋志以沒者於萬一也。（《續編》卷一）

過分迷信「窮而後工」而追戀於詩之悲窮，仍終失之「無病呻吟」，當詩歌作品呈現無病呻吟，其逾離詩人性情反成了一種虛僞，自然不符合陳衍論詩主張情摯的要求。又《續編》卷四錄汪精衛詠木芙蓉花：「西風日凄屬，百卉歸黃萎。後凋亦何爲，踽踽良可悲。」陳衍評曰：「則桓尹撫箏之感，商聲太重，願勿續續彈也。」由於不喜過於悲苦之詩，故亦不悅商聲太重之詩。商聲在音樂中指五音之一，

1996），頁 462。

〔註30〕袁枚〈答雲坡大司寇〉：「詩人窮而後工之說，原爲衰世之言，古人若唐虞之皋夔，成周之周召，何嘗不以高華篇什傳播千秋，然而彼皆颺拜於殿廷，未有流傳於草野者。」（《隨園尺牘》卷四）。

亦指秋氣；秋風肅殺，商調比喻悽愴怨慕之感，阮籍〈詠懷詩〉有：
「素質由商聲，悽愴傷我心。」陳衍肯定言爲心聲，故詩窮隱映心
窮，心窮則詩人枯竭，所作之詩沒有活潑的心靈泉湧，便無法感人。

　　以上，詩乃「荒寒之路」，在這一條路上「詩寂」、「境困」之下
又推翻「詩窮後工」、「詩能窮人」舊調，強調詩人內在性情的重要。
陳衍主張詩是荒寒之路，但「荒寒」與「窮」並非有必然的關聯，換
言之，詩在荒寒之境底下才能感人，但詩人未必要等到自己的境遇困
寂了，才有好詩，而是以一顆孤寂之心作詩；所以，陳衍雖然重視身
世際遇，但其論詩之特質，關鍵仍在詩人自己，不在環境。因爲，如
果詩之好壞工拙決定於環境的話，詩人失去主體性，自憐其窮尚且不
及，何能有餘心餘力爲詩？因此，「詩窮後工」的「窮」有指境之窮、
心之窮，但心窮不是胸無點墨、平凡乏味，而是能在境窮時，持守意
念上的堅強擔當。陳衍肯定心之困寂，對詩之特質賦與「性情」的意
義，而非詩教。清代不乏詩教論者，例如趙執信《談龍錄》第五則：

> 詩之爲道也，非獨以風流相尚而已。《記》曰：「溫柔敦厚，
> 詩教也」，馮先生（案：馮班）恆以規人。〈小序〉曰：「發
> 乎情，止乎禮義」，余謂斯言也，真今日之針砭矣夫。〔註31〕

趙執信論詩重「學」、重「道」，〔註32〕認爲「溫柔敦厚」與「發乎情，
止乎禮」是針砭之言，其主要思維是在不否定情的基礎下，再以「止
乎禮」的禮義節制包裹情。清代主「詩教說」者如沈德潛亦以爲詩的
功用在求「優柔平中，順成和動之音」：

> 人之作詩，將求詩教之本原也。唐人之詩，有優柔平中、
> 順成和動之音，亦有志微噍殺、流僻邪散之響，由志微噍
> 殺流僻邪散，而欲上溯乎詩教之本原，猶南轅而之幽、薊，
> 北轅而之閩粵，不可得也。（〈唐詩別裁集序〉）

凡是不符合教化功能之詩即被否定，這些以「詩教」爲針砭者，常是
爲了抵制情感容易過分地隨性本能而發，引起無限制泛濫，故提出教

〔註31〕《清詩話》，頁311。
〔註32〕《談龍錄》第十六則：「詩人貴知學，尤貴知道。」《清詩話》，頁313。

化說，爲的正是穩住人們輕易被社會外慾所牽引浮動的「情」，所以詩的「情」或「教」往往成爲個性與群性之間的拉鋸戰。

陳衍所云「荒寒之路」可視爲在晚清詩論中的特殊理念，何以言之？綜觀中國古典詩論，不論言志、言情，或情志並舉，「志」與「情」作爲詩人內在的質素，批評家追索詩的本質與詩人內心自我的關係，這是向內追求的，而陳衍所提的「荒寒之路」，不僅是向內追索，更是向內追索一種孤獨的極致內在，此孤獨不僅是自我修爲，對於外在環境亦須以孤寂之心對待，自我修爲與面對窮境，相應而成境與心兩寂，其荒寒之說是對詩的特質之內外在的終極觀照。在那個極致之地，才有眞詩的可能，此義在陳衍之前並未有詩人提及，「荒寒」與「寂」說明陳衍從詩的特質上強調詩人心靈自主性以及超越性。如果仕與隱一直是古來讀書人的矛盾，則陳衍以「荒寒之路」化解了這個難題，換言之，從詩歌的特質之指「詩人之心」的心寂、境困，又以貴人不能詩的「性情」說明詩之存在位置，內外既已說得很明白，讀書人不須自困於仕隱之難。自從《孟子‧萬章》云：「頌其詩，讀其書，不知其人可乎？是以論其世也，是尙友也。」以及「說詩者，不以文害辭，不以辭害志，以意逆志，是爲得之」的提出，傳統說詩注重如何以「將心比心」的角度精確地把握詩意，這是針對接受者的諄諄告誡，而陳衍的荒寒之路肯定詩人孤寂的心與困窮的境，他將詩的眼光追回來擺在作者自身被要求的第一步。

陳衍《詩學概要》〈三百篇、楚詞〉云：

> 正《雅》近《頌》，固未嘗不工，變《雅》尤工，殆所謂愁苦易好歟！〔註33〕

賞識「變雅」之詩，原因是「愁苦易好」，變風變雅爲衰世之作，世衰而詩人若能體會詩是荒寒之路，就能在心的困寂中驗證世之困寂，荒寒之路乃陳衍賞識變雅之作的相應思想。論者每以陳衍乃末世迷戀古典、不解當世時運、未能與時代切合而貶抑之，但陳衍「生

〔註33〕《陳衍詩論合集》下冊，頁 1029。

平喜檢拾友朋文字」(〈沈乙盦詩敘〉),其刊行《近代詩鈔》意在重視「變雅」,並由反映時代幽愁之「變雅」以「抒煩憂」,「變風變雅」在古典詩論裡即指衰世之詩,如果陳衍不知民間疾苦,何以重視變雅?因此,說陳衍死扳著古典、迷戀瀕死遊絲之氣,恐怕未識陳衍視詩爲荒寒之路的深意,其中有知識份子之自覺與擔當。

　　陳衍所提的詩之特質「荒寒之路」向來不被文學史重視。除上述程亞林《近代詩學》以何紹基與陳衍合論的方式,專章分析「自立眞我,甘處困寂」之外,近代詩學研究者錢仲聯〈論同光體〉一文則完全未提;而吳淑鈿《近代宋詩派詩論研究》則將之解釋爲「對人與文一的要求,是詩與具體境地,性情,身分等的一一相稱」,〔註34〕其義難明。「荒寒」所指的是「性情」,且爲一種在困寂之中又不畏困與寂的勇氣所體認引發的眞摯性情,「詩窮後工」尚有一「後」意,「詩者荒寒之路」直探詩的本質是孤獨之觀念,屬於詩人內在心靈,並非環境、人文、身分等外在意義之稱。

第二節　高調不入俗

　　詩是荒寒之路,是詩人之心與境並處困寂之下的藝術表現,那麼,詩的本質是否會因爲困寂的要求,最後反以「荒無」爲最高呈現?若要避免此一危險,荒寒之路要有什麼內容,才能使詩不至於因人寂境困而走火入魔呢?這就必須找到即使行走在荒寒之路上亦不會荒掉、寒掉之事物,即具有「我」的內在眞質,或者說以「我」爲詩內蘊之「性情」爲最終要求。荒寒之路是「孤寂」之「我」之「性情」所呈顯的眞實,無懼而有勇氣的性情是創造力的基礎。

　　關於詩的本質,與之相聯繫的是詩的特徵問題。此問題主要有兩種意見:一是形象論,一是情感論;前者強調文藝是以形象反映生活,即再現派,後者強調文藝是主觀情感的表現,即表現派。〔註35〕不論

〔註34〕吳淑鈿:《近代宋詩派詩論研究》,(臺北:文津出版社,1996),頁106。
〔註35〕吳中杰:《文藝學導論》第二章〈情感與形象的融合〉(上海:復旦

形象論或表現論，詩之以情動人是一個十分重要的特徵。〔註36〕陳衍論詩之本質爲荒寒之路，「性情」是主要表現特徵，並且「眞摯」是其內容。這種以詩人自我爲尚的理念，形成陳衍詩學之本質論的第二點：高調不入俗；詩人不因境困依然有堅持，其調自高，此高調是眞摯的性情，而不俗的高調也就是自尚的高調，以下分述之。

一、眞摯之性情

　　陳衍論詩強調性情，尤其主張詩中要有詩人自己的眞性情，至於什麼是自己的眞性情？陳衍提出「摯」。性情，嚴格說來是兩種觀念，即性與情，而陳衍所提的「性情」是合稱，並未特別分性與情爲二物，乃視爲創作者主觀主動之感情表現。中國思想系統裡，情是後出的，直到情作爲一種文學觀念，仍與人的心裡活動甚少關係，在《論語》、《左傳》、《孟子》、《易傳》等典籍中之「情」字句，大多不是確指人的情緒或情感之精神活動，而是指客觀事物、人類行爲的某種特質、狀況等。《論語·子路》：「上好禮，則民莫敢不敬；上好義，則民敢不服；上好信，則民莫敢不用情。」，朱熹《四書集注》釋：「情，誠實也。」可知情之背後隱含著「眞」，所以，情與「信」相應，情雖尚未有情緒、情感的實際內容，但它是不可造假的，不可造假，故以「眞」言「情」。

　　陳衍認爲詩是用來「陶寫性情」的：

　　　　前言錢子泉，罕讀其詩，必近來勤於學務，日事編纂，未

　　　　大學出版社，2002），頁27。
〔註36〕清代詩論家論詩普遍重情，例如葉矯然：《龍性堂詩話初集》：「江右徐仲光芳云：『詩之道，以氣格爲上，而結構亦不可遂輕；以性情爲先，而聲響亦不可遂廢。』」。朱彝尊：〈錢舍人詩序〉：「緣情以爲詩，詩之所由作，其情之不容已者乎？夫其感春而思，遇秋而悲，蘊於中者深，斯出之也善，長言之不見其多，約言之不見其不足，情之摯者，詩未有不工者也。」（《曝書亭集》卷三十七）。袁枚：〈答蕺園論詩書〉：「詩者由性生者也，有必不可解之情，而後有必不可朽之詩。」林昌彝：〈二知軒詩鈔序〉：「詩之作也，有性情焉，有風格焉，性情摯而風格高者有之矣，未有性情不摯而風格能高者也。」

遑陶寫性情之故。(《續編》卷一)

據「詩之特質為荒寒之路」來看，荒寒既是心與境的困寂，而非外在現實世界的豐華，那麼，詩與利祿絕緣則詩與內在自我密切相關，詩是透過詩人而表現的，故詩之本質即以詩人內在之自我——性情呈現。真摯之情又見陳衍所錄劉紹庭詩：

> 君(案：劉紹庭)有〈不得家書甚久書來知內子小疾〉云：「家書不來六十日，終日望書如有疾。今朝書到卻生愁，病妻服藥書掩室。自言已占無妄喜，恐慰離人語非實。挑燈作畫急相報，破窗秋風入我筆。聲聲絡緯吟頹牆，單衾輾轉中夜長。卷帷微嘆霜月落，關河欲曙天蒼茫。」眼前語讀來但覺悲涼懇至，誰謂唐詩之不可學耶？(《詩話》卷五)

詩中「悲涼懇至」的是對妻子思念之深情。又《詩話》卷九：

> 逸雲好為詩，亦罕示人。余向之索近作，乃出〈春夜懷人〉一首云：「皎皎霜前月，松枝拂地寒。巷深車轍斷，親健酒懷寬。拭目看新績，支頤覓墜歡。美人渺天末，遙夜憶琅玕。」清言見骨，詩如其人，「親健」句尤見性情。

「親健酒懷寬」是性情，可知就是尋常生活中的點滴事件，以及這些點滴中詩人的主觀清切感受，它不須多麼堂皇，甚至是不必學而能表現的，因為其「真」。陳衍〈陳師曾寄示詩十數首逼肖乃翁喜而有贈并約過談〉詩：

> 詩是吾家事，因君父子吟。似曾緣綺靡，終擬入精深。篆刻鏤肝意，雲山動操音。君工刻印及畫寂寥三益徑，相望一開襟。(《詩集》卷六)

「吾家事」亦指出詩要求「真」的性格，而且是深刻真情，非綺靡者。又〈與何心與書〉：

> 大抵世緣深則真性情沒，真性情沒，則宇宙剖判以來，所有鍾毓積絫至美可觀之物，皆將退廢而無致人之力，況於綿邈幽夐之百往而百復，將隱而將現者乎？〔註37〕

與「世緣深則真性情沒」持論相同的，乃王國維《人間詞話》評李後

〔註37〕陳衍：《陳石遺集》上冊，(福州：福建人民出版社，2001)，頁573。

主：「詞人者，不失其赤子之心者也。故生於深宮之中，長於婦人之手，是後主為人君所短處，亦即為詞人所長處。」，又云：「客觀之詩人，不可不多閱世。閱世愈深，則材料愈豐富，愈變化，《水滸傳》、《紅樓夢》之作者是也。主觀之詩人，不必多閱世，閱世愈淺，則性情愈真，李後主是也。」〔註38〕王國維只說閱世深則作品愈變化，「閱世淺則性情真」則與陳衍之「世緣深則真情沒」是相通的，主要均指向詩人內向的深掘：涉世淺亦即在荒寒之路中摒棄世務，涉世淺可保性情不受污染，在荒寒路上摒棄世務是不畏不譖世事的愚騃，這是一種心靈勇氣的自願承擔，此乃陳衍詩學觀念對於詩人性情的內在勇氣之肯定。

　　陳衍論詩的本質，傾向於詩之表現論，即詩歌的抒情本色以及詩之以情動人的情感作用，將「情」視為詩之根本。由於詩是荒寒之路，此路上有自家性情與高調，故陳衍強調詩人「真情」。詩之以情為本，自古詩文理論就很重視，特別的是，陳衍以「情」為詩之本質，因此《詩話》對悼亡詩多所賞愛，悼亡詩因「亡」本身已是生命的荒寒，以及悼亡者之詩必以真情而顯，所有的情感中，只有悼亡之情最深刻、不能作假，「悼亡」亦是「荒寒」的另一種表現，而被陳衍欣賞：

> 語云歡娛難工，愁苦易好，而悼亡詩工者甚鮮，王阮亭、尤西堂不過爾爾，則此種詩貴真，而婦女之行，多庸庸無奇，潘令元相所已言，幾不能出其範圍也。(《詩話》卷十)

> 悼亡詩古今不知凡幾，真悲哀者卻少。師曾屢有作，無不真悲哀者。……師曾哀樂過人，真悲哀語，皆非淺衷人所知。(《詩話》卷十九)

真悲哀語非淺衷人所能知，那麼，能說真悲哀語者必為深衷之人，深衷必有真情。在題材上欣賞悼亡詩，可知陳衍對真摯性情的理解之異於平常，他從悼亡詩解釋真情。《續編》卷二錄王曉湘悼亡詩，

〔註38〕王國維：《人間詞話》卷一第十六則、十七則，（臺北：三民書局，1994），頁33～35。

評曰：

> 南昌王曉湘易，工爲沉痛語，特錄其哀惋之作。……諸詩工
> 力，在鄭子尹、江弢叔之間。大略君詩多苦語，雖所遇使
> 然，亦心思才力，固有刻摯過人者乎？

在陳衍的想法裡，苦遇則苦語，因爲苦遇能激發心思才力之「刻
摯」，故苦語中愈見摯情。然而，前述陳衍不欣賞無病呻吟詩，所
以，並非苦語即是眞情，境遇爲詩人作詩的助力，但是詩人必先自
具眞情，再有困境而彼此成全；沒有眞情，則苦境苦語徒使人不悅
而已。所以，悼亡詩之可貴在「眞情」，不只在因悼亡而說出的沉
痛之語而已。喬億《劍谿說詩又編》亦提及悼亡：

> 古今悼亡之作，惟韋公應物十數篇，澹緩悽楚，眞切動人，
> 不必語語沉痛，而幽憂鬱堙之氣直灌輸其中，誠絕調也。
>
> 〔註39〕

悼亡詩之可貴在情眞，而不是「亡」之悲痛。因爲有眞情，「亡」之
沉痛才能是眞質語。因此，沉痛未必有眞情語，但眞情表現於悼亡
詩，其沉痛必眞而感人。《續編》卷二錄史耐耕〈悼亡〉集句，陳衍
並說明悼亡詩特色：

> 門人宜興史耐耕乃康，年少悼亡，數年不娶。……其〈悼亡〉
> 集句云：……。悼亡詩最宜質言，潘安仁‧元微之之作，
> 所以千古也。

古來悼亡詩之足堪稱千古者，因其「質言」。離家詩亦有眞情，因爲
古代因交通與治安問題，離家也許是永別，其情與悼亡異曲同工：

> 陰亭近詩，可采者已不少。今年赴歐美考察郵政，得詩率
> 寄示余。獨采其〈離家〉一首，具見性眞云：「七載家園帶
> 淚看，避兵何意獲團欒。精神似昔親還健，菽水從今夢亦
> 安。小聚休嗟仍遠別，壯遊不僅救饑寒。歸來攜得瀛談富，
> 倘博慈顏一笑歡。」（《續編》卷三）

人往往因失去才能深切體悟曾經擁有，離家乃更憶親，故「博慈顏

一笑」即「性真」所引發的心態，這是最單純的感情，在離家的「失去」後，體會了歸來之情，如此透過「沒有」而體會「有」，其真摯是隱微深刻而且必須經過內探的一種情感。陳衍欣賞悼亡詩，與鄭孝胥所合倡的「悒悒不甘之情」是互相匯通的，兩者都是人生「失去」之感，舉凡遭際的落拓、離親的遠夢、以至肉體的亡毀，人生許多事物可能造假，生老病死與悲歡離合都有真真假假的一面，但在「失去」的情境之中，尤其「死亡」之感所觸動之情，是詩人從人生真真假假的認知直觸「今朝都到眼前來」的切實感。陳衍從詩之動人的本質中，拈出「荒寒」、「悼亡」、「悒悒不甘」，乃其「詩本性情」的內涵。

二、自尚之高調

荒寒的境地是個人內在獨特的世界，故詩除了是「真摯性情」外，還是「自家高調」：

> 余亦喜治考據之學，其實皆爲人作計，無與己事。作詩尚是自家意思，自家言說。(《詩話》卷一)

這一番話的「自家意思」、「自家言說」是陳衍對沈曾植所說的詩不同於作學問、考據訓詁的一大關鍵。「自家高調」又見於與鄭孝胥論詩，陳衍〈海藏樓詩敘〉云：

> 君又言：律詩要能作高調，不常作可也。余曰：高調要不入俗調，要是自家語。(《文集》卷九)

所謂「高調」，據陳衍門人黃曾樾《陳石遺先生談藝錄》謂：「師云：所謂高調者，音調響亮之謂也。如杜之『風急天高』是矣。《散原精舍詩》則正與此相反。」〔註40〕陳三立詩爲何音節不響亮？因爲其詩艱深，陳三立以避熟避俗造成艱深，故與陳衍音節響亮之不俗正相反。詩要高調，且「要是自家語」，如果一味唱高調、只追求音節而無自家語則仍落入俗調，所以，高調與俗調之別，其實只在一線之間，即是否「自家的」而已，在自家的這一區是高，在非自家

〔註40〕《陳衍詩論合集》上冊，頁1019。

的那一區是俗，先不論詩之題材、音節、結想等等。自家的高調又有些什麼特色？「自家」已有不同流俗之義，「高調」亦非俗調，所以，陳衍對「性情」的定義是雙重嚴格的，陳衍《詩話》評詩之語，時常稱讚某詩「不猶人」，「不猶」義為不若、不同，即不依傍、不和別人相同的意思。陳衍〈題眾異詩卷〉詩：

> 廿五年前老都講，當時詩已不猶人。
> 近來恣肆頹唐處，怪汝一何同老身。（《詩續集》卷五）

又〈陳仁先詩敘〉：

> 唐宋以還，能持不律屬字句者，殆無不為詩。然可稱為工者實不多，有工為詩者，非獨其詩之不屑乎眾人，必其人之不屑乎眾人也。其結想欣戚，無以稍異於眾人，其有所言，謂之能屬字句也足矣。〔註41〕

「非獨其詩之不屑乎眾人，必其人之不屑乎眾人也」有兩個條件，即詩和人都要獨特，詩人自己要有孤介氣質，所作之詩固不同於眾人，人與詩互為主客體、互相成就。「不猶人」的自家性情又非隨意拈出、隨性出之，其中有深刻意涵，非任性為之，如果「自家」只是任性隨自己之意而寫，還是落入空泛淺白，非詩之格。故陳衍再以「高調」規範，這樣就同時兼顧純真而有內容，不僅只有「自家」情感的泛泛，高調也就不會寡合。

強調「自家高調」，而自家高調的內容則是真摯。沒有無情之詩，也沒有情摯而詩劣者，「摯」是性情的基本，情摯是通於古今的。判斷古今詩人高下的重要標準就是「不肯稍為依傍」，能自立不倚表示詩人完成的作品必有自己的真摯性情為養料，若依傍他人，則詩是用他人餘唾堆垛成的。由此，陳衍舉例詩與「供狀」之異，其〈拔可園中夜坐與蘇勘言詩〉云：

> 詩如供狀太分明，昌谷西崑篡組成。
> 譬厭散文作駢儷，少心情卻費經營。（《詩集》卷三）

「詩如供狀太分明」是個極貼切的譬喻，蓋供狀為了陳述冤情，其寫

作動機和詩的欲訴所懷基本上相同，但詩與供狀之寫作方法與作用不同，供狀之目的在於使人明確「了解」事情之本末始由，其方法是盡力使人明白，而詩之目標是讓人「體會」的，故須含蓄，「了解」是一種明白曉暢，「體會」比「了解」更細緻，其方法應透過一層說，不能打開天窗說亮話，故目的雖都是為了陳述一己之思，但其中仍有極大之差異。也可以說，兩者都須要經營，而詩要有「心情」在其中，供狀則未必，如果把詩當作供狀來寫，「少心情卻費經營」是捨本逐末之事。

　　自家高調也可以從「質語」中見：

> 門人傳鴻漸，不審其近來蹤跡，忽寄詩數首，清氣爽人。〈春望〉云：「詩心物外至，春夏望中明。殘日江帆隱，孤村草浪平。山畦初足雨，晴日自催耕。不見東風老，依依舊日情。」……質語見性情。(《續編》卷四)

詩由外物引起，雖春景為外物，但望春而以質語寫出則「清氣爽人」。「質語」也就是不假雕飾之語，由於以未經雕琢之真情融入，所以，境遇苦則詩意清苦：

> 步崖從寶竹坡先生學詩，旅京有年。句如「愁殺濃雲如潑墨，隨風幻作故鄉山」、「鄉心越閩海，秋色上燕臺」，詩意清苦，境遇然也。(《近代詩鈔·唐詠》)

詩人用真誠的心去體會境遇，什麼樣的境遇就會有什麼樣的詩語出現，這就是「質語」。《詩話》所錄，陳衍非常重視「情」，〔註42〕眾所周知，「情」是詩人應具備的必要元素，無情之人不會寫詩，更不會有寫詩的衝動，陳衍認為其作用於詩人的程度不僅在於有情，而且更在於不能忘情，蓋詩人一生中，生活總會有順逆、富貧等等天定而不能預料者，詩人「有情」只是寫詩的基本配備，「不能忘情」才是

〔註42〕《詩話》卷八：「歲辛卯余旅食上海，始識湘鄉葛心水（道殷），……又別余云：『信有三生石，來尋海上因。沈吟期許意，都是眼中人。』語淺而情深。」，《詩話》卷三：「詩有六義，興居一焉，興觀群怨皆是也，後世謂之詩情。其鄰於樂者，曰興趣，曰興會，鄰於哀者，曰感觸，故工詩者多不能忘情之人也。」

詩的生命之原動力。「工詩者多不能忘情之人」，「情」在陳衍詩論中的性質是一種不論在任何狀況之下對自我生命的信守，所以，才會指出詩是荒寒之路，因爲，以人性與環境來說，只有肯在荒寒之路行走，個人性情才能被環境驗證出不受污染與左右。

關於自家高調，陳衍又強調「一人之私言」：

> 詩者，一人之私言，喜怒哀樂，他人能代吾言之，與吾能代他人言之，皆非詩也，酬應之作也。（〈說詩社詩錄序〉）

別人能代爲說出的，以及我能代別人說出的都不是眞詩，而是要「自己」的「私言」說出來才是，在此意義下，「私言」具有「眞」的內容。自己的私言之相反就是「人人之語」，人人之語指人云亦云之語，它不眞，故陳衍所謂的「俗」是人人所喜之語。《詩話》卷二十三指出何謂淺俗：

> 詩最患淺俗，何謂淺，人人能道語是也，何謂俗，人人所喜語是也。

因此，高調必定是「私言」，非私言者，共同之言就是「俗」，所以，陳衍在《詩學概要·總論》說：

> 《說文解字》云：「詩，志也。」〈毛詩序〉云：「詩者，志之所之也，在心爲志，發言爲詩。」而莫先於《虞書》「詩言志」一語。則無志之不足爲詩也必矣。志者，自己之志，則其言必自己之言，而非公共之言矣。然直言曰言，詩又非直言己也。故《虞書》又繼之曰：「歌永言」，〈詩序〉所謂「言之不足，又長言之，長言之不足，又嗟歎之也。」〔註43〕

陳衍解釋「志」並不從傳統的「士心」來看，而是「自己之志」、「自己之言」，由於以「自己感情」出發，感情要動人，故詩是「非直言」的，亦即「永言」、「長言」和「嗟歎」，此三者是鋪展、反覆的，詩人之情在反覆詠嘆中形成感人力量，此與「直言」的鋒利不同。陳衍〈自鏡齋詩集敘〉又云：

〔註43〕《陳衍詩論合集》下冊，頁 1028。

> 今仲起尊人雯山先生，以名孝廉宰江右……而所著詩歌，
> 多爲守令時不能自己之言，長篇大製，動至百十韻，則其
> 餘皆鱗爪之而矣。〔註44〕

長篇大作何以是「鱗爪之餘」？因爲陳衍認爲與「鱗爪之餘」相對
的「不能自已」之言才是一種發自詩人自我內心的不得不之言，而
這才是有價值的好詩。所以，詩之可貴在發揮「一人一地」之性情，
其〈奚无識詩敘〉云：

> 詩之爲道，易能而難精，工力未至，往往儕伍時輩，莫能
> 相尚也。然所貴乎爲詩者，非必靳於相尚也，而不可無以
> 自尚。自尚者，一人有一人之境地，一人之性情，所以發
> 揮其境地性情，稱其量無所於歉，則自尚其志，不隨人爲
> 步趨者已。〔註45〕

所謂「一人」是詩人個體、「一地」是詩人所處的自身境地，兩者都
是眞實確在而且與群眾隔離。由「一人一地」再推至作詩要能「自
尚」而不要「相尚」，自尚是發揮個人性情與境地，使之精純；相尚
是他人給予境地，由外在的環境互相勾引出詩人性情，這是詩之興
起的出發點不同，工力未至的人，無法自尚，只好以「相尚」爲求。
「一人一地」可以爲「荒寒之路」作補充。

由自家的眞情所蘊釀之詩即所謂「詩如其人」，什麼樣的人寫出
什麼樣的詩，反之，什麼樣的詩反映什麼樣的人，《詩話》頗云「詩
讖」：

> 朱芷青詩，多憔悴憂傷之意，余向以爲憂。今春一別，遽
> 天天年。……因憶辛亥冬間，芷青曾示一詩，題爲〈廣慧
> 寺視亡女祥琳遺櫬感賦〉，詩云：「而翁入世百不可，宿業
> 遷延到汝身。汝死儻歸清淨土，而翁猶是亂離人。一棺觸
> 我彌天恨，萬事從渠過眼塵。廣慧寺前斜日裡，惘然家國
> 入孤顰。」詩味極愴痛，當時讀之，已覺其過哀，不虞遂
> 成讖云云。（《詩話》卷九）

〔註44〕《陳衍詩論合集》下冊，頁 1066。
〔註45〕《陳衍詩論合集》下冊，頁 1073。

朱芷青詩多悲愴憔悴之語，以性情寫詩卻成爲詩讖。閩俗尙鬼神，閩詩人頗有扶乩降壇詩，此雖詩讖之例，但同時說明了如果詩中有屬於自己之高調，則詩以眞摯之情表現如其人、如其境、如其遇之詩，此乃陳衍所言之眞詩。

第三節　失意悵惘之情

　　同光體之名是陳衍、鄭孝胥二人定名的，陳衍與鄭孝胥是同鄉好友，鄭孝胥論詩提出「惘惘不甘」一語，陳衍在此基礎上，認爲「貴人不能詩」：

> 君（案：指鄭孝胥）嘗言作詩工處，往往有在惘惘不甘者。因舉荊公「別浦隨花去，迴舟路已迷。暗香無覓處，日落畫橋西」二十字，爲與神宗遇合不終，感寓之作。余謂貴人不能詩者，無論已，其能詩而最有山林氣者，莫如荊公，遇亦隨之，非居金陵後始然也。……蘇勘多惘惘之作，……，當時讀之，已恐其難以愚魯到公卿矣。（《詩話》卷一）

詩是表現「惘惘不甘」之情的，所以，富貴之人難有好的作品。上引鄭孝胥「惘惘之詩」，陳衍認爲「當時讀之，已恐其難以愚魯到公卿矣」。鄭孝胥〈送樫弟人都〉詩云：

> ……事業那可說，所憂寒與饑。我如風中帆，奔濤猛相持。不怨漂流苦，但恨常乖離。何時得停泊，甘心趨路歧。向來負盛氣，不自謂我非。……〔註46〕

自比爲「風中帆」，祈望停泊，但甘心路歧，此鄭孝胥雖然惘惘失意，但不怨漂流，仍願用世。又〈立秋永田町日枝山下新居作〉：

> ……我愁婦亦嘆，身世付轉轂。中原民情敝，隱患在心腹。此邦俗亦偷，交誼聊云睦。誰能任茲事，起造斯世福。微官欲何道，一飽忍千辱。悲呻久不寢，人世寐正熟。雛雞爾誰戒，向曙強咿喔。〔註47〕

〔註46〕《海藏樓詩集》卷一，（上海：上海古籍出版社，2003），頁 18。
〔註47〕《海藏樓詩集》卷一，頁 20。

〈漢口春盡日北望有懷〉：

> 牽懷何意意猶疑，楚水銷魂似別離。
>
> 往事夢空春去後，高樓天遠恨來時。
>
> 袖間縮手人將老，地下埋憂計已遲。
>
> 莫道一生無際遇，靈脩瘦損記風儀。〔註48〕

「惘惘」義爲「失意的樣子」，鄭孝胥詩中多述無盡悲懷，尤其是重九登高詩，每於登高之時，所遣之懷是抱負無所用的痛苦。〔註49〕歷經喪亂之詩多眞摯，那是閱歷後的成熟，以及即使成熟了也難遣的無奈恨惘之情。

鄭孝胥除了重九登高詩多述失意之情，又有〈贈許豫生下第南歸〉：

> 西笑頻嗟宦未成，故山還我舊才名。
>
> 春衫涴酒重尋夢，紈扇題詩又送行。（《海藏樓詩集》卷一）
>
> 海波千萬疊，適志即平地。
>
> 驅車出東門，眇默身如寄。（〈出京〉《海藏樓詩集》卷一）

因爲失意，所以視宦途如海波，詩人在失意仕途中，深感此身如寄。鄭孝胥雖然急於仕進，但是其「急」與「失意」卻常是與他幻影相隨的，此毋寧爲詩人帶來更沉痛的傷害。〔註50〕不只仕途失意、無所用之苦，惘惘不甘之情亦表現在描寫世變風流雲散，繫念朋友之間的舊情，〈答多竹山〉：

〔註48〕《海藏樓詩集》卷四，頁98。

〔註49〕〈重九日曹纕蘅向仲堅邀至靈光寺登高〉：「白日銷沈兵氣昏，漫持熱淚灑中原。燕遼一戰民應盡，江海橫流溺堂援。玉貌無求猶不去，西山始到欲何言。殘年殘世還相對，便乞餘杯酹斷魂。」（《海藏樓詩集》卷十），鄭孝胥重九登高詩另見第六章〈同光體之代表詩人〉之鄭孝胥。

〔註50〕鄭孝胥詩之「惘惘不甘」之情又見：〈薛廬同子朋待月〉：「欲雪城西嘗對飲，舊遊新歲感崢嶸。平生已畏論懷抱，湖海何緣識姓名？」（《海藏樓詩集》卷一）；〈上海旅次寄京中友人書〉：「惘惘重經黃浦灘，霜燈照徹月千盤。」（《海藏樓詩集》卷一）；〈海藏樓雜詩之三十三〉：「萬物役於人，見用乃爲貴。……每思犯至難，頭壁誓俱碎。惜哉時無人，誰解賞雄概？」（《海藏樓詩集》卷七）等。

遼海吳天黯夢魂，相看悵惘更無言。

風流雲散吾儕在，絕愛城西舊雨軒。

天壇松蓋鬱蒼蒼，遺老潛來暗斷腸。

便擬爲君閒放筆，不知是墨是風霜。竹山求畫松。

《海藏樓詩集》卷十）

　　陳、鄭二人主張詩中要有惘惘不甘之情，其義何在？其一，「惘惘不甘」與陳衍所謂的「荒寒之路」意旨互通，其二，惘惘不甘之情多表現在山林詩中，因爲中國士人生命中之「失意」與「隱」是相關的，故陳衍《詩話》多錄山水行遊詩，欣賞山林氣之詩，即在仕進失意之後，遁入山林，鍾情於山林與詩帶給詩人的寄託之樂。

一、棄鐘鼎就山林

　　詩的特質是荒寒，詩人如何在荒寒之路與困寂之境中醞釀出詩歌，乃指出眞摯性情。詩由興象、才思兩相匯合而產生，興象才思之源又本於性情，性情與興象相會，再加之以才思，則詩融合性情、興象、才思而完美。陳衍在興象才思兩相湊泊之中，加以「惘惘不甘」一情，藉著失意境遇之抖落所有，靜寂而納眞，則詩更能迴腸蕩氣、自然高妙，〈海藏樓詩敘〉云：

> 大抵詩要興象才思，兩相湊泊，有惘惘不甘之情，不自覺
> 其動魄驚心、迴腸蕩氣也，有自然高妙之恉，乃使人三日
> 思百回讀也。李衛公、白樂天、東坡、荊公、山谷、放翁、
> 遺山，皆有自然高妙語。〔註51〕

陳衍舉王荊公、蘇東坡、元遺山等人之絕句皆有自然高妙語，這些詩人均曾仕宦失意，失意使人損志，詩在「損志」的消磨中愈見工緻，故富貴之人不能作詩。唯一例外者是宋朝王安石，因其特色是詩有山林氣，鐘鼎與山林本難雙全，王安石身居廟堂之位卻最有山林氣，因此，王安石詩是貴人之中寫得最好者。所謂「山林氣」指恬澹之氣，大多產生於隱心，李東陽《麓堂詩話》云：

───────────────

〔註51〕《陳衍詩論合集》下冊，頁 1050。

秀才作詩不脫俗，謂之頭巾氣，和尚作詩不脫俗，謂之餕
餡氣，詠閨閣過於華豔，謂之脂粉氣，能脫此三氣，則不
俗矣。至於朝廷典則之詩，謂之臺閣氣，隱逸恬澹之詩，
謂之山林氣，此二氣者，必有其一，卻不可少。〔註52〕

《詩話》卷十七摘句王安石詩，有七言、五言，古體、近體，而云：

讀《荊公集》竟，摘句如下：。……以上荊公佳句，皆山
林氣重，而時覺黯然銷魂者，所以難作宰相，終爲詩人也。

由於主張詩的特質是「悃悃不甘」之情，陳衍重視詩山林氣，《詩話》
所錄，多爲行遊山林、寫景詩，幾乎可視爲《詩話》輯詩題材特色。
山林氣是富貴氣的另一面，失去富貴之後，無路可退者，自然思隱山
林。詩中山林氣高，在於詩人遠離富貴後之「拔俗」，吳雷發《說詩
菅蒯》第二十二則，指出應制詩「格低」，若離富貴則「清新拔俗」，
〔註53〕這是環境影響詩人心氣。人處於富貴之地，每日送往迎來都是
端居廟堂、不知人間疾苦之貴人，而貴人眼中所見只有太平溫良景
象，雍容華貴是一種沒有餘味的飽滿之「盡境」，於是格低調俗。陳
衍所說的山林氣，「氣」之所重者在一種自我精神的發揚，吳雷發所
重在「眞趣」。

劉熙載《藝概》卷二〈詩概〉亦云山林詩：

山之精神寫不出，以煙霞寫之；春之精神寫不出，以草樹
寫之。故詩無氣象，則精神亦無所寓矣。〔註54〕

煙霞是實物，以之寫出虛的山之「精神」，春與草樹的關係亦然，詩
之「氣」即詩之精神，精神寓於氣，山林中有眞氣，故詩中有山林氣
者爲眞貴。陳衍進一步說明詩之精神必須創出「新氣」，陳衍有〈春

〔註52〕《歷代詩話續編》，（臺北：木鐸出版社，1988），頁1384。
〔註53〕吳雷發：《說詩菅蒯》第二十二則：「詩以山林氣爲上，若臺閣氣者，
　　　務使清新拔俗，不然，則格便低。前人早朝應制諸詩，其拔俗者，
　　　不過十之一二，大抵此等題，極易入俗，雖有能者，無所施其技
　　　也。……蓋山水有眞氣，俗自不能勝雅，以此推之，于詩則山林氣
　　　者爲貴矣。」，《清詩話》，頁902。
〔註54〕劉熙載：《藝概》，（臺北：華正書局，1985），頁82。

盡日〉詩，〔註55〕以飲食清淡比喻詩之別出肺肝的「新氣」，士人所經歷的環境爲仕途，也就是政治名利之場，以山林對比仕途，主要在突顯詩的清新精神重於富貴雍容。張維屛《國朝詩人徵略》卷十四引《嶺南詩鈔》：

> 黃河澂，字葵之，廣東南海人，諸生，有葵村集。……葵
> 之潦倒名場，清貧終老，故其詩善於言情。〔註56〕

詩人潦倒名場而詩「善於言情」，可見人雖生而俱情，人人有情，但哪一種情適合寫詩似乎英雄所見略同，「情」尤在潦倒清貧下容易被喚醒，此時被喚醒的情，比沒有刺激的風平浪靜之情、或富貴場中的豐膩之情都來得眞澈。乾隆時的紀昀亦認爲富貴之於詩歌是負面減分效果的：

> 蓋志者，性情之所之，亦即人品、學問之所見。富貴之場，
> 不能爲幽冷之句，躁競之士，不能爲恬淡之詞，強而爲之，
> 必不工，即工，亦終有毫釐差。（〈郭茗山詩集序〉）〔註57〕

人品學問所以凝聚性情，表現於詩則爲幽冷之句，而富貴之場沒有性情，因爲在那個地方或有學問而無人品，或兩者皆無，故沒有好詩，此與陳衍認爲遭遇窮塞可以激發詩人的創造力，意思是相同的。

　　所以，「窮而後工」似乎已是一個黃金定律，「窮」使人心思沉澱，沉靜下來的情思是淡泊冷寂的，正因淡泊，故可蘊醸眞詩，此陳衍認爲「惘惘之情」是詩在興象、才思之外的第三種重要質素。惘惘之情與陳衍之「荒寒之路」、「自家高調」、「悼亡顯眞」有性質上的會通。晚清詩人眾多，在朋友眼中，陳衍《詩話》甚少錄取歡娛之作：

> 施仲魯煃別十餘年矣，忽遇諸途，則方由津至都，匆匆立談
> 數語，約彼此相訪。不數日，寄來一箋，言抱病回津，賦

〔註55〕〈春盡日〉：「餞春宜底物，疏筍儘登盤。洗盡肥濃味，新詩出肺肝。」（《石遺詩集》卷八）。

〔註56〕楊家駱主編：《歷代詩史長編》第十六種第一冊。（臺北：鼎文書局，1971）。

〔註57〕《紀文達公遺集》卷九，引自張健：《清代詩學研究》，（北京：北京大學出版社，1999），頁596。

詩留贈，鍛鍊未成，只得兩句：「盡納宮商歸變徵，誰將哀
怨付詩人？」殆謂所纂詩話，少取歡娛之作也。（《詩話》卷
十二）

陳衍同鄉人李宣龔，嘗從鄭孝胥遊，詩亦學鄭孝胥，曾爲鄭孝胥書
記。〔註58〕《詩話》卷十四錄其〈題吳丈劍隱鑑園圖〉詩〔註59〕，
評曰：

拔可詩最工嗟嘆，古人所謂淒惋得江山之助者，不必盡在
遷客羇愁也。〈題吳丈劍隱鑑園圖〉云：……此詩寫二十年
來，在青溪鍾阜間，交遊蹤迹，離合悲歡，……拔可少遊
白下，後自築屋青溪旁，小有林亭。經亂頗遭蹂躪，又目
擊武昌兵亂，故語意時含淒婉。余嘗謂金陵詩……，至荊
公退處，而名作以多，類撫景感時，藉抒悒悒之抱。蘇戡、
拔可，先後寓居金陵，又皆服膺荊公詩，發音之同，有自
來矣。

鄭孝胥主張詩從「悒悒之情」中來，李拔可隨鄭孝胥遊，鄭孝胥又服
膺王安石詩，故陳衍認爲人生進退出處之亂離，發音同也。〔註60〕

悒悒不甘之情與荒寒困寂相關，「荒寒之路」的剝落利欲、向內
追尋，所以，詩是自家高調、不同流俗；而悒悒失意之情是由境遇寥
落的刺激而引發詩的眞情創作。荒寒與悒悒均指向心的寂寥之境，這
種繁華落盡的心，詩於焉產生，而且因眞感人。張之淦《邃園書評彙

〔註58〕陳衍稱李宣龔是「最早爲海藏派者」，（《詩話》卷八）。
〔註59〕李拔可：〈題吳丈劍隱鑑園圖〉：「事業欲安說，溪邊柳成圍。當時叩
門人，百過亦已衰。此園在城東，地偏故自奇。世俗便貴耳，濁醪
爭載窺。那識賞寂寞，但聞簧與絲。我爾喜獨遊，扁舟弄漣漪。拊
檻一片雲，鐘山遠平蕪。花竹不迎拒，魚鳥無瑕疵。豈惟客忘主，
青溪吾所私。中間共出處，就官淮之湄。土瘠民力瘁，百無一設施。
鄂渚得再覿，征軍方北馳。歸途望楚氛，微服鷗退飛。陵谷事已改，
變遷到茅茨。相逢忽攬卷，不收十年悲。鄭記似柳州，平淡乃過之。
凤忝文字飲，可能欠一詩？巷南數椽屋，有枝亦無依。儻免熠燿畏，
悁悁還當歸。芳草結忠信，五言茲在茲。」
〔註60〕錢基博：《現代中國文學史》云：「吟此寄懷，正鄭孝胥稱王安石詩
所云『工處有在悒悒不甘中者』。（臺北：粹文堂，1974），頁243。

稿》卻認為惘惘不甘之情是偏頗之論，因為凡人之情複雜，不只這一種，故不可為訓。〔註61〕陳衍並未以此一種情涵括所有人情，而是惘惘不甘之情所寫出來的詩蕩氣迴腸、自然高妙，以「惘惘不甘之情」的特質說明詩歌之真摯與感人的祈嚮必須由掃蕩利欲而來。所以，陳衍再從對「詩人之年譜目錄」的意見指出詩之摒棄應酬，當一位詩人要出版年譜目錄時，如何搜集取捨：

> 余以為詩者吾人之年譜目錄，凡言情寫景感事之作皆可存，
> 其應酬題詠非吾意所願為者，可存可不存。（《續編》卷二）

製作年譜之可取者，乃言情寫景感事之作，應酬題詠則存與不存各憑所便，易言之，後者並未被陳衍重視，則陳衍所重之詩的質性是深繫於情而不在「有物無情」的偽物虛情。

二、失意之寄託

詩人「惘惘」失志，若能有勇氣面對，則「惘惘」可超越俗人心態，而有一種寄託的轉化。當詩人失意仕宦，遊憩山林，此時，因不被用而生的怨懟喪志，由大自然林泉之滌淨，可轉為另一種心懷。所以，或許又可由「詩的作用」補充陳衍論詩的本質。論詩焦點若在風俗教化時，所謂作用論是針對環境的改風易俗；反之，如果主張性情為詩之優先本質者，其焦點多落在詩人自身的興會趣味。田野山林對詩人的作用是緩和世路蹇塞之苦，這是失意的寄託，若能認真面對現實的失意，在失意之中反而會得到寄託之樂。所以，即使不為了避世，陳衍〈與梁眾異、黃秋岳書〉提到詩之樂趣：

> 然而不憚於為之工且至者，則人所不至者，吾至之，當其
> 至之頃，意甚得也；其有與吾所至略相若而知且好之者，
> 意又得甚；孔子所謂時習而悅，有朋而樂，孟子所謂獨樂
> 孰若與人，與少孰若與眾，是也。〔註62〕

〔註61〕張之淦：《遂園書評彙稿》〈近人詩話四種析評〉，（臺北：臺灣商務
　　　　印書館，1986），頁141。
〔註62〕《陳衍詩論集合集》下冊，頁1091。

陳衍從詩中得到的樂趣是「意甚得也」，再進一步，有得於與自己相同的樂趣之人又更得意。這已不再著眼於人生前途，而是領會詩的自由樂趣以及珍惜同好相知之人，所以，陳衍肯定詩與人相關：

> 詩之爲道，固貴精微深透，而出筆不欲顯其單，遣詞不欲顯其艱，則詩與人之相關，有不可以僞爲者矣。（〈放翁詩選敍〉）〔註63〕

因爲詩與人相關，所以詩「不可以僞爲者」，即呼應詩人的眞性情。從陸機〈文賦〉：「課虛無以責有，叩寂寞以求音」所開啓的詩人對創作本身的一種欣悅自娛之情，許多詩人都不在意取悅讀者。例如曹植〈與丁敬禮書〉：「乘興而書，含欣而秉筆，大笑而吐辭，亦歡之極也。」，陶淵明〈五柳先生傳〉：「常著文章以自娛，……酣觴賦詩，以樂其志。」，「乘興」、「大笑」、「酣觴」都是一種自己可爲的快樂，不必在乎別人。「不求知音，但求自適」〔註64〕是歷代詩人的自覺追求，也造就了中國詩人典型的內省性格。然而，陳衍打破此種單向性：求自得亦求知音。嚴復〈詩廬說〉談論「詩爲何物」問題，說：

> 詩者，兩間至無用之物也。饑者得之不可以爲飽，豪者挾之不足以爲溫，國之弱者不以詩強，世之亂者不以詩治。……詩之所以獨貴者，非以其無所可用也耶？無所可，不可使有，用則失其眞甚焉。……雖然無用矣，而大地自生民以來，異種殊族，樊然雜居，較其所以爲群者，他事或偏有偏無，至於詩歌，則莫不有。是故詩之於人，若草木之花英，若鳥獸之鳴嘯，發於自然，達於至深，而莫能自已，蓋至無用矣，而又不可無如此。〔註65〕

嚴復從「詩歌無用」解析詩之基本性質是眞實自然的，詩之所以珍貴，在於詩「無所可用」，詩一旦「有用」就失其眞。陳衍以「荒寒之路」、「自家高調」、「惘惘不甘之情」的切入點直接剖開詩的本特質，二人

〔註63〕《陳衍詩論集合集》下冊，頁 1068。
〔註64〕胡曉明：《中國詩學之精神》第十章〈吾道自足〉，（南昌：江西人民出版社，1990），頁 261。
〔註65〕《嚴幾道詩文鈔》卷三，《近代中國史料叢刊》第四一七冊。

雖然從不同的角度看詩，但都同時看到詩的貴眞。因爲詩眞情眞，一個眞情之人比一個虛僞之人更迫切祈求賞識者，因爲相信此「眞」能由知音肯定而心心相印，最終印證眞情共通於天下。所以，陳衍評詩選詩，詩之傳與不傳是其注重的要點之一，這是詩不必再困鎖於詩人自足自適之境而兼求知音的第二種快樂，陳衍打開了傳統詩學觀念裡的教化作用論。因此，陳衍論詩的特質強調詩人，但是他並不是從復古的、傳統的角度立論，反而是在傳統的「詩教說」之另一面──重視個人的性情上立說。

綜上所述，荒寒之路、自家高調、惘惘不甘之情所指涉的是關於詩人性情的論述，「性情」是陳衍論詩要旨。在詩人主體性而言，性情是內心自具而恆常而可以創新的；自外在客體性言之，蹇澀之境可以促發詩人性情更趨眞摰的萌發。歷代詩論家大抵都承認性清情靜對於詩歌是必須的，它有助於詩歌品質的提升，但是並沒有人像陳衍這樣，把詩的特質說到「荒寒」這樣極境──心與境都困寂之地步。陳衍詩論的「荒寒之路」指的是作品的產生環境，而「肯與周旋」則又指向作家的創造勇氣，所以是從作品涵蓋作家，「詩者，荒寒之路」是陳衍詩論中，對詩的本質的獨特見解。

第三章　陳衍詩學之創作論

　　M.H.Abrams《鏡與燈》（*The Mirror and the Lamp*）一書提出藝術作品四要素：作品、藝術家、世界、欣賞者〔註1〕中，作家與作品的關係爲實際創作，藝術家之職能即如何將作品表現出來。吳中杰《文藝學導論》一書，關於創作主體的創造能力，指出有觀察力、審美力、想像力、表現力四個方面，〔註2〕它們之間的關係，則是前三種能力最終需匯聚爲表現能力以示人。詩人之心志最有效的表現是直接透過文字而來，但是，文字的把握並非人人可爲，於是，如何創作一首詩的前置作業成爲一項嚴肅的訓練，即「學習」的問題。

　　創作遲速，因人而異，或遲緩，或敏捷，〔註3〕對創作者而言，

〔註 1〕 M.H.Abrams "*The Mirror and the Lamp:Romantic Theory and the Critical Tradition*"《鏡與燈》〈藝術批評的諸座標〉，（北京：北京大學出版社，1989），頁 5。

〔註 2〕 吳中杰：《文藝學導論》第二章〈文藝創作的主體意識〉，（上海：復旦大學出版社，2002），頁 94～102。

〔註 3〕 劉勰：《文心雕龍・神思》論述創作構思：「人之稟才，遲速異分：文之制體，大小殊功。相如含筆而腐毫，揚雄掇翰而驚夢，桓譚疾感於苦思，王充氣竭於思慮，張衡研《京》以十年，左思練《都》以一紀；雖有巨文，亦思之緩也。淮南崇朝而賦《騷》，枚皋應詔而成賦，子建援牘如口誦，仲宣舉筆似宿搆，阮瑀據案而制書，禰衡當食而草奏，雖有短篇，亦思之速也。」，周振甫注：《文心雕龍注釋》，（臺北：里仁書局，1984），頁 516。

畢竟只有少數人擁有倚馬之才,大多數人都要經過長期磨練文筆,那是一個漸進蓄積的過程。這些苦心歷練的「覃思之人」對作品之經營必須透過學習,因此,文學藝術中創作與學習之關係是:創作必須學習、學習增進創作,目的是期許創作之臻於完善。

詩是藝術表現之一,雖然藝術媒介有許多種類,但是,它必須透過某種外在形式來傳達作者之意,作者內在的心尚且需要修練,詩更亦然,如果肯定「學習」是事物由粗糙懵懂到精美透徹的必要過程,則詩也是必須經過學習才能精緻之事。陳衍論詩的創作,並非後世所引進的西方文藝學之創作觀念,故本章以詩的學習討論詩的創作,第一節學習古人是創作之前的準備工作,第二節作詩之形式技法是創作時的注意事項,第三節學人詩人之詩合是陳衍指出的佳作之特色。論述上,先拈出清代詩論相似議題,再述陳衍之言,以明陳衍的觀念。

第一節　學習古人

時代累積創作成品愈豐富,促使詩論家對作品進行歸納,作品形成之過程與表現即創作方法。作品如何藝術化是後天的,所以需要經過學習,學習包括學什麼、如何學兩方面,前者是學習對象、後者是學習途徑。陳衍如何看待詩的學習呢?〈答陳光漢詩學關疑七則〉回答「學詩入門」:

> 無可專學,無不可學。生硬可也,枯澀斷不可;偶然空泛猶可,淺薄不必作矣。……詩者,有韻之言語,說到學已非其道,豈可專學一代,專學一家,況專學一體乎?此無志之人,只求有少許詩可傳者之所為,有志者無不能而後可。〔註4〕

這裡提到三件事:詩「說到學已非其道」,首先說明詩是一種不可言說的心靈感受表現,詩與詩人之間的關係是心與人之冥合,不可也不能學;其次,「無不可學」說明博學之必要,即處處可學、處處是學

_____
〔註4〕《陳衍詩論合集》下冊,頁1088。

問；再次，「無可專學」則說明不可一學不返，成為塑造藝術的傀儡。陳衍對於詩的學習，在觀念上抱持一種寬泛的立場，他指出什麼都可以學，但只有淺薄不必學，所以是主張在博學之中建立深厚，因為博學雖云「博」，但很可能因為求博，貪多務得，學得很多，卻蜻蜓點水般地，學習反落入了「淺」，故「博」的一體兩面有時仍是一種「淺」，必須以「根柢」救之。所以，學詩要從根源入手，〈健松齋詩存敘〉云：

> 春鳥秋蟲，鳴乎不得不鳴，人之聽之，有善不善之分，而鳥與蟲惡乎知？然孔子之詔小子學《詩》也，以為可興可觀，可群可怨，事父事君，以至於多識。又若學而後能，不學則不能者。……故第舉詩學之最初，古詩古樂府，分道於《風》、《雅》、《頌》者，為先生之詩敘。〔註5〕

《詩經》是我國最早的詩歌，陳衍此敘以《詩經》的分流演變為例，指示學詩必須由源頭開始。詩自源頭學起，故創作前的準備工作，在對象上，則有了「學古」的提出。

一、學習對象

詩本性情，講究自然湧現、不假雕飾，而學習是透過人為的追索努力，形成創作上的某種能力。關於學習的對象，由於前代已有歷史典範在，所以要學古人。

（一）學　古

清代詩論所謂學習多以「學古」為首要，由於清代處於中國傳統歷史之末位，前代古人已多有範式存在，熟諳古人典範能使詩根柢深厚。雖然，要向古人學習的理由是前代有規矩可循，但詩作與門派甚多，良莠不齊，「古」經過時間洗禮，已被汰蕪存菁地留存下來，故學古可以獲取古人精妙。這種在學習對象上追求古人，未必是賤今貴古的心態，「古」之所以重要，因其典範的價值意義，而無根之學如

〔註5〕《陳衍詩論合集》下冊，頁1068。

浮沙建塔，最終仍歸崩敗無效，所以，如不從「古」的根柢中學習，則所學必不紮實。

然而，「古」之典範美型甚多，所以，學古需有選擇性與遞進性，以下略述清詩論的學古。較早，沈德潛指出學古之必要：因爲不學則野，但學後要變化，不能一味學古，變化的學習即追求「換卻凡骨」的成就。〔註6〕故「學古」必須善學，「善學」者學其神理，不善學者僅學其表面形式，「學古」的精義在學古人之「神」，換言之，是學其精髓魂靈。黃子雲《野鴻詩的》第四則，指出「學魂」與「學魄」不同，〔註7〕魂是人的精神，能離形體而存在；魄是人的精神所依附的軀體，「學古」要學精神的「魂」，不是學形體的「魄」。此遺貌得神之說，說明詩的學習在「學什麼」的範疇有兩項內容：一要學古人詩之「神」，這是詩歌的精神內涵，或者說是一種詩的超越，此即妙悟、神韻說所極力追求的，「神」通常靠直覺去把握；二是學詩之「形」，通常指詩的表達技法，這是外在的；前者被喻爲活法，後者爲死法，且後者是有志者不屑學習的。王士禛與袁枚兩人，一主神韻、一主性靈，他們都重視詩的精神內涵，故強調學古之學「神」。袁枚認爲學習有階段性，初學要用心、要讀書，以後則可自我成就，〔註8〕所以，初學需要雕琢、讀書，晚年學有所成後就要更上層樓——雕琢後的無痕。《隨園詩話》卷六第六十三則引周亮工論詩，指出學古人要在夢

〔註6〕《說詩晬語》：「詩不學古，謂之野體。然泥古而不能通變，猶學書者但講臨摹，分寸不失，而己之神理不存也。作者積久用力，不求助長，充養旣久，變化自生，可以換卻凡骨矣。」，《清詩話》，頁 525。

〔註7〕黃子雲：《野鴻詩的》第四則：「學古人詩，不在乎字句，而在乎臭味。字句魄也，可記誦而得，臭味魂也，不可以言宣。當于吟詠時，先揣知作者當日所處境遇，然後以我之心，求無象於窅冥惚怳之間，或得或喪，若存若亡，始也茫焉無所遇，終焉元珠垂曜，灼然畢現我目中矣。現而獲之，後雖縱筆揮灑，卻語語有古人面目。」，《清詩話》，頁 847。

〔註8〕《隨園詩話》卷六第二十二則：「用巧無斧鑿痕，用典無填砌痕，此是晚年成就之事。若初學者，正要他肯雕刻，方去費心；肯用典，方去讀書。」

中與古人神合，〔註9〕「不可白晝現形」形容學習古人須在夜夢之時，夜夢是恍惚的，是神與形、現實與虛幻俱迷的情況，這樣的比喻無非強調學習古人的要點在把握神靈虛恍的剎那。另一種學習古人的技法是由化用前人詩句入手，但是化用不當，往往成為死句。〔註10〕徒然學古而「不能流動」即成死句，「不能流動」意謂不變化、不活潑，儘管學習之時用盡心思，沒有變化觀念作為前提，詩不能「流動」，最後還是一灘死水。

　　「活的學習」是學習古人之際，同時要能化用前人之句，如果不欲從化用古人之句著手，吳雷發《說詩菅蒯》第二十一則，指出可以學習古人之「獨見」，〔註11〕學古除了要能化用、學其神之外，學者自身亦須有見解，不能凡古必學，沒有分判。此說重申學古之避免盲目，所以，學古人之長亦須見古人之短，而且要有自己的明辨思考，分別出古人長短之所以然，不然只是一位「浮慕者」而已，那麼，學古則成了沒有意義之舉。

　　以上所述，清代詩論在「學古」方面的學習古人之神、化用古人之詞句、深刻了解古人之長短處。另有提出學古的不同意涵，例

〔註9〕　《隨園詩話》卷六第六十三則：「周櫟園論詩云：『學古人者，只可與之夢中神合，不可使其白晝現形。』至哉言乎！」

〔註10〕　例如顧嗣立：《寒廳詩話》第十七則：「若寇萊公化韋蘇州「野渡無人舟自橫」句為「野水無人渡，孤舟盡日橫」，已屬無味；而王半山改王文海「鳥鳴山更幽」句為「一鳥不鳴山更幽」，直是死句矣。學詩者宜善會之。」《清詩話》，頁87。「鳥鳴山更幽」以有聲襯托幽靜，「不鳴山更幽」是以無聲示幽靜，前者有神，後者著跡。又，吳喬：《答萬季埜詩問》亦云：「三唐人各自作詩，各自用心，寧使體格稍落，而不肯為前人奴隸，是其好處，豈可不知，而唯舉其病？楊、劉舉義山而不能流動，竟成死句。」，《清詩話》，頁34。

〔註11〕　吳雷發：《說詩菅蒯》第二十一則：「學古須有獨見，不然，則易得其短，難取其長。世人貴遠賤近，謂古人有美無惡，至問其所以為美，則終不能言，宜其賤玉貴砥，去取皆左矣。夫刻求古人之短，正能識其長處；古人有知，必不以浮慕者知己。以此論之，則北牡驪黃之外，自有真賞，人奈何不以目為用而以耳為用乎？」，《清詩話》，頁902。

如葉燮《原詩》卷一〈內篇上〉回答「詩可學而能乎」之問，〔註12〕認為詩如果因可學而能，盡天下能讀書者都是詩人。一般人對詩的創作要求亦止於此，但詩是要往深刻處求工，故雖然通言「學」，但「學」有精義：詩可以學，但方法並非僅「多讀古人之詩」而在於培養「詩之基」，即所謂「胸襟」，學詩之旨在不可輕忽古人，也不可附會古人。〔註13〕葉燮提出學古要以明辨的心態學習，因為古人之意有明、有藏、有側、有反，若不仔細深思，透徹其中微奧妙義，便是忽略古人；忽略就無法得知真意，繼而附會古人，則學習是無效的。古人好處在於通達「理、事、情」，所以學古人也要從這三事上用心，如果僅鑽研古人字句，是學古而失真，從這一主張來看，葉燮是反對作詩求「字字有來歷」的。另一種主張「學」的目標在人不在詩，〔註14〕鄭珍認為古人詩不可學，學古人「詩」莫如學古「人」，學古人即學其性情抱負、才識氣象與行事，所以，學古人和學古人詩是兩回事，前者之學是泛略的，後者之學因界定範圍，故為小而精的學。

〔註12〕 葉燮：《原詩》卷一〈內篇上〉余應之曰：「詩之可學而能者，盡天下之人皆能讀古人之詩而能詩，今天下之稱詩者是也，而求詩之工而可傳者，則不在是。何則？大凡天姿人力，次敘先後，雖有生學因知之不同，而欲其詩之工而可傳，則非就詩以求詩者也。」，《清詩話》，頁571。

〔註13〕 《原詩》卷四〈外篇下〉：「學詩者，不可忽略古人，亦不可附會古人。忽略古人，麤心浮氣，僅獵古人皮毛。要知古人之意，有不在言者，古人之言，有藏於不見者，古人之字句，有側見者，有反見者，此可以忽略涉之者乎？不可附會古人，如古人用字句，亦有不可學者，亦有不妨自我為之者。」，《清詩話》，頁611。

〔註14〕 鄭珍：〈邵亭詩鈔序〉云：「余謂作者先非待詩以傳，杜韓諸公苟無詩，其高風峻節，照耀百世自若也，而復有詩，有詩而復莫踰其美，非其人之為耶？故竊以為古人之詩非可學而能也，學其詩當自學其人始，誠似其人之所學所志，則性情、抱負、才識、氣象、行事，皆其人所語言者，獨奚為而不似？即不似，猶似也。」（《巢經巢文集》卷四），引自吳宏一、葉慶炳編：《清代文學批評資料彙編》下集，（臺北：成文出版社，1979），頁731。

　　學習，不論是自學或向某人學，開始時，總有一對象作爲模擬標的，善學者最後可以擺脫學習對象而自創風格。古人之有名氣者已有典範在，故學古往往是學習的首要途徑。

　　《詩話》所錄詩，陳衍的評語時常喜用「似某人」一語，故陳衍亦肯定學古。《詩話》中，評述某詩人時，多提到其人是學習唐宋詩人而來的，此類評語甚多，例如：

> 蘇勘三十以前，專工五古，規橅大謝，浸淫柳州，又洗練
> 於東野。沉摯之思，廉悍之筆，一時殆無與抗手。三十以
> 後，乃肆力於七言，自謂爲吳融、韓偓、唐彥謙、梅聖俞、
> 王荊公，而多與荊公相近，亦懷抱使然。（《詩話》卷一）

敘述鄭孝胥學習五、七言的轉變，從轉變中，知其所奉爲貴的「古」，是古詩人「懷抱」。學成一首詩，要學：性情志意、題材手法、內容思想等，而今肯定情志懷抱，可知陳衍對於學古著重於「古」只是一個過程而非結果，學習之後要懂得捨棄技法，剩下「懷抱」自立。因爲學得太像亦是輕蔑古人，如果古人有知，反而爲後人的不懂學習而又驚又泣，其〈答愛蒼次韻〉詩云：

> 作詩太似古人詩，古人見定驚且泣。
> 所幸古人已不見，柏下長臥如龍蟄。
> 子詩定復蘇門客，放翁誠齋乃平揖。……（《詩集》卷三）

這是「太似古人」之失。唐宋詩人之外，魏晉詩人亦可學，《詩話》卷三十錄龍楡生詩，評曰：

> ……此首兼學陶謝，並得其氣味，前半確是集美村景物，
> 後半確是自己思想。

陶謝也是值得學習的古人，陳衍說學陶謝「並得其氣味」，陶謝的氣韻再加上「自己思想」是陳衍的學習古人看法。

　　因此，學古是學習首途，但學古易落入「死學」而招致貴古賤今之譏，上述清代詩論家所主張的學古內涵與理由，可以說各有千秋，「古」未必是時間意義上的古，而指一種有效積極的學習精神並非死學古人，其焦點在創作者作詩手法或詩人風格，並強調活學，此乃學

古的實際意義。經過活化的學古是學習一種新精神，其作品的最後呈現依然是具有新音、有生命力的，這是學古的眞義。

（二）學杜甫韓愈

清詩人在學習古人方面，唐代的杜甫與韓愈兩人是被提及必須力學的人物。爲何要學杜甫？有幾個理由，其一是杜詩博大，〔註15〕例如錢謙益認爲杜詩因「上薄風雅，下該沈宋」、「別裁僞體，轉益多師」，從中國詩歌之始的「風」、「雅」，一直到杜甫之前的沈、宋都是廣益多師的對象。杜詩廣博，因此，學杜應學其「無不學、無不舍」，清初推尊杜詩的原因亦在於杜詩中有和平之音，認爲杜詩中的和平之音，已從藝術技巧擴充到民胞物與情懷的強調。〔註16〕其二，有賞識杜甫的器識者，例如曾國藩〈黃仙嶠前輩詩序〉〔註17〕早年嫌杜甫「追章琢句」，後認識到杜詩有文字之外的器量，這是從詩肯定了人。杜甫著名的詩多作於安史之亂期間，多敘家國之情，故又有心儀杜詩的愛國與詩教精神，如朱彝尊〈與高念祖論詩書〉〔註18〕

〔註15〕錢謙益〈曾房仲詩敘〉云：「杜有所以爲杜者矣，所謂上薄風雅、下該沈宋者是也；學杜有所以學者矣，所謂別裁僞體、轉益多師者是也。舍近世之學杜者，又舍近世之訾謷學杜者，進而求之，無不學，無不舍焉，於斯道也，其有不造其極矣乎？」（《牧齋初學集》卷三十二），《牧齋初學集》，（上海：上海古籍出版社，1985）。

〔註16〕盧世㴑：《尊水園集略》卷六〈讀杜私言〉論「杜詩有和平之音」：「今觀子美詩，猶信子美溫柔敦重，一本愷悌慈祥，往往溢於言表。他不具論，即如〈又呈吳郎〉一首，極煦育鄰婦，又出脫鄰婦；欲開示吳郎，又迴護吳郎。七言八句，百種千層，非詩也，是乃仁者也。惻隱之心，詩之元也。詞客仁人，少陵獨步。」引自簡恩定：《清初杜詩學研究》〈尊杜與輕杜之説理論的探究〉，（臺北：文史哲出版社，1986），頁53。

〔註17〕曾國藩〈黃仙嶠前輩詩序〉云：「昔者嘗怪杜甫氏，以彼其志量，而勞一世以事詩篇，追章琢句，篤老而不休，何其不自重惜若此？及觀昌黎韓氏稱之則曰：『流落人間者，太乙一豪芒。』而蘇氏亦曰：『此老詩外大有事在』，吾乃知杜氏之文字蘊於胸而未發者，殆十倍於世之所傳，而器識之深遠，其可敬慕又十倍於文字也。」（《曾文正公文集》卷一）

〔註18〕朱彝尊〈與高念祖論詩書〉：「唐之世二百年，詩稱極盛，然其間作

以「本」的綱常倫紀觀念看待詩，所以推重杜甫詩在於其事父事君之忱，並且認為這才是詩之本。王士禛《師友詩傳錄》第三十則亦說到杜甫之君國之愛，〔註 19〕言杜甫在唐代並未受到重視，直到宋人宗盛唐詩才被提及，而王士禛以為杜甫詩並未有獨特的影響性，後世之尊僅在其忠君愛國之思。〔註 20〕

至於陳衍引孫師鄭〈題薛裝銘大令詩稿後〉詩之評李、杜：

> 謫仙曠世才，逸足追風驥。落筆撼五岳，絕塵飛六轡。少
> 陵鬱忠肝，字字（案：疑『宇』）流血淚。高歌泣鬼神，獨
> 醒喚眾醉。慷慨南董筆，從容北山議。天若假之鳴，詞取
> 達其意。蛇神牛鬼徒，形穢三舍避。（《詩話》卷八）

云孫師鄭此詩「持論平正」，可知同意孫氏對杜甫的看法，即杜詩特色是字字血淚、肝膽忠心、慷慨從容，足以驚動鬼神。與陳衍同時的王闓運，其〈論詩示黃鏐〉云杜甫有「沉著頓挫、前後照應」之詩法，而：

> 杜所以成家者，所存詩多而題目平易，詠景物多恰近人情，
> 故流俗喜傳之，易於好矣。（《湘綺樓說詩》卷六）

王闓運認為杜甫的重要性在創作多、取材平易、與人情相洽，其以「流

者，類多長於賦景，而略於言志，其狀草木鳥獸甚工，顧於事父事君之際，或闕焉不講。惟杜子美之詩，其出之也有木，無一不關乎綱常倫紀之目，而寫時狀景之妙，自有不期而工者然，則善學詩者，舍子美其誰師也與？」（《曝書亭集》卷三十一）

〔註19〕 王士禛：《師友詩傳錄》第三十則：「有宋以來談詩家，乃祧盛唐諸人，而專宗少陵。然考之唐人之緒論，及唐人選唐詩，固未始有宗少陵之說。即在盛唐諸家與子美抗行者，子美亦多所屈服。在子美集中，雖往往以風雅自任，亦未嘗凌轢諸家，而獨肩巨任也。獨是工部之詩，純以忠君愛國為氣骨，故形之篇章，感時紀事，則人尊詩史之稱。」，《清詩話》，頁 145。

〔註20〕 李慈銘亦持相同的意見，《越縵堂詩話》卷上：「為詩之道，必不能專一家，限一代，凡規規摹擬者，必才力薄弱，中無真詣，循牆規壁，不可尺寸離也。……七律取骨於杜，所以導揚忠愛，結正風騷，而趣悟所昭，體會所及，上自東川摩詰，下至公安松園，皆微妙可參，取材不廢。」引自黃霖：《近代文學批評史》，（上海：上海古籍出版社，1996），頁 273。

俗喜傳」看待杜甫，倒沒有強調杜甫開闊獨創、語必驚人的一面。

　　杜甫受到後世普遍推崇，但也有不以為然者。朱熹認為杜甫之受到推崇是黃庭堅的盲目，人云亦云。〔註21〕袁枚主張性靈，性靈是個人性情靈機的自由表現，固不贊成學習別人，其〈答王孟樓侍講〉以大官家奴和小邑簿尉比喻作詩要自出機杼，「尊韓抱杜」是依附皮影之行。〔註22〕袁枚雖然不主張學習杜甫，但不得已要學的話，就學杜甫題材之寬。〔註23〕不論後代詩人是否推崇杜甫，從陳衍《詩話》記載著晚清詩人們文酒之聚，作〈浣花草堂〉詩、〈謁少陵先生草堂〉詩〔註24〕，都表現對杜甫在主觀與客觀上的傾慕：

> 偶與樊山談張野秋尚書百熙、吳子修學使慶坻，……樊山謂子修較勝。……子修〈謁少陵先生草堂兼陸放翁遺像〉云：「成都舊茅屋，遺構識幽栖。亭閣地俱古，江山風始淒。百花一潭近，萬竹四松齊。不見杜陵叟，夕陽鳥空啼。」「配食劍南老，始聞嘉慶朝。可憐心激壯，猶見髮飄蕭。舊國東歸晚，中原北望遙。英靈定何在，杯酒一相招。」（《詩話》卷十九）

〔註21〕趙翼：《甌北詩話》卷二〈杜少陵詩〉引朱熹之語：「黃山谷謂『少陵夔州以後詩，不煩繩削而自合。』……朱子嘗云：『魯直只一時有所見，創為此論。今人見魯直說好，便都說好，矮人看場耳。』斯實杜詩定評也。」《清詩話續編》第二冊，（臺北：藝文印書館，1985），頁1155。

〔註22〕〈答王孟樓侍講〉：「詩宜自出機杼，不可寄人籬下，譬作大官之家奴，不如作小邑之簿尉，何也？簿尉雖卑，終是朝廷命官，家奴雖豪，難免主人笞罵。今之尊韓抱杜，而皮傳其儀形者，能無悚悔？詩如佛法，有正法眼藏，有狡獪神通，參正法者，不貴神通，夸神通者，渺視正法。」（《隨園尺牘》卷三）

〔註23〕袁枚〈與梅袠源〉：「子貢曰：『夫子焉不學，而亦何常師之有？』，杜少陵曰：『轉益多師是我師』，皆極言師法之不可不寬也。……且詩中題目甚多，而古人之擅長不一。……我輩宜兼收而並蓄之，到落筆時，相題行事，方不囿於一偏，迨至真積力久，神明變通之後，其中又有我在焉，自成一家，令人莫測其所由來，則於斯道盡之矣。」（《隨園尺牘》卷五），「題目甚多」言杜甫創作題材豐富，學習者應學其兼收並蓄，日積月累則能下筆神通。

〔註24〕《石遺室詩話》卷十。

那麼，陳衍又如何看待「學杜」這件事？從陳衍所錄詩友寫的懷杜詩可以明白其欣賞之心，既然欣賞，必有賞識的理由。首先，陳衍讚賞杜甫詩「實在」：

> 嚴滄浪云：「少陵詩法如孫吳，太白詩法如李廣。」殊為得之。孫吳有實在工夫，李廣則全靠天分，不可恃也。(《詩話》卷十)

嚴羽以兵法論詩，陳衍頗有會心，並指出天分不可恃，詩的創作需要腳踏實地的工夫，因此以紮實的兵法比喻杜詩。又《詩話》卷一：

> 任是如何景象，俱寫得字字逼真者，惟有老杜。其餘則如時手寫真，已歡喜過望矣。杜如「旁見北斗向江低，仰見明星當空大」，寫出曠野夜行景，……「震雷翻幕燕，驟雨落河魚」，則真大雨景矣，「樓雪融城溼，宮雲去殿低」，真雪後陰天景。

此言杜甫寫景逼真，寫物則體物瀏亮。可以說，後世在普遍推崇杜甫的基礎上，嚴羽與陳衍都特別看到杜詩「真實」。對陳衍來說，詩之「真實」與他重視性情相關，因為「為文造情」所造作出的情正好與陳衍所倡言的「自家高調」背道而馳。《詩話》卷十引陳仁先論杜詩，云：

> 仁先論詩，極有獨到處，嘗云：杜詩「但覺高歌有鬼神，焉知餓死填溝壑」已極沉鬱頓挫之致，更足以「相如逸才親滌器，子雲識字終投閣」二語，此是古人拙處，即是古人不可及處。

陳衍同意陳仁先所論，從引文可知，古人有今人無法企及之處，但陳衍並未一味以古為是，雖然他承認好詩已被古人說盡，但今人可以做的努力是「以邊際語寫詩」，這是在學「古」的前提之下，同時不棄「今」的態度。況且，杜甫長處在「拙」，陳衍所貴之「古」是一種沉穩樸實，重點是：品評優劣的標準並不在古與今之「時間」的對照，所以，若批評陳衍論詩守舊復古，恐怕是沒有看到陳衍從學習古人的角度裡所謂「古」這一層意義。

其次，陳衍在學杜的基礎上，主張語言應使人驚豔：

> 余方愁近日詩人，不肯捐去故技，致語少驚人。而紙堆中，
> 忽發現眾異二詩，一爲〈汪袞甫屬題王震所畫墨梅〉云：「意
> 足不求顏色似，簡齋詩人非畫史。後村怕梅卻愛畫，觀儺
> 小兒喻殊詭。花光上人不可呼，彝齋王孫今亦無。山農苗
> 裔擅餘技，能逃大詛寧腐儒。晴窗放筆爲直榦，汪侯寶之
> 俾我讚。高館沉沉夜將半，使君夢裡美人來，黑齒雕題一
> 笑粲。」試問美人而黑齒雕題，來入我夢，能不驚殺人乎？
>
> （《續編》卷一）

所錄詩末三句似缺一句。陳衍在這裡特別欣賞梁眾異之詩，因爲其能作驚人之語，目的是爲了改變故技的慣性，此與杜甫〈江上值水如海勢聊短述〉詩：「爲人性癖耽佳句，語不驚人死不休」之追求高度創意是相通的。「語驚人」之意是以創新語句形容所詠事物，如上引梁眾異「美人而齒黑而入夢」比喻墨梅畫，「驚人之語」指一種無理而妙、驚奇而妙的新創語言。詩之令人驚豔，需要創新，陳衍論詩非常注重創新，《詩話》卷十提及「邊際語」一詞：

> 余謂吾輩生古人後，好詩已被古人說盡，尚有著筆處者，
> 有無窮新哲理出，可以邊際之語寫之也。

陳衍並未說明什麼是「以邊際語寫新哲理」的例子，而楊淙銘《石遺室詩話研究》云所謂「邊際語」，其用意在「開創詩作之新天地」，那麼，此與陳衍早年和沈曾植一起主張「三元說」有關係。〔註25〕以字義來看，邊際即邊緣、旁邊，指事物的外圍部分，好詩既被古人寫盡，則此語意謂今人作詩可從外緣進入。這說明陳衍在學古方面是有彈性的，因爲如果是極端學古，儘可以在「學杜學韓」上堅持不可踰越的強硬態度，無須再提到以「邊際語」寫出，而「無窮新哲理」與「邊際之語」的目的不就是黃庭堅「點鐵成金」、以及「師其意不師

〔註25〕《詩話》卷一：「蓋余謂詩莫盛於三元，上元開，中元元和，下元元祐。君（案：沈曾植）謂三元皆外國探險家覓新世界、殖民政策、開埠頭本領，故有『開天啓疆域』云云。」

其詞」的另一種表達方式嗎？然而，學杜之徑又非僅以語驚人一途，《詩話》卷一錄杜甫詩：

> 堂前撲棗任西鄰，無食無兒一婦人。
> 不爲困窮寧有此，祗緣恐懼轉相親。

陳衍指出此詩「開宋人無限法門」，此詩所描寫的是一件尋常而眞實之事，而且是「事中事」，以平凡的語詞寫婦人撲棗，後兩句有議論意味，議論詩多以長篇寫成，杜甫卻以絕句表現，這是杜甫詩之寫實又平易的地方。

關於「驚人之語」，《方南堂先生輟鍛錄》云：

> 所謂「語不驚人死不休」者，非奇險怪誕之謂也，或至理
> 名言，或眞情實景，應手稱心，得未曾有，便可震驚一世。
> 〔註26〕

此足堪爲誤解杜甫者糾謬，因爲「驚人」並非以奇巧炫人，只要「未曾有」者，「驚人」也包括眞情實景與至理名言。反之，在復古擬古思想裡就無法允許驚人之語，例如王闓運並不欣賞杜甫，其〈答張正暘問〉云：

> 杜子美詩聖，乃其宗旨在以死驚人，豈詩義哉？要之，聞
> 道猶易，成文甚難，必道理充周則詩文自古，此又似易而
> 愈難，非人生易言之境也。（《湘綺樓說詩》卷四）

王闓運主張復古模擬，在「詩文求古」基礎上，卻諷刺杜甫「以死驚人」，認爲詩文之道理充實就是復古，這種觀念是複製「尊聖宗經」思想的復古，正是復古者無法創新的瓶頸，在此，吾人看到「語驚人」的不同解讀。

其三，學杜的進境在於由「杜法」到「杜味」：

> 與碻士別數年，去年復得相見，始盡讀其十數年來之詩，
> 共一厚冊，屬爲評定，蓋由王孟而進規老杜者。……今年
> 復示余近作數紙，經蘇戡圈點者，後題八字云：「隻語易得，
> 杜味難得」，余謂杜味二字至當。余前所見者用杜法，今所

〔註26〕《清詩話續編》第三冊，頁1944。

見者得杜味也。(《詩話》卷十四)

俞確士之詩，用杜法得杜味，這種由「法」到「味」的學習過程是一種「深造」工夫，具有典型的宋詩精神。《詩話》卷二十一錄黃秋岳〈題東野集〉詩：

> 石遺先生向我道，學詩韓孟可深造。
> 海藏稱詩主清夐，東野宛陵置懷抱。
> 吾聞歐九譽都官，眞味橄欖久逾好。
> 孟詩豈徒耐咀嚼，精氣陸離射蒼昊。
> 貧孟非貧詩自傳，新意默默來無邊。
> 世兒鹵莽誚寒瘦，冷落仙機織鳳篇。

詩中所敘陳衍叮囑黃秋岳學韓孟之目的是因爲可以「深造」。韓孟詩的特色即所謂苦吟，這是一種經過辛苦淬煉的學習後呈現的風格，但是以陳衍不喜生澀苦語來看，此處「深造」強調的是鍛鍊的學習過程與精神，不在於獲得與苦吟詩派一樣的悲苦成品。此外，陳衍肯定杜甫「善於製題」，《詩話》卷六：

> 康樂製題，極見用意，然康樂後，無逾老杜者，柳州不過三數題而已。杜詩如……。皆隨意結構，與唐人尋常詩題，迥不相同者，宋人則往往效之。

杜甫製題之佳，在於能隨意結構又能極見用意，這應該也是杜甫努力鍛鍊後的一種成績。

至於「學韓」，陳衍認爲韓愈可學者，在其音節：

> 前歲在暨南大學講學，夜間則集榆生寓中說詩。有劉生鍾經者，以小冊頁乞書，媵以長句云：……。余喜其音節甚合，可以學韓學蘇，因口占贈之云：「昌黎長句多雄奇，不獨犖确山石詩。更如獨遊與行役，一路鋪敘非嶔崎。頗疑遺山獨推此，北宋諸老皆能爲。可知音節不平弱，益以間出鮮新詞。元和元祐非難幾，嗟哉吾子其勉之。」(《補編》卷一)

此言韓愈長句雄奇、音節不平弱、又能以新鮮詞益之，故韓詩之奇在押韻，但是並不只迷昧於詩韻之奇險，韓愈可學之處在音節和諧但又

不可完全在聲律上打轉，這是不死學聲律之意。又評陳仁先詩學韓、孟、陶、杜亦在聲音之道，陳衍形容爲「杜骨韓濤」：

> 至全首音節高抗，如空堂之答人響，則以平韻古體詩出句末字多用平音也。……「驅車塵冥冥」四句，寫往天寧寺一路如畫，「屬耳」二句，從淵明雪詩、昌黎詩得來，〈臥松歌〉透爪陷胸，全是杜骨韓濤。（《詩話》卷三）

陳衍建議學習者學韓愈要注意其聲音，此與陳衍論詩強調音節高調同意。陳衍〈宋詩精華錄序〉引《虞書》之言，指出選宋詩的標準在於「八音克諧」，〔註 27〕偏於某一種聲音並非正途，有土木而無絲竹金革，或只有絲竹而無土木金革，非詩之本色。陳衍《詩學概要・唐》指出韓愈的重要性在於用韻上開北宋先路：

> 昌黎則尤多不轉韻者（如〈石鼓歌〉、〈山石〉、〈寒食日出遊〉、〈贈張功曹〉、〈謁衡嶽廟〉、〈贈崔評事〉，其最著者），開北宋諸大家之先路。〔註 28〕

韓愈詩的一韻到底、不轉韻之作法影響後世，開北宋諸大家之先，故陳衍對於韓愈的肯定在聲韻。

杜甫是詩聖，其詩特點是沉鬱頓挫，韓愈之文名盛於詩名，從陳衍對學習杜甫、韓愈的論述裡，可知陳衍關於創作之前的準備，主張學習古人，但是所強調的並非杜、韓二人被文學史推崇的特色，而是杜詩之味與沉穩，韓愈用韻之開北宋先路等。因此，陳衍並非教人學古人外在的技巧，要學內在的精神，而且要腳踏實地，進一步有「不與古人同」的進境，最後在用詞、用語、用事、用意方面都能是一種創新。

（三）從學杜學韓到肖韓似杜

宋代以來，韓愈、杜甫被奉若神明般景仰，翁方綱甚且以爲杜

〔註27〕〈宋詩精華錄序〉：「吾之選宋詩，抑有說焉，《虞書》曰：『詩言志，歌永言，律和聲。八音克諧，無相奪倫。』倫理也。」，《陳衍詩論合集》上冊，頁 709。
〔註28〕《陳衍詩論合集》下冊，頁 1034。

甫之於後人已是「萬古不再有」、「必不能學、必不可學」之高境。
〔註29〕杜甫是宋詩代表——江西詩派的「一祖三宗」之祖，韓愈則
有「不知韓，併不知詩」〔註30〕之譽，二人在唐以後詩壇的影響力
不可小覷。值得注意的是陳衍論杜甫韓愈，雖推薦兩人爲創作上的
學習對象，但也提到「肖韓似杜」之語：

> 《三百篇》以來感春之意，鍾於詩人，李杜尤多此作，但
> 不題感春耳。昌黎所以不同李杜者，語較生澀，仁先服膺
> 昌黎甚至，如「眾人熙熙」二句，「我聞先聖」二句，「深
> 衣玉几」四句，「不知有冬」二句，「清晨坐起」二句，皆
> 善於肖韓者，「江花惱人」二句，「我今何爲」二句，則頗
> 似杜，此中消息，可與知者言也。（《詩話》卷十）

從「學韓學杜」到「肖韓似杜」，即由「學」而至「肖似」，此中消息
頗奧妙，是陳衍從學習典範後脫身而出的呼籲。通常，強調學習都會
要求努力不懈地學，不得其正不止，但陳衍所說的學習是學杜韓後，
肖似即可，不必一學到底，求「學」之盡肖。「變化」一語是有識詩
家共同倡言的，陳衍的變化觀念表現在「學」與「肖」之間的意義是，
「學」只要達到「肖」與「似」就可以了，最後的重點在於能變化。
陳衍看到韓愈的這一個創作重點，在評錢載與鄭珍詩時，云能「學韓
而變化」：

> 《籜石齋詩》造語盤崛，專於章句上爭奇，而罕用僻字僻
> 典，蓋學韓而力求變化者。……《巢經巢集》〈正月陪黎雪
> 樓舅遊碧宵洞作〉，效昌黎〈南山〉而變化之。（《詩話》卷四）

學韓而變化的具體表現是在章句上爭奇但少用僻字僻典，所以，杜、

〔註29〕《石洲詩話》卷一：「杜之魄力聲音，皆萬古所不再有。其魄力既大，
故能於正位卓立鋪寫，而愈覺其超出；其聲音既大，故能於尋常言
語，皆作金鐘大鏞之響。此皆後人之必不能學，必不可學者。苟不
揣分量，而妄思攀接，未有不顛躓者也。」《清詩話續編》第二冊，
頁1375。

〔註30〕葉矯然：《龍性堂詩話初集》：「昌黎詩不似唐，卻高於唐。永叔論詩，
不專美子美而昌黎，良亦有見。陳後山謂『韓以文爲詩』，故不工。
不知韓，併不知詩也。」《清詩話續編》第二冊，頁976。

韓成爲清代詩人主要學習對象，原因在於杜韓能夠開闢與前代不同的創作技巧，能創新即「變化」。詩可以隨手拈來，但爲了「深造」的創作，須以「變化」表現出橄欖的久味，使詩堪耐咀嚼，此乃學古生新之義，學習古人目的在爲了創新，這就是「脫化」。《詩話》卷十六論楊萬里：

> 能俗語說得雅，粗語說得細，蓋從少陵、香山、玉川、皮、
> 陸諸家中一部分脫化而出也。

脫化是講求學習的進境，也就是在學習古人之後再轉兩層——第一層脫去、第二層變化。其中的步驟與層次是考究的，並非一脫即化，更非脫化成那個學習的對象。

但是，關於「脫化」，學者的研究似乎誤解陳衍，鄭朝宗〈陳衍的詩話〉一文說：

> 像他（案：指陳衍）在別處所說，楊萬里等學唐人絕句而能不襲用舊調，主要是在于「淺意深一層說，直意曲一層說，正意反一層側一層說」，和「俗語得雅，粗語說得細」等等。我們並不是說絕對不可以從形式上去學習古人，也不是說過去的人從沒有這樣做過，但僅僅這樣做實在算不得推陳出新，而且以此來論述楊萬里的學習古人尚說得過去，以此來論述杜甫，則未免唐突。……陳衍單從文字技巧方面去追溯杜詩的根源，這表明他對杜甫的理解並不深刻。〔註31〕

陳衍何必一定要「對杜甫理解深刻」？目前研究同光體者，似乎甚少留意陳衍「從學韓學杜到肖韓似杜」的說法，這是不單從文字技巧方面去追溯杜詩的根源，也是同光體「變化觀」的途徑之一，更是陳衍分別復古與好古不同。《詩話》評宋大樽《茗香詩論》過度要求復古：

> 詩論甚正，惟爲詩跬步必求合於古，與所論實有不掩者。……
> 好古非復古，及於古非擬古也。有作必擬古，必求復古，非

〔註31〕《古代文學理論叢刊》第三期，（上海：上海古籍出版社），1981 年
2 月。

> 所謂有意爲詩，有意爲他人之詩乎？明之何、李、王、李，
> 所以爲世詬病也。茗香之詩之擬古，不如太初之自及於古
> 矣。茗香之復古，不如太初〈詩比興箋〉之善於好古矣。（《詩
> 話》卷三）

有作必求於擬古，那麼，復古就等於是「有意爲詩」、「有意爲他人之
詩」，明詩之復古即因「有意爲之」而爲後世詬病。陳衍以宋大樽與
陳沆互較優劣，指出復古要把握的條件是：自及於古、善於好古。此
二語即「學韓學杜到肖韓似杜」之間的奧義所在，學古不能學到底，
學到「肖似」、「善於」即可，能學到肖似正是善於好古；反之，不善
好古者即一味復古，則復古無新意亦無靈魂，所以，好古僅「及於古」，
是一種與古尚有間距的學古，這是一種「留下活動空間」的學習，復
古的有意模擬，卻是沒有額外空間的，乃宋大樽「踥步仿求合於古」
之失。陳衍主張的是好古、及於古，而非復古，在摹擬與復古之間保
有一段彈性空間，此空間即詩人自主之處境，詩人擁有自己處境，必
有自得之言，這就是從摹擬中獲致創新。

「學古」與「肖似」之間的完美關係在哪一個地步？陳衍云：

> 古人詩到好處，不能不愛，即不能不學。但專學一家之詩，
> 利在易肖，弊在太肖。不肖不成，太肖無以自成也。（《詩話》
> 卷十四）

這裡提到學習的根本動機是「不能不愛」，所以是一種主動的趨力，
學習者在喜愛古人的心神馳蕩之餘應在學習的肖與不肖之間拿捏；歷
來反對陳衍者，認爲此是滑頭語，然而這正是陳衍「不專學一家」的
要義，提醒學習者不可盲目過分地學習，要能理性地選擇。「不專學
一家」是爲了「成家」而學，但重點是學成了什麼家？不能在學到底
後，成了「所學之家」，而是學習之後，所成之家是「自己之家」。所
以，陳衍《宋詩精華錄》評蘇軾〈有美堂暴雨〉〔註32〕：

〔註32〕蘇軾〈有美堂暴雨〉詩：「遊人腳底一聲雷，滿屋頑雲撥不開。天外
黑風吹海立，浙東飛雨過江來。十分激灩金樽凸，千杖敲鏗羯鼓催。
喚起謫仙泉灑面，倒傾蛟室瀉瓊瑰。」

　　三句尚是用杜陵語，四句的是自家語。

陳衍看到蘇軾雖然使用杜甫語，但詩中仍有自家語。有了這一層了解後，在創作的要求就是學習但不完全摹仿，《近代詩鈔‧鄭珍》云：

　　竊謂子尹歷前人所未歷之境，狀人所難狀之狀，學杜韓而
　　非摹仿杜韓，則多讀書故也，此可與知者道耳。〔註33〕

學杜韓而非摹仿杜韓，就是「學而肖似」的要義，也就是以古人為前提的學習是一種要懂得踩煞車的學習。當然，此境是由多讀書而入，「學而非摹仿」意指學杜韓是有限度、有思考的學習，這是陳衍對「學杜韓」所劃出的界限，此界限對宋代以來的杜韓迷思未嘗沒有警醒作用。晚清位於古典詩壇之末位，同光體對於前朝所是所非應該明白「專」即「偏」，如果偏了，又何來詩的創新與自主？

　　杜甫韓愈是學習古人的王牌，但陳衍教人學詩應因材性所近，不主一家而自為詩，要薈萃古人之所長以自名家，其〈與默園論詩即送其行〉、〈胡詩廬詩存題後〉詩〔註34〕指出學習對象不硬性限制必學某家，這也是為何要從「學杜學韓」說起而又到「肖韓似杜」為止，其義：學習古人自有大家可學，但又不可僅學一二大家，應各學其長處，因為學習的最終目的是「自成一家」，學習是過程非目的，此為陳衍

〔註33〕陳衍：《近代詩鈔》第二冊。

〔註34〕〈與默園論詩即送其行〉：「黃生手持荊公詩，密密圈點吟哦之。此中海藏久探索，更無餘地堪因依。君家雙井富書卷，驅使詰屈或汝師。茲行山水入八桂，劍鋩羅帶相參差。柳韓筆力藉磨礪，勿怨世路多崎嶇。」（《詩集》卷六）；〈胡詩廬詩存題後〉：「君於五七言，氣體均不俗。問其不俗故，服膺在山谷。山谷之為人，磊砢見節目。生長山水窟，歷皖湘黔蜀。世間清剛氣，貫湊入骨肉。發為詩文字，可喜不可欲。知者謂堅凝，不知謂嚴酷。君生於其鄉，師又谷之續。今詩盡谷體，谷致杜之曲。別古體為今，吾國之所獨。音業與古異，貌自為唐局。李孟不律詩，二杜杜甫、杜審言沈陳屬。陳律何鏗然，五古古自復。要知杜與黃，萬卷胸積蓄。當其欲下筆，萬象森瞻矚。春蹂範奇偶，左右罔不足。七言始騷經，劉項節猶促。式微云兆端，帝力更高躅。柏梁不易韻，杜韓廝二瀆。然實騷之流，兩句韻一束。但省其分字，一韻自起伏。又視古樂府，長短句盡劇。試將梅蘇李，用韻一細讀。顯與歌曲流，同流而異澳。因君偶放言，敢謂識歸宿。」（《詩集》卷六）。

學古、學杜甫韓愈之深義。

二、學習途徑

在詩的學習途徑方面，陳衍提出摹擬、讀書、行遊三事。摹擬是力主創新者所鄙夷的事，陳衍詩論的焦點亦朝向創新攏聚，何以又提倡摹擬？答案在陳衍不反對摹擬，但只擬景而不擬情，讀書是爲了積學養氣、深造自得，行遊則爲讀書後的拓展詩境。

（一）摹擬：擬景不擬情

陳衍在「如何學」的方法上，提出一個頗堪玩味之說，即：摹擬。這是在學習古人、學杜甫韓愈之外的創作途徑的主張。學習最直接便捷的途徑是摹擬，但摹擬又最被詩論家嗤惡的下等手法，因爲它造成學習者的依賴性，一摹難返。陳衍對王闓運的批評即在於摹擬，《近代詩鈔‧王闓運》：

> 湘綺五言古沈酣於漢、魏、六朝者至深，雜之古人集中，
> 直莫能辨正，惟其莫能辨，不必其爲湘綺之詩矣。〔註35〕

王闓運好處在沉酣漢魏，既然雜之古人中而莫能辨，則王闓運又何必爲王闓運？所以，學習的最終目的既是「自成一家」，摹擬既是阻礙「成一家」的絆腳石，因此，陳衍又有另一說法，即摹擬亦可，卻將它限制在寫景：

> 漁洋最工摹擬，見古人名句，必唐臨晉帖，曲肖之而後已。
> 特斯術也，以之寫景，時復逼眞，以之言情，則往往非由
> 衷出矣。……嗟呼！雖性情畢似，其失己不益大歟？（《詩
> 話》卷一）

此言摹擬之弊，並言摹擬可使寫景逼眞，亦可以見陳衍不反對摹擬。摹擬是學習創作之一大法門，由摹擬進一步落實於完成創作，陳衍認爲可以用來寫景，但不能言情。何以景可以摹擬、而情不可？因爲情內在而虛、景外在而實，外在之實景可以摹擬，陳衍視之爲「術」，

〔註35〕陳衍：《近代詩鈔》第五冊。

既然是術，所以只視摹擬爲方法，是學習的手段，並不妨害創作的終極意義。但是，情不可以模擬，因爲一模擬便無自己的面目性情，故模擬情，必言不由衷。

陳衍〈近代詩鈔序〉又云：

> 文端（案：祁雋藻）學有根柢，與程春海侍郎爲杜、爲韓、爲蘇黃，輔以曾文正、何子貞、鄭子尹、莫子偲之倫，而後學人之言與詩人之言合，而恣其所詣，於是貌爲漢魏六朝盛唐者，夫人而覺其面目性情之過於相類，無以別其爲若人之言也。

既然成爲眾面一貌，就無法分別何者爲「若人之言」，又則何必寫詩？關於情與景的關係，王夫之《薑齋詩話》卷上第十六則提出「景情相生」，〔註 36〕景與情雖爲二事，但在詩的創作上要同時兼有「情中景」與「景中情」，《薑齋詩話》卷下第十四則：

> 情景名爲二，而實不可離。神於詩者，妙合無垠，巧者則有情中景，景中情，景中情者如「長安一片月」，自然是孤棲憶遠之情，「影靜千官裡」，自然是喜達行在之情。情中景尤難曲寫，如「詩成珠玉在揮毫」，寫出才人翰墨淋漓，自心欣賞之景。〔註 37〕

王夫之認爲寫「景中情」易，但「情中景」難，所以，從善學者的角度出發，正如《禮記・學記》以善問喻善學所云的進學之道是「善問者，如攻堅木，先其易者，後其節目」道理相同，王夫之點出難易的先後次序，「景中情」易於「情中景」，所以先學作景語，才能作情語。《薑齋詩話》卷下第二十四則：

> 不能作景語，又何能作情語耶？古人絕唱多景語，如「高臺多悲風」、「胡蝶飛南園」、「池塘生春草」、「亭皐木葉下」、

〔註 36〕「興在有意無意之間，比亦不容雕刻，關情者景，自與情相爲珀芥也。情景雖有在心在物之分，而景生情，情生景，哀樂之觸，榮悴之迎，互藏其宅，天情物理，可哀而可樂，用之無窮，流而不滯，窮且滯者不知爾。」《清詩話》，頁 6。

〔註 37〕《清詩話》，頁 11。

「芙蓉露下落」皆是也，而情寓其中矣。以寫景之心理言
情，則身心中獨喻之微，輕安拈出。〔註38〕

王夫之對景與情的看法是：二者雖二，但實爲一；詩之妙於神合者是
情景相融；先學景語，再作情語，王夫之認爲景易情難。陳衍和王夫
之的說法稍有不同，王夫之說景與情之難易，陳衍以景說摹擬，《詩
話》卷十四，有「寫景」之說明：

說詩標舉名句，其來已久，此詩話所由昉也。……由是流
傳名句，寫景者居多。……元和以後并講求於一字兩字，
如「僧推月下門」、「僧敲月下門」、「此波涵帝澤」、「此中
涵帝澤」、「昨夜數枝開」、「昨夜一枝開」之類，開宋人許
多詩說。……司空表聖自謂得味外味，亦第舉「綠樹連村」、
「棋聲花院」二聯，皆寫景也。

陳衍認爲自古以來，詩話便以標舉名句說詩，詩人衷心所賞者，
以及用以表示鑑賞宗旨者，都是寫景的句子，因此流傳的名句以寫景
爲多，有味外味者亦多表現在寫景。然寫景不易，故「代不數人，人
不數語」：

宋人寫景句，膾炙人口者，……亦不過代數人，人數語，
視唐人傳作之多，不及遠甚。……近人詩句，工於寫景者，
亦復不可多得，惟蘇戡最多。蘇戡平日論詩，甚注意寫景，
以爲不易於言情，較難於敘事。(《詩話》卷十四)

流傳名句以寫景居多，而流傳後代者又不多，此似爲矛盾語，欲解
此矛盾就在於寫景的表現力問題。此可從陳衍推重梅堯臣來看，陳
衍頗自豪之事，在當時首先提倡梅堯臣，但陳衍在晚清首倡梅堯臣
卻是修正梅堯臣所說的寫景名語，認爲「狀難寫之景，如在目前」
較難於「含不盡之意，見於言外」：

初梅宛陵詩，無人道及。沈乙盦言詩，夙喜山谷。余偶舉宛
陵，君乃借余宛陵詩亟讀之，余并舉殘本爲贈。時蘇戡居漢
上，余一日和其詩，有「著花老樹初無幾，試聽從容長醜枝」

〔註38〕《清詩話》，頁14。

句，蘇戩曰：此本宛陵詩，乃知蘇戩亦喜宛陵。因贈余詩，
有云：「臨川不易到，宛陵何可追。憑君嘲老醜，終覺愛花
枝。」自是始有言宛陵者。……宛陵嘗語人曰：凡爲詩，必
能狀難寫之景，如在目前，含不盡之意，見於言外，乃爲能
至，此實至言。前二語，惟老杜能之，東坡則有能有不能。
後二語，阮、陶能之，韋、孟、柳則有能有不能。至能兼此
前後四語者，殆惟有《三百篇》。漢魏以下，則須易一字，
曰：狀易寫之景，如在目前，含不盡之意，見於言外。宛陵
此四句，前二語實難於後二語。（《詩話》卷十）

要達到「狀難寫之景，如在目前；含不盡之意，見於言外」者，惟有
《三百篇》，此外各家都只能做到其中一部分，因爲「狀難寫之景，
如在目前」難於「含不盡之意，見於言外」，所以，陳衍認爲景比情
難以描寫。景之難寫，其難在於景「不易言情」又「難於敘事」，此
二難已鯁之在前，當然更難於表現「不盡之意」。由於寫景難，所以，
可以經由摹擬作爲學習手段而進於能表達「不盡之意，見於言外」。
爲救「景之難狀」弊，方法是「詩中皆有人在，則景而帶情者矣」，
所以，若詩中有人，景中便有情，換言之，景中帶情〔註39〕可救寫景
不易之困，但景中帶情是不容易的，惟有「有人在」能讓景中帶情，
「有人在」則情與景合，「無人在」則情與景分，後者正是寫景的困
境，所以，亦可見「人」是陳衍化解景之難寫的關鍵要素。

　　寫景之難，難在景中帶情，而景可以模擬、情卻不可以，在於兩
者屬性不同、表現方式亦異，景可以鋪敘而成，情卻必須「深而曲」
出之：

〔註39〕　《詩話》卷十四：「景中帶情，六朝盛唐人已有之。如薛道衡之『人
　　　　歸落雁後，思發在花前』，杜甫之『感時花濺淚，恨別鳥驚心』是也。
　　　　沈休文云：『相如工爲形似之言，二班長於情理之說』，宋張戒《歲
　　　　寒堂詩話》云：『建安、陶阮以前詩，專以言志，潘陸以後詩，專以
　　　　詠物』此言情與景分者也。劉彥和云：『因情造文，不爲文造情』又
　　　　云：『情在詞外曰隱，狀溢目前曰秀』梅聖俞云：『含不盡之意，見
　　　　於言外，狀難寫之景，如在目前』此言情與景合者也。」是陳衍區
　　　　分景中帶情有：情與景分、情與景合兩種情況。

> 唐以前名句，多全聯寫景者。宋人除陸放翁、范石湖、楊
> 誠齋諸集外，往往寫景中帶著言情。……豈好景果爲前人
> 寫盡乎？抑亦厭賦體淺直，不如比興深而曲耳。(《詩話》卷
> 十四)

陳衍利用疑問句的形態反證好景並非已被前人寫盡，是因爲景多由賦
體寫成，而賦體淺直，「不如」比興深而曲，陳衍抑景揚情的意思是
顯見的。景與情的屬性不同，又在重視情的條件下云寫景最上者爲景
中帶情，故寫景難於寫情，陳衍對於情與景的關係是以反語證成的，
寫景難於寫情，尤其難在「景中情」，故最終寫情又難於寫景。陳衍
反對鍾惺、譚元春評詩，但也有同意二人評詩甚當者，則可從這個反
對與贊成之間的差距再探陳衍對寫景詩的意見在於「心中有體驗，筆
下有工夫」：

> 杜甫〈陪王使君晦日泛江就黃家亭子〉云：「山豁何時斷，
> 江平不肯流。稍知花改岸，始驗鳥隨舟」，鍾云：「寫舟行
> 奇幻入神。」案此四句，寫景之妙，心中實有體驗，筆下
> 實有工大，非奇幻之謂也。蓋江平水緩，泛舟不覺其流，
> 忽見有山豁然乃覺之。於是視其岸，而岸改矣。何以知之？
> 岸上之花改也。仰觀其鳥，而鳥不改，始悟舟行鳥飛，相
> 隨之故，而其實皆江平疑不肯流誤之也。此詩之妙，全在
> 第二句點出眼睛。(《詩話》卷二十三)

江上行舟而花改岸是因爲花與岸是靜止的，鳥不改是因爲鳥隨舟行，
這是現實經驗之證驗於筆下，陳衍評此詩的「點出眼睛」是提示：詩
只有在詩人的深自體驗形之於筆下者方妙，體驗與工夫都是「實」的，
所以，寫景詩之妙在於眞實的經驗。性情不能摹擬，寫景可以，從情
虛景實的質性著眼，陳衍之摹擬主張從「實」處入手，是重視學習過
程中的穩定功夫。

　　一般反摹擬論者，反對之因多在於摹擬是襲用前人字句，例如王
夫之《薑齋詩話》卷下指出明詩之弊在摹擬，弊在徒求字句，〔註40〕

〔註40〕王夫之：《薑齋詩話》卷下：「如欲作李、何、王、李門下廝養，但買

徒求句巧是表面形式的追求，不能達情更無法會心，學習者若只求外在形式，那麼，學習對於創作而言，只是一種湊合而非實學，造就的是詞客而非詩人。再則，朱彝尊〈憶雪樓集序〉指出摹擬若只知規摹一家，也是一種「淺學」，〔註41〕朱彝尊從唐宋詩之爭談到善詩者應該暢吾意言，不事規摹反可能有出人意表之表現。賀裳《載酒園詩話》亦云「摹擬最忌入俗」，〔註42〕他們都指出摹擬之淺俗正由於性情不深，或者是字句上太著痕跡，善學者必須能出於古人意表，也就是若把摹擬當作學習之途，則學習之後要轉脫進境，以及做到適度刻劃而不露痕跡。凡主張創作必須以新意與進境爲目標者都反對摹擬，但是，反對的理由不大相同：王夫之反摹擬是從情景必須相合會心去談；朱彝尊、賀裳把摹擬視爲技巧，因此要不露痕跡爲上；而陳衍之擬景不擬情，贊成有限度的摹擬，此限度的要求在景物之「眞實」意義上，則陳衍主張摹擬目的是爲了從實際的觀察中，最終達到能建立門庭，陳衍的摹擬指向一種眞實態度的意念。

　　《石語》批評王闓運：

　　　　人以「優孟衣冠」譏壬秋詩，夫「優孟衣冠」亦談何容易。

　　　　壬秋之作，學古往往闌入今語，正苦不純粹耳。〔註43〕

　　　得《韻府群玉》、《詩學大成》、《萬姓統宗》、《廣輿記》四書置案頭，遇題查湊，即無不足。若欲吮竟陵之唾液，則更不須爾，但就措大家所誦時文之、於、其、以、靜、澹、歸、懷熟活字句湊泊將去，即已居然詞客。」（第三十一則），又，第二十七則：「含情而能達，會景而生心，體物而得神，則自有靈通之句，參化工之妙。若但於句求巧，則性情先爲外蕩，生意索然矣。」，《清詩話》，頁16、14。

〔註41〕朱彝尊〈憶雪樓集序〉云：「予每怪世之稱詩者，習乎唐，則謂唐以後書不必讀，習乎宋，則謂唐人不足師。一心專事規摹，則發乎性情也淺。惟夫善詩者，暢吾意所欲言，爲之不已，必有出於古人意慮之表者。」（《曝書亭集》卷三十九）

〔註42〕賀裳：《載酒園詩話》：「凡摹擬最忌入俗。姚合形容山邑荒僻，官況蕭條，曰『馬隨山鹿放，雞雜野禽棲』，眞刻劃而不傷雅。至『縣古槐根出』猶可；下云『官清馬骨高』，『官清』字太著痕跡，『馬骨高』尤入俗譚。」，《清詩話續編》上冊，頁253。

〔註43〕錢鍾書：《錢鍾書集‧石語》，（北京：三聯書店，2001年1月），頁5。

這裡指出兩個概念，一、摹擬不易，二、摹擬是手段而非目的。所以，
人人皆知摹擬是學習的途徑之一，陳衍認為詩的學習從實在景物摹
起，而摹擬只是一個過渡，王闓運將過渡機制當作最終目的，所以會
以今入古，成為「不純粹」，那麼又何必摹擬？陳衍雖講摹擬，但是
擬景不擬情，而非摹古或摹今，其摹擬強調的是一種「真實」。

　　陳衍《詩話》最詳說寫景，所錄古今名句不下數百條，從《詩
話》卷十四論寫景詩來看，主要指出寫景不易、寫景代變、唐以前
多全聯寫景、味外味多表現在寫景詩中。前引《詩話》卷一所摘之
句全為寫景，而且是寫大自然各式之景，陳衍所評論的杜詩是寫景
且「字字逼真」的寫實作品，除了寫實的景色之外，杜詩的特色是：
奇、妙、快、壯、橫，而其細膩風光，正在體物瀏亮。〔註44〕李善
注「體物瀏亮」：「詩以言志，故曰緣情，賦以陳事，故曰體物，綺
靡精妙之言，瀏亮清明之稱。」許慎《說文解字》「瀏」：「從水，劉
聲，本義作流清貌。」據此，體物瀏亮之「清」是把事物清透地以
文字表現出來，是要求詩創作的真實呈現，此陳衍認為「不必讀明
詩」即在於明詩不真，其《詩學概要》〈金元明〉：

　　　　明代專事摹擬，詩無真性情，不能變化。讀唐詩不必再讀
　　　　明詩矣。

陳衍提出摹擬是學詩的起步，並將它限制在寫景上，主要欲引出詩的
創作從真實途徑入手的觀念。前述陳衍所論的杜甫詩都是寫景之作，
與「開宋人無限法門」一語值得注意。簡恩定《清初杜詩學研究》一
書云歷代並非全然尊杜，書中分析尊杜與輕杜，宋人開始尊杜，很大
成份是杜詩中有一飯不忘君的精神，到清初則推崇杜詩中寓有「賦」

〔註44〕《詩話》卷一評杜甫：「奇莫奇於『千巖無人萬壑靜，十步回頭五步坐』，
　　　　妙莫妙於『一重一掩吾肺腑，山鳥山花吾友于』，快莫快於『青惜峰
　　　　巒過，黃知橘柚來。江流大自在，坐穩興悠哉』，壯莫壯於『豫章翻
　　　　風白日動，鯨魚跋浪滄溟開』，橫莫橫於『白摧朽骨龍虎死，黑入太
　　　　陰雷雨垂』。及其細膩風光也，則一蝴蝶而云『娟娟戲蝶過閒慢，穿
　　　　花蛺蝶深深見』矣；……一螢火也，而云『暗飛螢自照』，『巫山秋
　　　　夜螢火飛，疏簾巧入坐人衣』矣，所謂體物瀏亮也。」

而兼「比興」之旨，﹝註45﹞學杜的皮毛只學其寫景之「賦」體，學精髓則在「比興」的景中帶情之處，所以顯得高渾典厚，此言學杜之精髓與陳衍所說的摹擬之擬景不擬情之旨似同。

　　在摹擬之「擬景不擬情」的要求下，陳衍推崇山林詩與不作壽詩。詩的學習是從摹擬開始的，但摹擬而「無眞性情，不能變化」則不必學，故《詩話》以摹擬可以寫景而不能寫情，對摹擬的意義作了極佳說明：景物可以摹擬而感情不能，指出的是具體之物有形有象可觀察，從具體物象入手，學詩之人儘可以摹仿前人已描繪過且歷歷在目的景象作爲學習之途。情不可摹擬，故陳衍於詩歌題材推崇有山林氣者，而且不作、不錄壽詩：

> 昔劉彥和有言：「老莊告退，山水方滋」，實二而一者也，其託於文字同也，離而二之，誤矣。……余嘗謂詩無山林氣，終是俗人之詩。（《續編》卷六）

山林氣蘊藏於幽景靜物，故山水與老莊二而一也，不應視爲二物，山水之中自有眞意；詩若不俗，自有山林氣，老莊眞意蘊於山水，不必有「老莊告退而山水方滋」的前後關係。又：

> 余向不作壽詩，林貽書老弟，舊歲七十，又值日事方急，竟無以爲壽。今春訪余蘇州，余破例補壽一律。（《續編》卷一）

> 侯官林韻芳女士，……能詩文詞，下筆敏捷。……十數年來逢余生日，必以詩爲壽，有甚雅切者。余詩話例不錄壽詩，今只錄雜詩數首。（《詩話》卷三十）

雖云破例作一律，但不作不錄壽詩是陳衍的堅持，壽詩既頌人之壽，屬應酬之類，應酬沒有眞情，即使有，是生硬之情，並不自然。前述寫景帶情即詩中有人在，有人則有情，推崇山林氣與不作壽詩，也是提示詩有「實在之情」的學習途徑。

（二）讀書：養氣以深造

　　第二種學習途徑是讀書。清代重視考據實學，考據學與讀書有

﹝註45﹞　簡恩定：《清初杜詩學研究》〈尊杜與輕杜之說理論的探究〉，（臺北：文史哲出版社，1986），頁 42～48。

密切關係，但是自古士子誰人不讀書？所以，讀書一事在清代、陳衍各有何義，是必須了解的重要論題。宋詩自繼承杜甫「讀書破萬卷，下筆如有神」到「以文為詩」、「以學問為詩」，都與讀書有關，但是，讀什麼書、讀書的目的則有不同含義。以黃庭堅而言，趙翼《甌北詩話》卷十一〈黃山谷詩〉，引黃庭堅〈跋枯木道人賦〉云：

> 閒居熟讀左傳、國語、楚詞、莊周、韓非諸書，欲下筆先體古人致意曲折處，久乃能自鑄偉詞，雖屈、宋不能超此步驟也。〔註46〕

黃庭堅讀的是古人有深致曲折之書，可見其並非只追求堆垛典故、炫耀博學，而是讀書注意於「體古人致意曲折處」而「自鑄偉詞」，經由對古代眾多高文典範的學習，超越傳統的創作方法而自闢蹊徑。

宋以後，詩論家無不勉人讀書，但是清人如何看待讀書則各有差等，如李沂《秋星閣詩話》〈勉讀書〉指出讀書在學習過程中扮演的角色是手段而非目的：

> 讀書非為詩也，而學詩不可不讀書。詩須識高，而非讀書則識不高；詩須力厚，而非讀書則力不厚；詩須學富，而非讀書則學不富。昔人謂子美詩無一字無來處，由讀書多也。……識見日益高，力量日益厚，學問日益富；詩之神理乃日益出，詩之精彩乃日益煥，何患不能樹幟於詞壇而蜚聲於後世乎？〔註47〕

此論頗注重於日後之留名詩壇，是詩的功用論，而所說的讀書與詩的關係是：讀書並非詩創作的充要條件，只是一種焠煉的工具，讀書可以使人識見高遠、詩更具神理與精彩，所以，讀書對於詩的創作是一種推動力量。李沂《秋星閣詩話》〈八字訣〉指出學詩有八字訣「多讀多講多作多改」，把讀書擺在學詩的第一位，又視讀書為作詩源頭，〔註48〕由於書是一種能源，不讀書而多作詩是沒有用的，

〔註46〕《清詩話續編》第二冊，頁 1331
〔註47〕《清詩話》，頁 915。
〔註48〕李沂：《秋星閣詩話》〈八字訣〉：「然非多讀古人之詩即多作亦無用，

所以勤作詩不如多讀書，李沂視讀書爲手段亦爲本源，讀書是作詩之本位。厲鶚〈綠杉野屋集序〉則視書爲詩材，勤讀書則材料多，能在創作上運用靈活，各式文章均可勝場，〔註49〕書既是材料，則扮演輔助角色，對於詩的創作並不具優先性地位，換言之，在創作成效方面，亦可經由其他方式，讀書只是其中一途。即使主張神韻的王士禛，講究詩之清遠，追求詩人與自然相會的美感，亦不廢讀書，其《師友詩傳錄》答「詩何謂工，何謂達」，〔註50〕指出「詩工」之前要先求「詩達」，能達才能工，而能使詩達的方法是廣博讀書，讀書能使詩之創作由博返約，故王士禛不廢讀書，但同樣認爲讀書對創作而言，並不具優先性。袁枚論詩主張性靈，明顯地，會將出於自我的性情與後天學習的讀書劃清界限，讀書只爲了炫學，詩若以書籍炫而詩道日亡。〔註51〕袁枚視詩爲天成之物，詩得之於天，不得之於人；得之於天者隨口能吟，不得之於天者，才需要以書籍、韻律爲輔，故經過讀書學習的是後天之詩，讀書爲了炫學而已，與詩無關，所以，讀書、韻律均令詩道消亡。

　　除了袁枚因追求詩之自我性靈而視讀書爲次要，大部分詩論家均認同讀書是促進詩境的主要方式，讀書目的是爲了達到自得之境。錢

譬無源之水，立見其涸矣。夫貴多讀者，非欲謀襲意調，偷用字句也，惟取觸發我之性靈耳。」，《清詩話》，頁912。

〔註49〕厲鶚〈綠杉野屋集序〉：「故有讀書而不能詩，未有能詩而不讀書。……書，詩材也。……詩材富而意以爲匠，神以爲斤，則大篇短章均擅其勝。」（《樊榭山房文集》卷三）。

〔註50〕《師友詩傳錄》答「詩何謂工，何謂達」云：「詩未有不能達而能工者，故唯達者能工。達也者，『讀書破萬卷，下筆如有神』，則無不達矣。」，《清詩話》，頁144。

〔註51〕〈何南園詩序〉：「詩不成於人，而成於其人之天，其人之天有詩，脫口能吟，其人之天無詩，雖吟而不如其無吟。何子南園，……其志約，故邊幅易周，其思專，故性情易得。……予往往見人之先天無詩，而人之後天有詩，於是以門戶判詩，以書籍炫詩，以疊韻、次韻、險韻數衍其詩，而詩道日亡。」（《小倉山房續文集》卷二十八）。

謙益〈馮已蒼詩序〉談到博學，〔註52〕博學是一種深造功夫，讀書而深思，成就玄遠。嚴羽以禪喻詩所追求的妙悟也是爲了自得，故讀書使思慮貫通，擭取貫通之後蘊釀的自得感悟，最終追求自得之境中所生成的詩情。讀書的深造自得，來自於詩人獨具隻眼，薛雪《一瓢詩話》第十八則，〔註53〕說明讀書與作詩之間的關係是培養眼光，讀書之於作詩是一把利剪，可以除去不正確的觀念，經由獨特隻眼汰去纖弱、奇險、粗鄙等有誤於詩的偏見才是學者，薛雪言下之意，以獨特隻眼讀書方爲眞讀書。

以上，讀書對於詩創作的重要性或居首位、或居次位、或被主張性靈者輕視，然而，讀書對於詩的學習是不可繞路而過的事，它是創作的必要功課。視讀書爲必要者，注重書籍的知識力量，能經由厚博積累達至自得之境；反之，則認爲讀書障礙性情，難以發揮詩情。無論如何，在多數詩家眼中讀書具有加分功效，對於創作之前的學習是必要途徑，是一種功能而非終極意義。

至於陳衍對「讀書」的看法，認爲書是用來讀的，否則，藏書而不讀，書就成了「木乃伊」：

> 書衡亦使余賦詩，余則以爲藏書而不能讀，終於必亡，不
> 如使能讀能保存者得之，其不至零落殘毀，轉可恃也。成
> 一長句云：……緘縢扃鐍束高閣，與木乃伊將毋同？（《詩
> 話》卷六）

以木乃伊形容有書不讀、讀而不用，木乃伊有：古老、無生命、徒具

〔註52〕錢謙益〈馮已蒼詩序〉：「孟子不云乎？君子深造之以道，欲其自得之
也。又曰：博學而詳說之，將以反說約也。余以爲此學詩之法也，……
讀書破萬卷，下筆如有神，別裁偽體親風雅，轉益多師是女師，得之
者妙無二門，失之者逸若千里，此下學之徑術，妙悟之指歸也。荀卿
曰：『誦數以貫之，思索以通之，爲其人以處之，除其害者以持養之。』
以是學詩也，其幾矣乎！」（《牧齋初學集》卷四十）
〔註53〕薛雪：《一瓢詩話》第十八則：「讀書先要具眼，然後作得好詩，切
不可誤認老成爲率俗，纖弱爲工緻，悠揚宛轉爲淺薄，忠厚懇惻爲
麤鄙，奇怪險僻爲博雅，佶屈荒誕爲高古，纔是學者。」《清詩話》，
頁681。

形體的意味，可知陳衍強調讀書後的活用。《詩話》中屢稱讚某詩「用事切當」，乃間接強調讀書重要，因爲詩中用事是經由讀書後獲得，必須先讀書，才能明瞭「事」之來龍去脈而後能「用」於詩；透過讀書，能把書中之事理，切當地運用在詩中是讀活書的表現，從多讀書中領悟，就不會只是死學。所以《近代詩鈔·鄭珍》云：

> 竊謂子尹歷前人所未歷之境，狀人所難狀之狀，學杜韓而
> 非摹仿杜韓，則多讀書故也。〔註54〕

「學杜韓而非摹仿杜韓」即前述之肖韓似杜，鄭珍能做到這一點是因爲多讀書，可知學習並活學是「肖韓似杜」的關鍵；反之，學杜學韓學得死板，是死讀書，「學而不摹仿」是讀書而活，即讀而能用。

讀書爲了植深根柢，但也並非盲目地讀書就會有根柢，它必須經過詩人的化用，才能成爲有生命力的活物。不只不能盲目讀書，性情也不能任蕩，鄭孝胥所提出的「惘惘之情」，陳衍也說不能放任失意之情無止盡瀰漫：

> 芷青舊多惘惘之作，亂後彌甚。昔木菴先生有句云：「淺吟
> 間醉無人問，擁被拋書當放衙。」又句云：「遮眼鶯花如過
> 峽，彌天薤露失晴湖。」皆中年悼感時所作。芷青盛歲富
> 讀書，願多借他題發揮，爲雄深瑰奇文字，暫置哀樂，勿
> 使傷人也。（《詩話》卷八）

讀書之富既已是學習之成果，更要從書裡「借題發揮」爲雄深瑰奇的文字，惘惘之情要「暫置哀樂」，不要讓它傷了詩人。「借題發揮」正是活用所讀之書，能將讀書之富轉爲以雄深瑰奇文字出之，則讀書不只在發揮書之厚積功能，亦調節詩人在厄境中從詩發出的哀語，所以，陳衍認爲讀書富厚之後的深造自得可以令詩增加充沛之氣與協調音節：

> 合肥李曉耘國柱，……出〈詠史詩〉數首爲贄，力求請益。
> 詩頗能翻案，勉其多讀書，以期深造自得。今冬余自里歸
> 都，復見於詩廬所，數日賦〈讀石遺詩話〉五古一首寄余，

則視前所作，氣體充適，音節較協矣。(《詩話》卷二十五)

陳衍對「讀書」的觀念，講究活讀以及調節詩之情緒，是讀書作為學習途徑的積極價值所在。

（三）行遊：遊覽拓詩境

如果讀書深造之後尚未能達自得之境，則可以出遊補救，所以陳衍極賞行遊詩、山水詩，主張「以眼界拓詩境」：

> 鄉人中能為深微淡遠之詩者，有何梅生振岱，……常自恨其為鄉人，家貧不能常出遊以廣大其詩。余謂詩固宜廣大，然不精微何以積成廣大？讀書先廣大而後精微，由博返約之說也。作文字先精微而後廣大，故能一字不苟，字字有來歷，非徒為大言以欺人。(《詩話》卷六)

> 吾鄉鄭無辯布衣容，有《無辯齋詩》一卷，甚清真。余曾為作敘，恨其老守鄉里，不肯出遊，詩境為眼界所局。(《詩話》卷二十五)

出遊與讀書是相關的學習途徑，它可以擴大詩境，補救讀書與作詩之間出現瓶頸的困縛。詩的創作要求廣大，其進境是由精微而後廣，而讀書的進程是由博返約，兩者取徑不同，所以應有審慎態度。行遊山水是在讀書之由博返約後，濟助詩能廣大的方法，在學習進程上，陳衍重視學習方法的循序漸進，亦實學精神之實踐。詩人除了多讀書之外，身體力行之閱歷實踐相對重要，《詩話》卷三引宋大樽之說：

> 詩之鑄鍊云何？曰善讀書，縱遊山水，周知天下之故，而養心氣。

所以，讀書之外必須縱遊山水以養心氣，可知清詩人所說的鑄鍊不只是詩法上的意義。《詩話》卷十：

> （沈）冠生連失怙恃，兄弟妻子時復離別，可憐，故不覺其音之近悲，當多讀書，少覓句以養之。

陳衍勸人在境遇蹇塞時宜自我節制，當以讀書育養性情。境遇蹇澀時鼓勵讀書，出發點是人的心情需要沉潛，此時讀書可富裕己心，遠甚

於自憐於悲苦，這指出讀書可在消極中求得積極作用的逆向操作。

　　讀書爲了穩固創作泉源的紮實，亦求紮實中再創詩境廣大，自杜甫「讀書破萬卷，下筆如有神」，到楊萬里的以大自然江山之助擴廣詩的創作，到了清代是將讀書與江山之助融合看待的。上引宋大樽之論讀書、縱遊、養心之鑄鍊與仙道之煉藥石相同，〔註55〕密鍊丹藥與詩之鑄鍊意義類似，所追求的都是一種精粹，最終爲形神交融。

　　詩的創作需要學習與鑄鍊，當讀書與行遊一并成爲鑄鍊之途，代表詩的創作由案頭靜態學習展向戶外動態學習，這是宋代詩法在「學」的觀念進展到清詩的一個擴充性的意義。嚴格說來，清代詩論中的「學」有學問、學習兩義，「學問」的內涵是知識性的，「學習」講求學古之後要善於變化，歸結到學成一種自我精神靈魂，因此，是經由知識提煉一種高級的技術表現手法。陳衍對於詩的創作，從讀書富博到行遊山水，將知識的廣博推向人生的體驗，這是對學習經驗的一種開展，目的是藉詩的創作追求實際的生活體會，賦與詩人更深刻的自我，探索詩人生命裡知識與經驗的共存和互相發明的生機。

第二節　作詩之形式技法

　　詩歌創作並非徒以呈顯外在世界爲最終目的，換言之，詩並不是存在於對象本身，而是存在於觀照對象時的情感狀態，它是經過轉化的，這種轉化即一種駕馭文字之能力。詩人的內心經過轉化，其情感亦隨之重新醞釀，形諸作品則產生了語言文字的延伸性，即詩人內心外化的語言呈現，此所謂作詩之法。作詩方法之建立可以讓作者有更多途徑表現情感，而一首詩於爲產生。

〔註55〕宋大樽：《茗香詩論》第九則：「仙是鑄鍊之事極，感變之理通也。鑄鍊云何？曰：以藥石鍊其形，以精靈瑩其神，以和氣濯其質，而以善德解其纏，則其本也。詩之鑄鍊云何？曰：善讀書，縱遊山水，周知天下之故而養心氣，其本乎！」《清詩話》，頁104。

　　上述詩的創作需要學習，摹擬、讀書、行遊，是學習途徑，作詩之法則為針對實際操作而歸納出的具體事項。陳衍《詩話》並無刻意專論詩法，但是亦可零星由其詩評中擷取有關文字而觀察端倪。相對於宋詩的範疇裡，黃庭堅乃有意提出詩法，此固江西詩派在中國詩學理論的價值，而陳衍並未有意提倡哪一種詩法，但是，宋詩既以詩法的講求企圖超越唐人，它所建立的詩法或多或少影響後代，以下陳衍所論作詩之技法，其觀念承襲宋詩是顯而易見的，但又有同中之異。

一、避　俗

　　陳衍《詩話》評語常見「力避俗豔」：

> 亮奇有〈崇效寺牡丹和眾異〉云：……。又〈五月十一夜
> 聞歌觸賦〉云：「一笑誰家好酒邊，韶音如水坐年年。月光
> 燈氣奇離夜，鬢影衣香淡宕天。欲買胭脂供絕豔，難拚絲
> 管壓繁妍。座中儂亦江南客，怕聽瀟瀟暮前雨。」力避俗
> 豔，時復仿佛定菴。（《詩話》卷九）

龔自珍、林亮奇都是「力避俗豔」者，所引林亮奇詩，雖寫胭脂鬢影，但以淡宕形容，因此「瀟瀟暮前雨」沖淡了酒家豔場。又《詩話》卷十四評陳三立詩雖學黃庭堅，但仍以避俗而求文從字順：

> 余舊論伯嚴詩，避俗避熟，而佳語仍在文從字順處。

陳衍認為世人學黃庭堅只知學其生澀，但黃庭堅詩並不生澀，只是槎枒，「槎枒」是參差錯雜之意，故引申為力求變化，不落凡俗。所謂俗是與雅相對的，雅從讀書而來，所以，陳衍主張多讀書是救俗的途徑，〈書沈甥墨藻詩卷端〉云：

> 作詩第一求免俗，次則意足，是自己言，前後不自雷同。
> 此則根於立身有本末，多閱歷，多讀書，不徒於詩求之者
> 矣。〔註56〕

讀書可以達到去俗目的，此修養來自於讀書而立身有本，這也是陳衍「詩與人合」的觀念。避俗的另一種作法是「去陳言」，也就是不要

〔註56〕《陳衍詩論合集》下冊，頁 1082。

再說前人已說過之語，劉熙載《藝概・文概》所說的「陳言」不只指抄襲前人，凡近而不能深入者皆是：

> 昌黎尚陳言之務去。所謂陳言者，非必勤襲古人之說以爲己有也，只識見議論落於凡近，未能高出一頭，深入一境，自「結撰至思」者觀之，皆陳言也。

前人已說過的話，就算再有深刻意味也成了一種疊床架屋之裝飾形式，故陳言即俗言即熟言。而「不俗」並非只是「尙新」的追求，還需求眞，喬億《劍谿說詩又編》指出不寫陳言是爲了求詩之眞切：

> 李貴清眞，杜裁偏體，清而不眞，則偏體也。韓退之務去陳言，歸熙甫謂不切者爲陳言。足見詩文不眞不切，古人所不取也。〔註57〕

韓愈的「務去陳言」爲後代所學，但目的是求新、不俗，喬億引歸有光視「陳言」爲「不切之言」，則去陳言在求新異不俗外，尙求詩之眞切。

　　陳衍對「陳言」亦有異於前人之處，陳衍非常推重以尋常之詞寫出前人未道之語，這也是陳衍不贊成用僻字僻典、奇字奇語的觀念；換言之，陳衍反對陳言的意思是：用平常之語寫新意，與韓愈之用僻字險韻及孟郊之以苦語創新境是不同的。陳衍所指的「去陳言」並不是爲了與前人不同而以奇字僻句取勝，反而是利用平常之語，卻要表現出前人未經道之語，這已經不是「舊瓶換新酒」而是舊酒再釀成新酒。陳衍主張鍊意不鍊句，所以，並不欣賞白戰體，詩中重現習見文字並非創作大忌，《詩話》卷二十九錄侯銘吾〈讀石遺室詩集呈石遺老人八十八韻〉一詩，其中頗可見陳衍對白戰體意見：

> ……年來詩道衰，白戰方披猖。其中空無有，咀嚼若秕糠。話言謂獨創，寒山實濫觴。謂闢新紀元，擊壤早津梁。自命活文學，病已入膏肓。……際此道掃地，念公愈不忘。惡風日潰洞，有公抵危檣。途路日紛歧，有公不亡羊。……

白戰詩由於避寫某些字詞，名爲創新，其實也是一種鍛字鍊句，所以

〔註57〕《清詩話續編》第二冊，頁1128。

陳衍認為是「空中無有」的，因為在字句上追新，其追也空。詩畢竟是透過有字形的「文字」表達詩人情感，白戰詩刻意避開某些文字，那麼，其重點不在詩人之「詩意」反而落在「文字」，這時，白戰體是有成心的，並不符合陳衍論詩的眞摯之旨。侯銘吾詩中所說的「活文學」指詩界革命之詩引用西方新名詞（詳見第九章〈梁啓超與黃遵憲〉），陳衍「以邊際語寫詩」與詩界革命「以西方新名詞」寫詩，在作法上不同，但是，因應時代的刺激引起的品味改變可能是相同的。馬衛中《光宣詩壇流派發展史論》論述同光體的創作，其中指出陳三立在創作上的表現是「在字句上見功夫」：

> 陳三立主張詩歌要奇崛中見平淡，拙笨中藏靈巧。也就是
> 說，要達到刻意造化而初見好像漫不經心的境地。〔註58〕

陳三立服膺其鄉前輩黃庭堅，努力發揚黃庭堅爲了自成一家的「鑱刻造化手」，陳三立「在奇崛中見平淡」，但是，陳衍的創新觀念與陳三立相反，陳衍是要「在平淡中見奇崛」。

作詩「力避俗豔」即追求詩之雅淡，詩若徒求情感之直發、語言之凡易，恐怕也會流於淺薄，亦即所謂「元輕白俗」之輕俗，陳衍所謂淺與俗是「人人能道語」，〔註59〕人人能說、樂道之語即淺俗，也就是詩句沒有新意者，即趙翼《甌北詩話》卷四〈白香山詩〉所云詩之「拙句、率句、複調、複意」。〔註60〕爲了避淺俗、求精鍊，所以，適度的雕飾是必須的，故《詩話》卷二十三形容風骨也要有色澤：

> 詩貴風骨，然亦要有色澤，但非尋常脂粉耳。亦要有雕刻，
> 但非尋常斧鑿耳。有花卉之色澤，有山水之色澤，有彝鼎
> 圖書種種之色澤。王右丞金碧樓臺山水也，陳後山之淡淡
> 靛青巒頭耳，山谷則加赭石，時復著色誅砂，陳簡齋欲自
> 別於蘇黃之外，在花卉，爲山茶蠟梅山礬；吳波不動，楚

〔註58〕馬衛中：《光宣詩壇流派發展史論》第四章〈光宣詩壇堅持傳統的主要詩歌流派：同光體〉，（蘇州：蘇州大學出版社，2000），頁213。

〔註59〕《詩話》卷二十三：「詩最惠淺。何謂淺？人人能道語是也。何謂俗？人人所喜語是也。」

〔註60〕《清詩話續編》第二冊，頁1181。

山叢碧，李太白足以當之；木葉微脫，石氣自青，孟浩然
足以當之；空山無人，水流花放，韋蘇州足以當之；粉紅
駭綠，韓退之之詩境也，縈青繚白，柳子厚之詩境也。

這些色澤就是每一位詩人對文字的雕飾，如果不雕飾，其實也難成
個人風采。詩需要鍛鍊，陳衍認為詩的雕刻並非尋常之斧鑿，因為
物有各自色澤，有的需要雕刻、也有不必者，所以韓愈「粉紅駭綠」
足資驚人，而柳宗元「縈青繚白」亦為另一種詩境，青山白雲自然
繚繞、平靜淡薄，不一定紅橙黃綠才能動人，作詩未必苛求人人都
要雕刻，取性之所近耳。因此，鍊字鍊句是必須的，但是要活鍊，
鍊得活潑了，自然就能避俗豔。

二、用　典

　　讀書作為學習途徑之一，除了養氣以充詩境外，運用於作詩技
巧，另一功能是運用書中典故於創作。文章的創作方法，有用典一
法，亦稱「用事」，〔註61〕所謂典故是歷史已曾發生或人們耳熟能詳
的事件，故用典即適當地引用古人或古籍中的材料。鍾嶸認為「經
國文符」、「撰德承奏」都可以儘量援引典實，但是詩卻不能大量用
典，因為會傷害詩的真美。《文心雕龍‧事類》篇說明寫作時如何引
用事例：

事類者，蓋文章之外，據事以類義，援古以證今者也。
〔註62〕

文章引用相關典故事例，便能使小小典故也能獲致關鍵性效果。那
麼，如何運用準確的典故？劉勰認為豐富的學識與閱歷、多看多學就
能精當地選取事例，發揮長處。〔註63〕用典的前提在於多讀書，多讀

〔註61〕趙則誠、張連弟、畢萬忱主編：《中國古代文學理論辭典》：「指創作
　　　　引用典故以及前人典籍中的材料。語出鍾嶸〈詩品序〉：『若乃經國
　　　　文符，應資博古，撰德承奏，宜窮往烈，至乎吟詠情性，亦何貴於
　　　　用事？』」，（吉林：吉林文史出版社，1985），頁464。
〔註62〕周振甫注：《文心雕龍注釋》，（臺北：里仁書局，1984），頁705。
〔註63〕《文心雕龍‧事類》：「將贍才力，務在博見，……綜學在博，取事

書後能從書中擷取史實、故事、軼事以豐富作品的厚度。多讀書有助於用典，但用典要用到詩人與讀者兩不知，方爲眞詩。〔註64〕

　　用典有多種異詞：用典、使事、用事、隸事等，無論異詞如何不同，用典目的是作者借已發生之事，寫自我之情，可產生彼事己情交融之雙重美感。趙翼《甌北詩話》卷十〈查初白詩〉〔註65〕認爲詩寫性情，原不需用典，但是，運用典故藉以寫「我之情」，則事件之意、作者之情是交融於詩中的。喬億《劍谿說詩》卷下亦引鍾嶸「何貴於用事」之說，〔註66〕人情總有難以直言之處，故詩雖以吟詠情性爲主，但是仍不能廢「用事」，因爲可以「事」託「情」，用典可借典故之實產生深厚之感以及深婉之情，如果沒有典故的籌劃，詩便單薄寒儉；所以，只在「所用何如耳」，不是不能用典，引用不當則會貽笑大方，或者使用過繁造成詞語累贅，反而膩滯。故運用之巧首在不露痕跡，顧嗣立《寒廳詩話》第九則，〔註67〕指出最高級的用典，是不得已才使用而且不要露痕跡，亦即活用，「讀之使人不覺」。其實，詩之用典是「名手制勝」之事，眞正用得佳妙就能表現作者才力。

　　詩的創作講究表現力，不論使用什麼技巧，只要不現費力之貌，均屬自然。如此高境，杜甫有「水中著鹽」之喻，喬億《劍谿說詩》卷下引杜甫、蘇軾之說：

貴約，校練務精，捃理須核，眾美輻輳，表裡發揮。」。

〔註64〕李重華：《貞一齋詩說》〈論詩答問三則〉第二則：「凡多讀書爲詩家最要事，而胸有萬卷，徒欲助我神與氣耳，其隸事不隸事，詩人不自知，讀詩者亦不知，夫乃謂之眞詩。」《清詩話》，頁922。

〔註65〕趙翼：《甌北詩話》卷十〈查初白詩〉：「詩寫性情，原不專恃數典，然古事已成典故，則一典已自有一意，作詩者借彼之意，寫我之情，自然倍覺深厚，此後代詩人不得不用書卷也。吳梅村好用書卷，而引用不當，往往意爲詞累。」《清詩話續編》第二冊，頁1314。

〔註66〕喬億：《劍谿說詩》卷下：「《詩品》曰：『吟詠情性，亦何貴於用事。』愚謂情性有難以直抒者，非假事陳詞則不可，顧所用何如耳。」，《清詩話續編》第二冊，頁1099。

〔註67〕顧嗣立：《寒廳詩話》第九則：「作詩用故實，以不露痕跡爲高，昔人所謂使事如不使也。」《清詩話》，頁85。

少陵曰：「作詩用事，要如釋語『水中著鹽，飲水乃知鹽
味』。」東坡曰：「用事當以故爲新，以俗爲雅，好奇務新，
乃詩之病。」〔註68〕

可知「以故爲新」、「以俗爲雅」、「水中著鹽」並非宋詩專門特色，
杜甫與蘇軾均曾用來說明以及比喻「用事」，是作詩技巧之一種。不
用事而渾厚，或者用事而讀者不自知，方爲眞詩，幾乎是詩家共同理
念，〔註69〕用典可以使詩深厚，此心理基礎在於「距離」之美。王士
禛認爲用事而成爲惡道者在於用了本朝事，正因沒有距離美。〔註70〕
距離產生美感，故不可使用距離太接近之事物，王士禛舉例明詩人不
肯用唐以後事是拘泥，只要擇雅用之即可，而用本朝事是絕對不妥
的。反過來說，並非凡詩都須用典，能以白描表現者儘可不必用典，
議論詩應須用典，典故可增加議論之氣勢與論證力道，若議論詩不用
典而用白描，即趙翼批評查初白之「單薄」，〔註71〕所以，用典需視
題材而定。詹杭倫〈江西詩派在藝術形式上如何學杜〉指出運用古人
成語典故的好處有二：其一是經過古人提煉的詞語，可能最適合表達
某種特定的情思或難於直言的意念；其二則讀書在理解詩中語詞本身
意義外，尚可產生多方聯想，達到豐富審美意象的美學效果。〔註72〕

〔註68〕《清詩話續編》第二冊，頁1099。
〔註69〕薛雪：《一瓢詩話》：「作詩能不隸事而渾厚老到，方是實學。」，袁
　　　　枚〈與楊蘭坡明府〉：「大抵古人用典，惟恐人知，今人用典，惟恐
　　　　人不知。明季以來，時文學典，古人學少，人人空疏，於是一二名
　　　　士，先有自夸博雅之意，然後落筆，僕嘗笑其心術不端，須知詩貴
　　　　性情，不貴塗澤，文肆而質纖，古人所戒。……大明大始中，夸用
　　　　典故，文章遂同抄書，文體大壞。南史稱沈隱侯用事，能知其胸臆
　　　　之所出，教人讀之不知有典，所以難及。」（《隨園尺牘》卷五）。
〔註70〕《師友詩傳續錄》第二十七則云：「自何、李、李、王以來，不肯用
　　　　唐以後事，似不必拘泥。……唐、宋以後事，須擇其尤雅者用之。
　　　　如劉後村七律，專好用本朝事，直是惡道。」《清詩話》，頁154。
〔註71〕趙翼：《甌北詩話》卷十〈查初白詩〉：「初白好議論，而專用白描，
　　　　則宜短節促調，以道緊見工，乃古詩動千百言，而無典故驅駕，便
　　　　似單薄。」《清詩話續編》第二冊，頁1314。
〔註72〕詹杭倫：《方回的唐宋律詩學》，（北京：中華書局，2002），頁132。

在「距離美」這一個觀點上，那麼，用典也可以是抒情的一種，前引趙翼《甌北詩話》卷十所云，性情原不需依賴典故而出，但典故本身已有其「意」與「情」，如果妥善運用、運用適配，讀者倍覺自然渾厚亦等於是作者抒情的成功。所以，用典技巧掌握得妙，它不再是生硬的，反而有情。

　　典故對於詩歌的成敗關係在於運用的場合及技巧，所謂不露痕跡之外，陳衍對於用事提出「切當」的條件，亦即要切合詩中所言之事與理，不可明用、蠻橫：

> 余偶往暨南大學講書，嘗宿龍榆生寓齋，榆生必以自睡大床讓余，有詩云：「不緣多難宵重聚，豈便工詩必固窮。師弟未容分主客，大床合臥老元龍。」可謂自然工切，落落大方。余去年亦有一絕句，翻用元龍事，則蠻橫矣。……大概作詩不用典其上也，用典而變化用之次也。明用一典，以求切題，風斯下矣。（《續編》卷一）

陳衍自言其詩曾用典蠻橫，同時並提出用典的三個等級，第一等是不用典，第二等是用典而變化，第三等是用典太明顯。而「切當」指所述之典故應與事實相符合：

> 師鄭又有〈柬伯嚴〉四首之一云：「鍾阜蕭然晝掩關，民胞物與訂愚頑。世無知己諧同調，帝有恩言放故山。……」伯嚴知交滿天下，第三句似未切當。（《詩話》卷八）
>
> 詩有用事甚切，不能以白描見工者。（《詩話》卷十九）

《詩話》卷八所批評者，陳三立交遊滿天下，而孫師鄭之贈詩卻云「鍾阜蕭然晝掩關」不符合所敘述對象的實際情況，所以是「未當」。《詩話》卷十九所舉濤園之詩，兼用兩典，各為文典與事典，都恰如其分，因此，詩的用典切當正可見詩有不能以白描寫出來的情況，故詩可有用事與白描兩種技巧。用事需切當，陳衍又批評晚清詩人未了解時事而徒增用典之誤：

> 自前清革命，而舊日之官僚伏處不出者，頓添許多詩料，黍離麥秀，荊棘銅駝，義熙甲子之類，搖筆即來，滿紙皆

是。其實此時局羌無故實，用典難於恰切。前清鐘虞不移，
廟貌如故，故宗廟宮室未爲禾黍也。都城未有戰事，銅駝
未嘗在荊棘中也。義熙之號雖改，而未有稱王稱帝之劉寄
奴也。舊帝后未爲瀛國公、謝道清也。出處去就，聽人自
便，無文文山、謝疊山之事也。（《詩話》卷九）〔註73〕

　　詩人只是搖筆寫來，不在事理上求證，結果滿紙盡是故實，形成
理解上的障礙，乃所謂「不恰切」。陳衍對於用事觀念與前代之論相
比，並未有突出之處，但是，其用事切當的要求可以視爲對於詩之創
作要求合乎眞實事理的最好注解。

三、音　節

　　陳衍論詩注重音節，但戒人不可以苦澀，〈重刻晚翠軒詩敘〉云：

曠谷力學山谷、後山，寧艱辛，勿流易，寧可憎，勿可鄙。
……後山學杜，其精者突過山谷，然粗澀者往往不類詩語。
曠谷學後山，每學此類。在八音中多梡敔，少絲竹，聽之
使人寡歡，若循此春夏行冬令，則四十、五十，尚何詩之
可爲。遊淮北年餘，所作數十首，則淵雅有味，迥非往日
苦澀之境。

陳衍不喜陳後山詩，因其詩「聽之使人寡歡」，即在音節上追求苦澀，
令人不悅，音節苦澀並非詩語。音節是陳衍對於詩「聲音之道」的重
視，在〈宋詩精華錄序〉提到選宋詩的考量，云：

吾之選宋詩，抑有說焉，《虞書》曰：「詩言志，歌永言，
聲依永，律合聲。八音克諧，無相奪倫。」……故長篇詩
歌，悠揚鏗鏘鞷鞳者固多，而不無沈鬱頓挫處，則土木之
音也。然如近賢之祧唐宗宋，祈向徐仲車、薛浪語諸家，
在八音率多土木，甚且有土木而無絲竹金革，焉得命爲「律
和聲，八音克諧」哉！

陳衍不欣賞過分悲苦之音，詩應該「八音克諧」，如果音節不合諧即

〔註73〕陳衍所評者，爲潘若海〈贈伯嚴吏部〉：「戎馬倉皇老此翁，天教身
　　　　世杜陵同。廿年歌哭江湖上，八口流離道路中。夢斷中興成白首，
　　　　酒醒宙合戰群龍。夕陽冷照離離黍，掩淚題詩續變風。」

失去詩之所以爲詩之理，而所謂和諧之音節是要各種聲音「無相奪倫」，不可以此奪彼，或此多彼少，其所重視之音節是一種平衡之音，不可徒具土木之音，亦非僅爲絲竹金革。陳衍家僕張宗揚欲隨陳衍學詩，陳衍嫌其「識字甚少，艱於進境」（《詩話》卷五），然《詩話》錄張宗揚詩，所據之理由是「起句好」及「意自尋常，音節卻亮」，〔註74〕對於一個不是專門作詩之人的起碼要求是音節，就能了解陳衍對於音節的重視了。

四、改　詩

陳衍對於創作技巧，提及「改作」一事：

> 蘇勘爲詩，一成則不改。在天津時與余書，所謂骨頭有生所具，任其支離突兀也。陳弢庵（寶琛）則必改而後成，過後遂不能改，謂結構心思，已打斷矣。（《詩話》卷一）

記錄了：鄭孝胥作詩後不改，認爲一首詩寫成即本具骨骼，應保留原貌，一改就非原詩。陳寶琛則寫詩時必改，但詩成不改。汪辟疆〈近代詩派與地域〉亦云其「詩必經數改，始可定稿」，〔註75〕陳衍認爲改詩包括更易或刪節詩句，爲了使詩更加精粹：

> 詩有更易一二字、刪節一二句全體頓一振者。（《詩話》卷九）

《詩話》中，有時應原作者要求，有時陳衍將前來求教之詩自行改動。詩之尙改易、重剪裁是一種審愼的精神，是詩人主體意識對創作的要

〔註74〕張宗揚次韻和陳衍九日天寧寺登高：「蕭瑟秋忽晚，景物俱變衰。客中何寂寥，畸人思東歸。重陽好天氣，晴暉風力微。迢遞望故鄉，鄉情總牽羈。居守不出遊，閉門獨詠詩。喬木脫將盡，矮菊尚未開。昨夜微霜落，淒淒壓蒿萊。西山當此時，紅葉正美哉。故園弟與妹，尺書絕不來。天寒賴有酒，日日醉霞杯。愁我多疾病，顚領鬢髮摧。昔人半銷磨，舊事徒傷懷。往年登高處，矗矗鄰霄臺。太息屢爲客，渡海還幾回？」《詩話》卷五。

〔註75〕汪辟疆〈近代詩派與地域〉：「閩贛派近代詩家，……弢庵行輩最尊，詩名亦最著，……詩篇甚富，其經散原、節庵點定者，趙世駿嘗請以精楷書之行世，弢庵謙退不允。又云：『詩必經數改，始可定稿。』宜其精思健筆，辟易千人矣。」《汪辟疆文集》，（上海：上海古籍出版社，1988），頁 299～300。

求，詩人有改詩之意想，表示對作品慎重。陳衍認為精於裁改則「必審於作，慎於示人」，所以作品自高：

> 精於裁必審於作，慎於示人，乃其高於自處。(《詩話》卷六)

要求詩之穩當精粹。李沂《秋星閣詩話‧戒輕梓》亦云：

> 詩穩而後示人，然不穩而示人，猶可改也。……必欲求穩，
> 則愈知詩之不可不改也。〔註76〕

李沂從詩的印刷引申出改詩之審慎態度，李沂認為詩書付梓多因好名，若詩果佳，好名無過，據此，真好名者，要求詩穩而後付梓示人，談的是詩欲穩則須改作，這是創作求其嚴謹之例。古代大家改作之心相同，杜甫追求磨練詩歌字句，故〈解悶〉云：「陶冶性靈在底物，新詩改罷自長吟。」，沈德潛《說詩晬語》卷下第五十八則引此詩：

> 改則弊去病，長吟則神味出。〔註77〕

認為改詩為了「去弊」，所以，詩之「不猶人」並非一種無意義的追新標異，因詩中字義犯複犯同是創作之礙，不更易則無味。改詩是透過琢磨推敲，尋求不腐不陳的創作成果。

　　陳衍舉例孔子刪詩，以及李白杜甫刪削少作，〈卻痁樓詩敘〉：

> 昔人傳孔子刪詩，或篇刪其句，句刪其字。……詩之為道，
> 易能而難工，李太白、蘇子瞻，世所推為天才，然太白集
> 中無少作，與杜子美登吹臺詩均不傳，蓋刪之矣。……可
> 知文字之不能一成不變，修改之不可已也。

說明改詩的目的是讓作者自加琢磨，淘汰鍛鍊之目的也是朝著「不猶人」的目標前進。然而改詩並非易事，反而比作詩還難，〔註78〕李沂《秋星閣詩話》〈八字訣〉認為改詩為學詩的最後一步：

> 若作而不改，尤為不可。作詩安能落筆便好？能改則瑕可為

〔註76〕《清詩話》，頁915。

〔註77〕《清詩話》，頁552。

〔註78〕袁枚〈改詩〉詩：「改詩難於作，辛苦無定程。萬謀箸不下，九轉丹難成。……役使萬書籍，不泪方寸靈。恥據一隅霸，好與全軍爭。……寧兀不願墜，寧險毋甘平。動必拔龍角，靜可察蝤蠅。選調如選將，非勝不用兵。……」(《小倉山房詩集》卷十五)。

瑜，瓦礫可爲珠玉。⋯⋯苟依此訣，不患詩不進矣。〔註79〕
改詩爲了使詩更加精美，詩創作初稿必是未經修飾的語言，未經修飾
之直語若無風味可能落入粗鄙，故改詩又與「詩味」有關，是爲了增
加詩之美感與深度。楊愼主張要確切了解詩中字眼，才能咀嚼出詩之
眞味，《升庵詩話》卷十二批評蘇軾改劉駕「馬上續殘夢」爲「瘦馬
兀殘夢」便覺無味，〔註80〕「續殘夢」有傷懷幽遠之意，蘇軾直指出
「瘦馬」，確實較無餘韻。因此，改詩使詩更進一步精緻，最主要還
在於增加詩味，這是詩的美感追求，亦爲創作的鍛鍊概念。

　　以上，陳衍論詩的創作，總體而言，作詩之形式技法的意見並未
超出前人範圍，然而，在其創作觀念裡，卻可以得到一個具體的認識，
即陳衍的創作主張是圍繞著「眞實切當」的中心而進行，這一點則又
是陳衍創新之義。作詩技巧方面，有部分是沿襲宋人所講究的鍛鍊、
不俗、生新等技巧，從陳衍多次提到「切當」與否來看，是指詩中所
敘是否合於事實，而此事實包括人事物之合實合理。學界對清代學風
之論述，多重在強調考據與學問，但是在清代的學術風潮中，陳衍之
詩論是有另一番意義的，考據學問是一種潮流，而陳衍所提的詩之要
求「合於故實」、「用典恰切」、「比喻切當」，同樣是在清代實學風潮
之下的主張，但是陳衍所要求的「事實」並非經籍一字一句、一音一
義的追尋，而是人情事理如實地透過詩句的表現而展現，因爲作詩與
作學問畢竟不同，相同的是作詩與考據都需要一種精確審愼的態度。

　　綜觀陳衍關於創作的意見，雖然有形式、內容、審美各方面的考
量，但仔細追究，陳衍其實在追求一種遊離於嚴格與非嚴格之間的
詩。何以見之？詩的創作要經過摹擬、鍛鍊，但陳衍欣賞的是俊爽：

　　　嘉興王瑗仲蘧常，沈乙菴高足也。⋯⋯大略瑗仲祈嚮乙菴，
　　　喜鍛鍊字句，然乙菴詩雖多詰屈聱牙，而俊爽邁往處正復

〔註79〕《清詩話》，頁912。
〔註80〕《升庵詩話》：「劉駕詩體近卑，無可采者，獨『馬上續殘夢』一句，
　　　　千古絕唱也。東坡改之作『瘦馬兀殘夢』便覺無味矣。」《歷代詩話
　　　　續編》中冊，（臺北：木鐸出版社，1988），頁891。

不少。今於《明兩廬詩》，特舉似其倜儻者。如〈歲暮歸車
過東柵〉第三聯云：「無邊日月摧蓬鬢，如此江山著布衣。」
〈揚州道中〉云：「臥吹簫管到維揚，月漸分明水漸長。山
過大江俱跋扈，春來北地亦蒼涼。」……五言如〈迎涼〉
云：「晚風時起伏，詩意漸翱翔。」〈二月十六日遊青山〉
云：「山行收古趣，心漸化煙霞。」皆不靠鍛鍊一二字以求
出色。（《補編》卷一）

沈曾植弟子仰慕他的鍛鍊字句，但陳衍欣賞沈增植俊爽之詩。又欣賞
對仗不必過於工整、不必靠鍛鍊而自然出色之詩：

武進趙叔雍尊嶽工長短句，少作詩。偶見其〈元日和纕蘅用
韻〉一首云：「臥隱眞成避世人，海隅短燭迓璃春。籌疏徂
歲終憐拙，腹儉逋詩亦患貧。猶犯金吾行綵遲，自斟銀乳
竚嘉賓。椒紅柏綠東風裡，許我懷天作幸民。（自注：以銀
乳偶金吾，蓋竊一葉報秋、韭花逞味之陳法，乳諧音汝也。
其實對仗不必過整，李金吾、韓玉汝，偶爾弄巧而已。）（《補
編》卷一）

所以，在鍛鍊字句方面，陳衍認爲詩亦不必苦吟，因「詩有別才」：

人之克自樹立者，必不爲方隅所囿。文字何莫不然，……
姚味辛琮，永嘉人，典軍有年，身經百戰，當軸倚如左右手，
當無暇爲郊島四靈之苦吟。…以上諸詩，皆不能移屬他人
去，眞詩有別才矣。（《續編》卷二）

陳衍反對嚴羽的理由之一，乃詩之「關學」，而「別才」之說是強調
詩應該具有獨立的特殊性，詩應如何獨立，前人或許已有各種主張，
但歸根究底是指詩人自我的眞面目、符合詩人身份，所以，陳衍對於
作詩提到「眞實」：

作詩文要有眞實懷抱，眞實道理，眞實本領，非靠著一二
靈活虛實字，可此可彼者，斡旋其間，便自詫能事也。……
有實在理想，實在景物，自然無故不常犯筆端耳。（《詩話》
卷八）

詩文的眞實包括懷抱、道理、本領，而非一些取巧、似是而非的字眼，

看來陳衍並不喜歡當時詩壇強說愁的詩，所謂「言愁始愁之態」是以虛幻的語詞描寫不確定的情感，陳衍並不認為這些虛幻字不可用，而是要用在詩的真實景物或理想之上。《詩話》卷八引鄭雄〈題薛裦銘大令詩稿後〉有論詩之語，陳衍評為持論平正，〔註81〕鄭雄編輯《道咸同光四朝詩史》，陳衍說此書：「集百十人，無貴賤老幼，與相識不相識，以詩至者，無不甄錄。用鋼筆寫印，高可隱人，捆載贈所知，又分為甲乙各集，鏤板行世。」，想來十分推重鄭雄，故引鄭雄所論詩文不要運用差異字，要像李白之超逸風力、杜甫之字字血淚作為肯定。「差異字」即生僻字，這是要求詩文創作要適情適性而達意，而「作詩如用兵」指奇兵不在多，那麼，奇詩亦不在多，貴在能有縱身舞臂之氣勢。

第三節　學人之詩與詩人之詩合一

　　陳衍論創作之最佳理想，提出「學人之詩與詩人之詩合」一詞，亦即其「才又關學」的具體內容。以下，分別論述何謂學人之詩、詩人之詩，以及陳衍所謂「學人之詩與詩人之詩合」之異於前人的意旨。

一、詩人之詩之內涵

　　要分辨一個眾說紛紜的觀念，最好的方法是回到論說者本身的語言世界裡，逐一條析。以下從《詩話》及陳衍敘文所提的「詩人之詩」，以明詩人之詩的意旨。陳衍所謂的詩人之詩，有以下幾種表

〔註81〕鄭雄〈題薛裦銘大令詩稿後〉：「朱子論作文，勿使差異字。選言戒鈎棘，說理尚平易。詩文體縱殊，探源靡二致。」又云：「謫仙曠世才，逸足追風驥。落筆撼五岳，絕塵飛六轡。少陵鬱忠肝，字字流血淚。高歌泣鬼神，獨醒喚眾醉。慷慨南董筆，從容北山議。天若假之鳴，詞取達其意。蛇神牛鬼徒，形穢三舍避。」又云：「詩中隱有我，詩外更有事。回甘道味濃，叩寂餘音嗣。古云貂裘雜，不如狐裘粹。哂彼餖飣儒，獺祭誇多識。作詩如用兵，操縱身使臂。奇兵不在眾，敢戰推驍騎。」（《詩話》卷八）。

現，其一是淡樸：

> 陳子言〈三月三十日華陰道中作〉云：「河流已束潼關隘，
> 雲彩遙遮嶽帝祠。婀娜東風數株柳，華陰道上送春時。」
> 淡樸數語，卻是詩人之詩。(《詩話》卷二十七)

其二是靜者之機，《詩話》錄林鼎爕之詩：

> 句如〈次韻林十二謙宣〉云：「故人書到吾無事，急遞筒開
> 中有詩。時對寺門僧坐久，行詢鄰舍菊開不？」〈石淵山遊〉
> 云：「山南山北春光好，桃花李花隨意開。」又云：「山形
> 到處雖有異，眞意在靜語可賅。山遊山遊得山意，四時不
> 礙矧春回。」以上皆有靜者機，故是詩人之詩。(《詩話》卷
> 二十九)

可以看出，靜者之機是山林氣之詩。《近代詩鈔·施山》云：

> 壽伯同、光間幕遊楚省，交其賢豪長者，詩功不淺。句如
> 「風曳白雲過北斗，雁隨清露下東皋」、「天如有路開雲裡，
> 我欲移家住月中」、「低冢年深平作路，亂帆壁立遠成村」、
> 「下馬喚渡正花發，隔江看人無尺高」、「眾賓皆醉吾何醒，
> 流水長東客又西」，皆詩人之詩。〔註82〕

則詩人之詩是寫鄉村之景以及詩人行遊山水時，性情與山水互相激
發之情，陳衍重視山水詩，除了賞其山林氣之外，更深層的是山水
詩之山林氣所蘊涵的閒靜之機。其三是要有一己之情，〈石匱室詩鈔
序〉云：

> 余嘗論詩之爲道，無貴賤賢否，無不爲者也。古之豪傑，
> 若劉季、項籍、諸葛孔明、斛律金之倫，類有一二傳作橫
> 絕一世，然不得謂之詩人也，所抱負鬱積者久，偶一觸發，
> 已傾筐倒篋而無餘矣。展堂奔走國事，世所推豪傑巨子也，
> 而所爲詩，乃讀書人本色，絕不作大言以驚人，嗚呼！此
> 其所以爲詩人之詩也歟！

貴賤賢愚皆能爲詩，但是賢人所作未必是詩人之詩，陳衍所稱胡展
堂詩爲詩人之詩者，在於有「讀書人本色，絕不作大言以驚人」者，

〔註82〕陳衍：《近代詩鈔》第六冊。

則詩人之詩強調有詩人一己之情、自我個性、不隨俗周旋，也還要有瀟灑意味。〔註83〕《續編》卷三錄鄭永詥詩，稱其「不愧詩人之詩」：

> 上海鄭永詥，字翼謀，有《質庵詩稿》一卷，出筆不俗，多可誦語。

可知「詩人之詩」即「出筆不俗」、「可誦」之詩。同卷，又錄胡鐵華詩，稱「詩人之詩」：

> 〈和香宋〉云：「與君一別近三秋，君自江河萬古流。一寸鄉園乾淨土，縱橫憂患滿神州。」〈清明微雨〉云：「四所山聞杜宇聲，冷煙微雨過清明。人間最好惟三月，只是春泥不只行。」〈命兒孫拜掃張夫人墓〉云：「萋萋怯履墳頭草，恐見空山不見人。」〈紅荷湖初夏〉云：「小塘別有人間世，試聽蛙聲水一方。」〈怡堂即景〉五言云：「出戶路臨水，當廬春笑山。」皆詩人之詩。

綜合陳衍所稱「詩人之詩」均凸顯詩人作品裡的個性、抒情、閒淡、幽情等，此即陳衍詩論講求詩人內在情感，以情為重而非清代所重之學問。就連推動「詩界革命」的梁啟超，在欣賞新名詞、新思想、改造舊體詩時，其所謂「詩人之詩」是寫時事而又有飄渺詩情者。〔註84〕梁啟超等維新之士推動詩界革命，意欲改革詩歌的「新」內容，如此訴求之下依然不廢詩中之「情」，革命者是激進者，他們激進於汰換不符合「新」的事物，而今仍讚賞寫時事的憂世之情，稱為「詩人之詩」，可知詩中之情是不論維新或非維新者所共同承認的。

因此，「詩人之詩」意謂詩中有情，並表現出因情而發之浪漫懷想，詩人之詩比學人之詩多了一分「情」。

〔註83〕《宋詩精華錄》卷四評敖陶孫〈竹間新闢一地〉云：「筆致瀟灑，真是詩人之詩。」

〔註84〕梁啟超：《飲冰室詩話》稱讚黃遵憲〈罷美國留學生感賦〉詩，在於詩中有情：「錄其罷美國留學生感賦一首，嘻，是亦海外學界一段歷史也，其中情狀，知之者已寡，知之而能言之者益希矣，錄以流布人間焉，學生乎，監督乎，當道乎，讀之皆可以自鑑也，豈直詩人之詩云爾哉！」《飲冰室文集》第十六冊，（臺北：臺灣中華書局，1983）。

二、學人之詩之特徵

　　一時代之風潮與文學有著密切關係，清代自乾嘉盛行考據之學，文學與學術就與「學」互相影響。在詩論方面，圍繞著「學」的發展論題有：學問、學人、學人之詩等，這些論題的基礎都和「讀書」有關。清代重視實學，實學固可視爲清代學術的同義詞，但是，若不從清代學術角度來看，說一個人的「學」實與不實，也可以是說他的學問夠不夠紮實，而從事學問的人稱爲學人，這是指實事求是、一絲不苟的人。因此，學人之詩可以有兩義，一指詩中有學問義理，一指從事學術研究者之詩，兩種範疇下，所作的詩稱爲學人之詩。陳衍詩學，著名的論題爲「學人之詩與詩人之詩合」，此語包括三層面，即學人之詩、詩人之詩、學人之詩與詩人之詩合。學人之詩與詩人之詩是類型化名詞而非典型，亦即它是一種泛稱，只要與「學」沾上邊，大約都稱爲學人之詩；與「才」沾上邊的，大約則稱詩人之詩。但最重要的，陳衍所謂的「學人之詩」指的是一種有根柢之學，並且其深刻意義是由深植根柢凝聚爲一種作詩態度。

　　在戲劇理論術語裡，類型人物是指有共同性特色的人物，例如好人、壞人；而具有特殊個性者，不能只以好壞論之的，稱爲典型人物，例如伊底帕斯王、哈姆雷特等。類型是一堆具有共通性特色的事物，典型即具有獨特特色者，用這個觀念來看，「學人之詩」在清代詩學裡已成爲一個類型，舉凡與實學、學問、學術相關者，研究者往往將之稱爲學人之詩；而詩人之詩則是以才情勝者。事實上，清代對於學人之詩、詩人之詩的類型化相關名詞還有以下幾種意指。

　　清初杭世駿〈沈沃田詩序〉指出何謂學人：

　　《三百篇》之中，有詩人之詩，有學人之詩。何謂學人？其在於商，則正考父；其在於周，則周公、召康公、尹吉甫；其在於魯，則史克、公子奚斯。之二聖四賢者，豈嘗以詩自見哉？學裕於己，運逢其會，雍容揄揚，而雅頌以作，經緯萬端，和會邦國，如此其嚴且重也。後人漸昧斯義，勇於爲詩，而憚於爲學，思義單狹，辭語陳因，不得

不出於稗販剽竊之一途，前者方熾，後隨朽落。……余特
以學之一字立詩之幹，而正天下言詩者之趨，而世莫宗也。
　　（《道古堂文集》卷十）〔註85〕

杭世駿所說的「學人」，從《詩經》裡搜尋，有正考父、周公、召康
公、尹吉甫、史克、公子奚，其特色是「學裕於己，運逢其會，雍容
揄揚，經緯萬端，和會邦國」，這樣的意義呈現出一種全方位人才的
標準，學人似乎是文武全能的救世主形象。黃宗羲〈後葦碧軒詩序〉
云：

古來論詩有二：有文人之詩，有詩人之詩。文人由學力所
成，詩人從鍛鍊而得。（《南雷文定》前集卷一）〔註86〕

據黃宗羲語可知古代應有詩人之詩、文人之詩兩名稱，詩人之詩講
究鍛鍊，文人之詩講究學力。如果以類型化觀念視之，則黃宗羲所
說的文人之詩為學人之詩，因為其簡單地化約為文人就是有學力之
人。

　　又有所謂「才人之筆」，《國朝詩人徵略》卷三引《聽松廬詩話》
馮班：

定遠〈臨桂伯墓下〉絕句云：馬鬣悠悠宿草新，賢人聞道
作明神。昭君恨氣甚宏血，帶露和煙又一春。蒼涼之意，
出以綺麗之詞，是謂才人之筆。〔註87〕

才人之筆是「蒼涼之意，出以綺麗之詞」，即以麗詞寫心懷者。而《晚
晴簃詩話‧何栻》所說的「才人」是倜儻、有才氣、偶或稍有俗調但
語透意豁：

何栻，字廉昉，號悔餘，江陰人，道光辛丑進士。……曾
文正極賞之，謂其權奇倜儻，才氣不可及，惜俗調未除，
又喜作工對，韻味反減，其詩有透到語，讀之意豁，則才

〔註85〕引自張健：《清代詩學研究》，（北京：北京大學出版社，1999），頁
　　　　611。
〔註86〕引自吳淑鈿：《近代宋詩派詩論研究》，（臺北：文津出版社，1996），
　　　　頁109。
〔註87〕張維屏：《國朝詩人徵略》，（臺北：明文書局，1985）。

人本色也。〔註88〕

因此，這裡的「才人」比較接近「詩人」義。至於陳衍對「才人」的
理解是「超超元箸」之人，《近代詩鈔‧張謇》：

> 謇，字季直，號嗇翁。……季直詩超超元箸，而時喜作詰
> 屈語，故是才人能事。〔註89〕

張謇被譽為「末代狀元」，其一生對南通市之經濟、教育均有卓著貢
獻。陳衍說能作詰屈語者，是腹笥深厚、博學富辯之人乃可至，故此
所謂「才人」是讀書人之兼具社會經營之才而言。又「才人」是不專
長於一種風格者：

> 去年過滬，讀樊山〈與蘇戡冬雨劇談〉之作，瘦淡似蘇戡，
> 不類平日之富麗，嘆才人能事不可測，往往效他人體也。
> （《詩話》卷九）

樊增祥詩本富麗華美，而〈與蘇冬雨劇談〉一詩卻瘦淡，陳衍感嘆才
人之詩深不可測。厲鶚〈王右丞集箋注序〉指才人為「文筆並美」之
人：

> 宋姚鉉撰唐文粹，持擇最為精審，於右丞取頌碑序三首，
> 詩筆並茂，洵才人之極致也。（《樊榭山房文集》卷二）

沈德潛〈盛庭堅青嶁詩集序〉認為詩人之詩與文人之詩不同：

> 詩人之詩，異乎文人之詩。文人之詩，意在文而兼及焉者
> 也，詩人之詩，意在詩而專及焉者也。（《歸愚文鈔》卷十三）
> 〔註90〕

文人之詩所重在文，而詩人之詩所重在詩，沈德潛之意，詩與文異，
不能相提並論。錢謙益〈顧麟士詩集序〉有「儒者之詩」：

> 世之論詩者有詩人之詩，而不知有儒者之詩，……麟士於
> 有宋諸儒之學，沉研鑽極，已深知六經之指歸，而毛鄭之
> 詩，專門名家，故其所得者為尤粹，其為詩蒐羅杼軸，耽
> 思旁訊，選義考辭，各有來自，雖其託寄多端，激昂俛仰，

〔註88〕《清詩匯》，頁 2316。
〔註89〕陳衍：《近代詩鈔》第十九冊。
〔註90〕《清代文學批評資料彙編》上集，頁 398。

而被服雍雅，終不詭於經術，目之曰儒者之詩殆無愧焉。

（《牧齋有學集》卷十九）

儒者之詩的內涵是鑽研宋儒之學並兼六經、毛鄭詩，指的是以經學為主的學問家之詩。《國朝詩人徵略》又有「儒者之文」，〔註91〕特色是「根柢經典」，此又不同於才人、策士。經典、學問之以文而論，才氣之以詩而論是一般的基本分野，詩中有學問則能風骨愈壯。吳騫《拜經樓詩話》卷四第十四則，引馮班之語：

> 馮定遠云：「多讀書胸次自高，出語多與古人相應，一也；博識多智，文章有根據，二也；所見既多，自知得失，下筆知取舍，三也。」斯言實得學人三昧。〔註92〕

則「學人」專指讀書人，而特色是言語能與古人相應、文章有根據、下筆知取捨。

正因為清代「學人」一詞，有學問、學人、學人之詩的延伸多義，才人、志士、文人、儒者有時與「學」似是又非，論者常引其中一義即對陳衍作過度解讀。為了解陳衍「學人之詩與詩人之詩合」的確實意義，必須從陳衍所定義的開始。首先，是能讀書而隨境遇流露性情，〈奚侊識詩敘〉云：

> 侊識奚君，能讀書，嘗補注《莊子》，為訓詁之學。復喜吟詠，面目頗近散原。蓋宦學建業有年，與散原較稔也。然無識作宰江浦，有民社之責，關心民瘼，所為詩時時無意流露，非能稱其境地以發揮性情，而有以自尚歟？侊識近郵書言所作倘可與世俗相抗，則請予以敘言。侊識，學人也，踜其工力於詩，當其量無所於歉，又豈徒儕伍時輩而莫能相尚也乎？〔註93〕

「學人」在知識方面的表現是能讀書、通訓詁者；學人而喜吟詠，能

〔註91〕《國朝詩人徵略》卷四引〈四庫簡明目錄〉：「琬（案：汪琬）與魏禧、侯方域並以古文擅名，宋犖嘗合刻之，然方域才人之文，禧策士之文，惟琬根柢經典，不失為儒者之文。」

〔註92〕《清詩話》，頁768。

〔註93〕《陳衍詩論合集》下冊，頁1073。

無意地流露所處境地之性情者，則爲學人兼詩人，此義在於詩人能稱合自己所處環境而發揮性情，這是「自尙」，與強調自家高調有相通處。〈聆風簃詩敘〉記其門人黃秋岳：

> 秋岳少治詩，與仲毅、芷青、劈庵諸子，知名當世。既而從余治小學史學，爲駢體文。〔註94〕

陳衍本身即是學人，故黃秋岳跟從他學習：小學、史學、駢體文。基本上，晚清所稱的「學人之詩」中的「學人」指具有與經、史、小學等相關樸學內容的「通經之士」，〔註95〕如《晚晴簃詩話·汪士鐸》：

> 汪士鐸，字振庵，號梅村，……覃精樸學，著述數十萬言，……又爲南北史補志，皆精洽翔實，卓然可傳。詩樸屬微至，擇言尤雅，良由經腴史馥，根柢既深，所謂學人之詩，其所蘊者厚也。〔註96〕

又《晚晴簃詩話·吳重憙》：

> 仲懌侍郎爲子苾閣學之子，濡染家風，博物好古，爲潘文勤所識拔，學派沆瀣。光緒中，山左鑒藏家甲於海內，而海豐吳氏與濰縣陳氏、福山王氏稱鼎足，侍郎名位差顯，又享大年，滄桑之後，巋然魯靈光矣。詩派出於覃溪，論古諸篇，賅洽醇雅，他作亦藻韻兼具，不愧學人之詩。〔註97〕

徐世昌所謂的「學人之詩」是博物好古、論古賅洽醇雅，而如果不是論古之作，「亦藻韻兼具」得心應手者，則學人之詩即指「論古」與「非論古」兼具，並沒有特別再區分詩人之詩。

其次，是指一種作詩態度，《詩話》卷六所云「學人之詩」是：

〔註94〕《陳衍詩論合集》下冊，頁1076。

〔註95〕《詩話》卷二十八引祁文嵩〈次韻贈王箴友孝廉筠〉：「析疑爲我證群書，咀嚼菁華棄土苴。夢覺雲雷動科斗，笑看楊柳貫魴魚（自注：君頃與何子貞，爲余撰《祁大夫字黃羊說》，又與張石洲釋虢季子《白盤銘》見示）。通經合稱無雙品，載筆空懸第七車。但許從君問奇字，雄文奚必慕相如。」陳衍云：「此皆當時學人賞析之雅，見之於詩者。祁詩所說的是《說文》之學。」。

〔註96〕《清詩匯》下冊，頁2300。

〔註97〕吳重憙，字仲懌，山東海豐人，同治壬戌舉人，官至河南巡撫，有《石蓮闇集》。《清詩匯》下冊，頁2584。

　　張鐵君侍郎_{亨嘉}，素不以詩名，然偶爲之，必慘淡經營，一
　　字不苟，所謂學人之詩也。〈葦灣泛舟〉云：……。〈遊積
　　水潭〉云：……。二詩不過數百字，凡用經史十許處，幾
　　於字字皆有來歷。

又：

　　鄭莫并稱，而子偲學人之詩，長於考證，與子尹有迥不相
　　同者。如〈蘆酒詩後記〉，一二千言，〈遵亂紀事〉廿餘首、
　　〈哭杜杏東〉亦有記千百言附後，皆有注，可稱詩史。……
　　證據精確，比例切當，所謂學人之詩也。而詩中帶著寫景
　　言情，則又詩人之詩矣。(《詩話》卷二十八)

應注意的是「慘淡經營，一字不苟」、「證據精確」、「比例切當」、「寫
景言情」，以及所引陶敫孫三詩云「筆致瀟洒，眞是詩人之詩」，指的
都是寫詩的手法，故陳衍所謂「學人之詩」的「證據精確，比例切當」
不是指清代的考據學問，而是作詩的態度。雖然陳衍論詩常論及詩之
出處、用典、經史、來歷等語，但從他所指出的學人之詩可知，其重
點在作詩的認眞態度，而不在所努力究心的「學問」。論者每以爲清
代是文學與學術整合的最後一個朝代，然而，陳衍雖云「學」與「詩」
合，不同於乾嘉時期考據風盛的一種文與思的合併，它是回到詩人自
身的，因爲所指的是作詩態度問題，而非詩的內容。《詩話》又錄錢
基博〈清華園賦示諸子〉三首，陳衍於此所說的「學人之詩」指「懃
懃勉勗，不愧學人之詩」：

　　前言錢子泉，罕讀其詩，必近來勤於學務，日事編纂，未
　　遑陶寫性情之故。昨乃搜其舊篋，得〈清華園賦示諸子〉
　　三詩，則皆黃初、正始遺音，不屑作唐以下語者。……懃
　　懃勉勗，不愧學人之詩。(《續編》卷一)

「懃懃勉勗」亦是形容態度，比喻所錄三詩〔註98〕爲「學人之詩」，

────────────

〔註98〕錢基博三詩分別爲：其一「驅車走西郊，水木何清華。堂堂帝子居，
　　　　境物寂無譁。庠序此宏開，多士以爲家。」；其二「園中柯交蔽，我
　　　　思鬱以紆。鬱紆何所念，氣矜視瞿瞿。鮮事徒召鬧，心馳學以蕪。
　　　　無學塞吾明，吾昏日以愚。交柯蔽我目，我車不得驅。欲還絕無谿，

而錢詩「即此證爲學」者在：「勿輕爲細流，涓滴成汪洋。博文非一日，有如此湯湯。所貴能積善，久自不尋常。我讀《荀子》書，《勸學》篇章章。積水以成淵，爲山不讓壤。茲岡高百尺，追始亦何嘗。寸壤歲月積，崔巍氣光昌。」所說者是一種讀書的勤勉經驗。陳衍《續編》卷一又評錢基博：「學貫四部，著述等身。肆力古文詞，於昌黎、習之，尤嚌其胾而得其髓。」學貫四部而以之肆力於古文詞，正說明陳衍「學人之詩詩人之詩合」的終極意旨不在學與詩之「合一」，而在以「學」的精神貫穿「詩」的眞情，此義不在「學」亦不在「詩」，而在「肆力」一旨，所以是指一種態度。

「學人之詩」之義是作詩態度而非學問或詩的內容，可以再從陳衍如何看待考據詩證明。清代實學的發軔是乾嘉考據之學，學風影響詩風，《詩話》卷十一載李慈銘欣賞樊增祥詩，而陳衍的看法是：

> 實則清淡平直，并不炫異驚人，亦絕去浙派餖飣之習。惟遇考據金石題目，往往精碻可喜。〈孟鼎銘拓本爲伯寅侍郎賦〉云：……甚精覈，因奇字太多，未錄。

陳衍《詩話》錄樊氏考據金石爲題之詩，故不排斥此類題材，並云其「精碻」，至於未錄的考據詩是「奇字太多」者，由此可知陳衍對於「學人」表現出的「學問之詩」的取捨態度，賞其精覈而嫌其繁複之作。從陳衍對於選樊詩的兩個矛盾評語：可喜、未錄，可推論他對所謂以考據爲詩的意見是：好處是「精碻」，但「未錄」的原因是「奇字太多」，所以在表達、與人溝通上可能尚未及格。陳衍所重視的是一種作詩態度，但同時對於這種精實態度而寫成的太多奇字的作品，尚存保留餘地。

攬轡徒嗟吁。踟躕欲何往，勒馬臨深池。」；其三云：「深池阻不前，下馬陟高岡。高岡縱目遊，曲澗導池潢。勿輕爲細流，涓滴成汪洋。博文非一日，有如此湯湯。所貴能積善，久自不尋常。我讀《荀子》書，《勸學》篇章章。積水以成淵，爲山不讓壤。茲岡高百尺，追始亦何嘗。寸壤歲月積，崔巍氣光昌。即此證爲學，勿忘勿助長。功在鍥不舍，而莫知其方。願詔二三子，改轍馳康莊。毋或入歧路，我馬玄以黃。」《續編》卷一。

三、學人詩人之詩融合

　　一般而言，詩之學問、學習、鑄煉，與性情是相對的，徒事吟詠者，多半不能企及深於學問根柢者，所以，陳衍《近代詩鈔》之首，即錄祁寯藻詩，推許其學問深厚，非徒事吟詠者可及：

　　　　祁文端爲道咸間鉅公工詩者，素講樸學，故根柢深厚，非徒事吟詠者所能驟及，常與倡和者，惟程春海侍郎，蓋勁敵也。（《詩話》卷十一）

性情與學問在質性上是不能相融的，因性情是「渾然之物」，〔註 99〕而學問是外鑠累積的。那麼，陳衍詩論裡，何謂「學人之言與詩人之言合」？其一，是知性與感性交融：

　　　　故孔子又曰：「詩失之愚，其爲人也，溫柔敦厚而不愚，則深於詩者也。」故言非一端已也。文端（案：祁寯藻）學有根柢，與程春海侍郎爲杜、爲韓、爲蘇黃，輔以曾文正、何子貞、鄭子尹、莫子偲之倫，而後學人之言詩人之言合，而恣其所詣，於是貌爲漢魏六朝盛唐者，夫人而覺其面目性情之過於相類，無以識其爲若人之言也。（〈近代詩鈔序〉）

學人之言與詩人之言合，而「恣其所詣」，亦即可以在詩的領域裡縱橫翻滾，古今上下與天文地理，無所不能言。這裡「學人詩人之言合」是爲了說明摹擬漢魏盛唐者喪失自我之缺失，因其「過於相類」，故陳衍引孔子「溫柔敦厚而不愚」，意謂深於作詩者，要能兼顧詩創作之知性與感性的交融，所以，詩「非一端已也」。〈近代詩鈔序〉：

　　　　嘉道以來，則程春海侍郎，祁春圃相國。而何子貞編修，鄭子尹大令，皆出程侍郎之門，益以莫子偲大令，曾滌生相國。諸公率以開元、天寶、元和、元祐諸大家爲職志，不規規於王文簡之標舉神韻，沈文愨之持溫柔敦厚，蓋合學人詩人之詩二而一之也。

這裡所說的「學人詩人二而一之」，重點也在解釋嘉道以來諸公所作

〔註 99〕何紹基〈與汪菊士論詩〉：「作詩文自有多少法度，多少工夫，方能將眞性情搬運到筆墨上，又性情是渾然之物，若到文與詩上頭，便要有聲情氣韻，波瀾推蕩，方得眞性情發見充滿。」

不要只規模神韻與溫柔敦厚，調停「學人」與「詩人」之語，足見陳
衍避開了兩者優劣問題。〈聆風簃詩敘〉又云：

> 余生平論詩，以爲必具學人之根柢，詩人之性情，而後才
> 力與懷抱相發越。《三百篇》之大小雅材是也。今人爲詩，
> 徒取給於漢、魏、六朝、唐、宋諸名家，雖號稱鉅子，立
> 派別，收名才俊，免於《風》而不《雅》之譏者蓋寡。

學人根柢與詩人性情互相發越以後，才力與懷抱可以互補各自偏鋒
之不足，陳衍於此論中，再三致意者是：若徒具性情，難免「風而
不雅」。所以，學人詩人合一之論雖屬調停之語，筆者以爲，若陳衍
之意在詩歌應兼具風雅，毋寧說，陳衍是鼓勵一種補闕救偏的創作
觀念，畢竟在晚清的環境下，表現冷靜而持平的評論，對古典詩歌
的不偏不倚之認識，正說明詩歌在創作方面已是總集大成，反映了
時代的現實。

　　其二，詩人重於學人。知性與感性不能偏廢，陳衍雖主張學人
詩人二而一之，但是，若談到學人與詩人優先性，陳衍是以詩人爲
重的：

> 不先爲詩人之詩，而徑爲學人之詩，往往終於學人，不到
> 眞詩人境界，蓋學問有餘，性情不足也。古人所以分登高
> 能賦、山川能說、器物能銘等爲九能，反之，又東坡所謂
> 孟浩然有造法酒手段，苦乏材料耳。(《詩話》卷十四)

畢竟，創作仍以性情爲主，學人之詩與詩人之詩不能偏廢，如果一
定要選擇的話，若先爲學人之詩，止於爲學人，不是眞詩人。陳衍
在此暗將學人、詩人劃分，而且很明顯的是：詩人優於學人；但是，
應注意的是，其立場是談選擇的角度，而非優劣的問題。所以，學
人有不屑爲詩人、不能爲詩人者，前者固然在心理上以士志、經國
治世爲理想追求，後者意謂學人詩人之詩合一並非易事。《晚晴簃詩
話·鄒漢勛》也指出考據家所難在「高秀之語」：

> 叔績於書無所不讀，經學、小學、歷算，尤爲精深。時邵
> 陽魏默深源、道州何子紹基，名重一時，叔績與之頡頏，

人稱湘中三傑，生平作詩不多，亦時有高秀之語，考據家
所難能也。〔註100〕

學人不能爲詩人者很多，如果將考據家視作學人，學人要作詩人較
難，在這個難易的條件下，「難能」者，「可貴」也。而若能將學人詩
人二者兩相配合，可收左右逢源之效，不致枯槁。陳衍又評柳翼謀：

余久耳京江柳翼謀詒徵名，近乃屢晤，然以爲學人也。今讀
其《劬堂詩錄》，乃知固功力甚深之詩人。夫學人不屑爲詩
人，與不能爲詩人者衆矣。學人肯致力爲詩，自有左右逢
源之境。（《續編》卷五）

清代學人不屑爲詩人、不能爲詩人者多。不屑爲詩人是視詩爲小道，
不能爲詩人是未能將學問與性情互融，若能致力學問與性情，使兩者
相融，自能左右逢源。此固曾克耑〈論同光體詩〉說明同光體成功的
三大因素之一「用性情來發揮他們的學問，用學問來培養他們的性
情，也就如車的兩輪，互相幫助。」。〔註101〕

　　其三，擴充詩料。陳衍主張學人詩人合指的是一種作詩態度，尚
有一事值得注意，即對「詩料」的看待。歐陽脩推崇西崑詩人才學豐
贍，亦即詩料的擴用，《六一詩話》云：

楊大年與錢、劉數公唱和，自《西崑集》出，時人爭效之，
詩體一變。而先生老輩患其多用故事，至於語僻難曉。殊不
知自是學者之弊，如子儀〈新蟬〉云：「風來玉宇烏先轉，
露下金莖鶴未知。」雖用故事，何害爲佳句也？又如「峭帆
橫渡官橋柳，疊鼓驚飛海岸鷗。」其不用故事，又豈不佳乎？
蓋其雄文博學，筆力有餘，故無施而不可，非如前世號詩人
者，區區於風雲草木之類，爲許洞所困者也。〔註102〕

豐富的才學可以增加創作時詩料的使用，這是歐陽脩能看到西崑體
在語僻難曉缺失中的博學雄才，亦爲別具隻眼，此或許啓發陳衍對

〔註100〕《清詩匯》下冊，頁2460。
〔註101〕曾克耑〈論同光體詩〉：《頌橘廬叢蕙》第四冊，（香港：新華印刷
　　　　公司，1961），頁456。
〔註102〕何文煥輯：《歷代詩話》上冊，頁270。

於詩之學問的看法。郭紹虞《中國文學批評史・清代篇》，從何紹基詩論提出：所謂合學人詩與詩人詩而爲一，認爲是「義理與詞章之合一，即藉考據爲之媒介」、「始可謂是義理考據詞章三者之合一」〔註103〕。但是，陳衍在義理、考據、詞章三者中，把考據視爲「詩料」，亦即陳衍把包括考據在內的「學問」之事看作是「詩料」而已：

> 余語乙盦，吾亦耽考據，實皆無與己事，作詩卻是自己性情，且時時發明哲理，及此暇日，盍姑事此，他學問皆詩料也。……詩學深者，謂閱詩多；詩功淺者，作詩少也。
>
> （〈沈乙盦詩敍〉）

學問只是詩的材料，性情才是眞正要追求的。〈健松齋詩存敍〉又云：

> 孔門雅言，不外詩書執禮，又曰：興於《詩》，立於《禮》，成於《樂》。之數者，皆以詩居首，何哉？詩以理性情，書以道政事，政事外至，性情內出，外至者，其所本無，內出者，其所自有也。〔註104〕

性情由內心而發，是詩人內在本有；考據是詩料，乃外求之物，只要努力就可獲得。考據既然是詩的材料，很明顯地，它在詩歌中扮演提供資源的角色，本身不能自具獨立的存在，是用來輔助創作而已，詩人性情是主體，詩的工拙由性情主宰的成分大於詩料。陳衍爲清代學術重要的角色——考據，給出了在詩中的定義，學術與文學相融的情況之下，詩的性情本色仍是被鞏固的。

　　詩的創作講的是一個學習過程，陳衍所提出的學習途徑有學古、學杜甫韓愈、模擬、讀書、行遊等，這些是清代詩論經常出現的話語，而陳衍在這些既有方法中，還有他自己的進一步主張，也就是與前人不同的途徑，此正可見陳衍對於詩的創作理念。整體而言，清代是講求「學」的時代，清代「學人之詩」與「詩人之詩」含義各有不同，雖然其中差異不大，但是不先釐清兩者之義，無法分別而了解陳衍所謂「學人之詩與詩人之詩合」的義旨是提出一種

〔註103〕　郭紹虞：《中國文學批評史》，（臺北：文史哲出版社，1990），頁1076。
〔註104〕　《陳衍詩論合集》下冊，頁1068。

學習「態度」而非學習「內容」，並且又以「詩人之詩」為重。此陳衍詩學的創作論側重在詩人，詩經過各種方式淬煉，最終呈顯的仍是詩人主觀創造意識的活力與勇氣，這是透過學習而追求一種心態，不只是尋得一個方法。

第四章　陳衍詩學之源流論

　　陳衍論詩有「三元說」，乃光緒己亥年（1899）客居武昌時，與沈曾植論詩時提出來的。爾後，沈曾植又另闢「三關說」。「三元」指的是開元（上元）、元和（中元）、元祐（下元），研究者咸以之論風格，然而，陳衍所說之義是以時代談詩之源流，[註1] 重在變化觀念更多於風格，換言之，以源流來談詩之變化，最後導入唐宋詩風格之別。本章以陳衍所述之語，從「三元說」涵義、「三元說」與詩之源流、「三元」與「三關」的關係三部分，說明「三元說」在晚清詩學的意義。

第一節　三元說釋義

　　坊間文學批評史、詩歌史等著作，有論同光體卻未提「三元說」者，如黃霖《近代文學批評史》、劉世南《清詩流派史》、裴效維主編

[註1] 源流論是探討文藝的發生與發展，其發展過程變化是如何進行？取決於何種因素？有無規律可循的問題。關於文藝發展變化的原因，理論家們提出有個人決定論、理念決定論、物質條件決定論。而文藝的發生論，擇其要者有摹仿說、遊戲說、巫術說、勞動說。參見吳中杰：《文藝學導論》第五編〈發展論〉，（上海：復旦大學出版社，2002），頁 265～277。然而，陳衍論詩的源流並未提及這些方面，所論之源流乃藉以說明唐宋詩之間的關係，最後得到唐宋未易斷言的結論。

《近代文學研究》等；有以爲是同光派學習「三元體」者之戲稱，如
汪辟疆〈近代詩派與地域〉；有以爲是表明師法對象者，如李繼凱、
史志謹《中國近代詩歌史論》；有以「三元說」爲區分唐宋之說者，
如郭紹虞《中國文學批評史》、黃保眞《中國文學理論史——清末民
初時期》等，論說紛紜。陳衍《詩話》卷一提到「三元說」，其敘述
如下：

> 余謂詩莫盛於三元，上元開元，中元元和，下元元祐也。
> 君（案：指沈曾植）謂三元皆外國探險家覓新世界、殖民
> 政策、開埠頭本領，故有「開天啓疆域」云云。余言今人
> 強分唐詩宋詩，宋人皆推本唐人詩法，力破餘地耳。盧陵、
> 宛陵、東坡、臨川、山谷、後山、放翁、誠齋，岑、高、
> 李、杜、韓、孟、劉、白之變化也。簡齋、止齋、滄浪、
> 四靈，王、孟、韋、柳、賈島、姚合之變化也。故開元元
> 和者，世所分唐宋人之樞幹也。若墨守舊說，唐以後之書
> 不讀，有日感國百里而已。故有「唐餘逮宋興」及「強欲
> 判唐宋」各云云。

仔細檢查陳衍與沈曾植對「三元」的看法稍不同，沈曾植談的是「新
世界」的觀念，而陳衍說的是唐宋詩之分的「變化」觀念。「新世界」
是探尋變化的結果，而「變化」是追求「新世界」的道路；沈曾植以
「三元」說新世界，陳衍從「三元」談詩分唐宋的變化觀念，二者均
指向對舊式的突破，雖然取向一致而重點不同，此亦沈曾植後來另闢
「三關說」以與「三元說」分道揚鑣。

　　所謂三元指：開元、元和、元祐三個帝王年號，開元乃唐玄宗、
元和爲唐憲宗、元祐爲宋哲宗年號。這三個時間所代表的重要詩人，
唐玄宗開元年間，是古典詩歌史所稱「盛唐」，其時兩大陣營即自然
詩派及邊塞詩派，主要活躍詩人有李白、杜甫、王維、孟浩然、岑參、
高適等。元和年間的重要詩人有韓愈、孟郊、李賀、盧仝等，即所謂
韓孟詩派或苦吟派爲代表。元祐年間的代表詩人是蘇軾、黃庭堅。這
些詩人即代表「三元」，因此，學者咸以爲陳衍標示「三元」是在取

法詩的學習對象，〔註2〕但此未必是陳衍所指的第一義，本書以爲標出「三元」是區別唐宋之異在於源流不同，源流不同所切入的觀點在「異」不在同，故「變化」是三元說的第一義，第二義才是學習師法的對象。

　　陳衍以「三元」說唐宋詩不必強分，理由是三元爲唐宋詩的三個關鍵點，唐宋詩在這三個高峰的意義是因其「變化」前人而重要，陳衍是以源與流看待詩歌，尤其在唐宋詩之別的觀念發展。陳衍以「極盛」、「益盛」看待，〈自鏡齋詩集敍〉云：

> 五言發軔漢代，其教未昌。魏、晉、六朝，累牘連篇，率風雲月露遊覽讌集之詞。故詩至唐而後極盛，至宋而益盛。
> 〔註3〕

唐詩之於漢、魏晉，是在漢魏之後的「極盛」，宋詩是在唐詩之後的「益盛」，乃爲踵事增華。所以，從源流看唐宋詩，其源爲一，在這一關鍵點上說，唐宋詩是相同的；唐與宋均爲此源之流，是由源發展出的支流，兩者又是各自變化的，因此，唐宋詩才會不同。在這個源流的意義上，陳衍云「今人強分唐宋」，言下之意，他並不贊成這種「強分」言論潮流，換言之，唐宋詩風格不必勉強二分。

　　關於三元之開元、元和、元祐，另見〈劍懷堂詩草序〉：

> 夫學問之事，惟在至與不至耳，至則有變化之能事焉，不至則聲音笑貌之爲爾耳。唐人之聲貌，至不一矣。開、天、元和，一其人，一其聲貌，所以爲開、天、元和也。開天之少陵、摩詰，元和之香山、昌黎，又往往一人不一其聲貌，故開、天、元和者，世所分唐、宋詩之樞幹也。盧陵、宛陵、東坡、臨川、山谷、後山、無咎、文潛、岑、高、杜、韓、劉、白之變化也。簡齋、止齋、滄浪、四靈、王、

〔註2〕李繼凱、史志謹：《中國近代詩歌史論》：「以唐玄宗、唐憲宗、宋哲宗的年號表明他們師法的對象，不只有蘇、黃，而且上溯杜、韓。但究其實仍重點在宋。」此仍把陳衍詩論以唐宋之爭爲重點，似是稍嫌狹隘。（長春市：吉林教育出版社，1995），頁189。

〔註3〕《陳衍詩論合集》下冊，頁1066。

孟、韋、柳之變化也。子孫雖肖祖父，未嘗骨肉間一一相
似。壹壺化生，人類之進退由之。況非子孫，奚能刻意斬肖
之耶？天地英靈之氣，古之人蓋先得取精而用宏矣，取之
而不能盡，故《三百篇》、漢、魏、六朝而有開、天、元和、
元祐以至於無窮，在爲之至與不至耳。〔註4〕

開、天、元和的特點是「一其人，一其聲貌，所以爲開、天、元和」
者，此語固言詩之各具風格，但陳衍又云「開、天、元和者，世所分
唐、宋詩之樞幹也」，雖以風格區分唐宋，又拈出「樞幹」一詞，樞
幹義爲主要轉變處，故「三元」實言變化；而「《三百篇》、漢、魏、
六朝而有開、天、元和、元祐以至於無窮，在爲之至與不至耳」是認
爲《三百篇》以下至元祐，甚至無窮之後世，詩主要是變或不變，以
及變成什麼面目的問題。陳衍以河流爲喻，而「三元」是這一條河流
中的三個重要轉變點，何以重要？因「三元」的詩人能變化，「一其
人，一其聲貌」是詩人自具風貌，而開天、元和之杜甫、王維、白居
易、韓愈又「一人不一其聲貌」，故風貌中再有風貌，一詩人可能有
多樣風格。至於元祐詩人，方回評黃庭堅〈詠雪奉呈廣平公〉詩，認
爲元祐詩人各以才力寫詩，不爲楊、劉，不爲九僧，不爲白樂天：

> 元祐詩人詩，既不爲楊、劉崑體，亦不爲九僧晚唐體，又
> 不爲白樂天體，各以才力雄於詩。山谷之奇，有崑體之變，
> 而不襲其組織。其巧者如作謎然，此一聯亦雪謎也，學者
> 未可遽非之。（《瀛奎律髓》卷二十一）

引文中，元祐詩人所以重要，在詩人之自做自己，此與陳衍看法相
似，他說詩人應兼具不同風格，古詩人一人一筆意，但後世詩人應
有兼備之能：

> 古之詩人亦然，一人各具一筆意，謝之筆意，絕不似陶，
> 顏之筆意，絕不似謝，小謝之筆意，絕不似大謝。初唐猶
> 然，至王右丞而兼有華麗、雄壯、清適三種筆意。至老杜
> 而各種筆意無不具備。大歷十子，筆意略同。元和以降，

〔註4〕《陳衍詩論合集》下冊，頁1059。

又各人各具一種筆意。昌黎則兼有清妙、雄偉、磊砢三種
筆意。(《詩話》卷十八)

陳衍指出王維、韓愈兼有三種筆意，陶、顏、大小謝、王維、杜甫、
大歷十子都只具一種筆意或筆意略同，而元和在各人各具一筆意
中，惟韓愈能兼三筆意者。詩人各有筆意，那麼，元和詩特色為何？
薛雪《一瓢詩話》第五十九則：

元、白詩言淺而思深，意微而詞顯，風人之能事也。至於
屬對精警，使事嚴切，章法變化，條理井然，杜浣花之後，
不可多得。蓋因元和、長慶間與開元、天寶時，時運之會，
又當一變，故知之者少。〔註5〕

薛雪肯定開、天、元和因時運之會的「變」，其云「知之者少」，可知
人人僅見開、天、元和之風格，較少留意在這些風格之中隱藏的「變
化」觀念。到了陳衍「三元說」藉風格強調變化，而表現出一種多風
格之風格。楊淙銘《石遺室詩話研究》云陳衍的唐宋詩之真諦為「唯
有從唐詩、宋詩中學習其真精神，以開創『同光體』之自家面貌，並
用之與盛唐之詩學相輝映，方為石遺說唐詩、宋詩之真諦。」〔註6〕
洵為確論。

　　因此，「三元說」是談變化觀念，杜、王、白、韓之能變化，所
以是「樞幹」。從《三百篇》以至後世無窮之詩作來看，詩之能取精
用宏、用之不盡，在於能否變化，因此，「三元」的提出是指詩的源
與流之間的關係，有「源」之本，亦有「流」之變，詩之向前奔流才
是一種有生機的現象，而非一達到高峰後，就死於峰頂。

第二節　「三元說」與詩之源流

　　「三元說」之論詩的源流，可代表陳衍對詩分唐宋的意見。本
節以「三元說」對照清代詩評家之意見，以明陳衍論詩之源流。在

〔註5〕丁福保輯：《清詩話》，(臺北：木鐸出版社，1988)，頁690。
〔註6〕楊淙銘：《石遺室詩話研究》，臺灣師範大學碩士論文，1988年5月，
　　　頁105。

陳衍看來，詩歌史既是源與流之發展變化，則對於紛擾已久的唐宋詩之爭，是沒有必要的，「今人強分唐詩宋詩」之「強」字已道出其中意思。《詩話》卷三有一段關於道光以來詩學之述，說明晚清詩風：

> 前清詩學，道光以來，一大關捩。略別兩派：一派為清蒼幽峭，自古詩十九首、……洗鍊而鎔鑄之，體會淵微，出以精思健筆。蘄水陳太初，《簡學齋詩存》四卷，《白石山館手稿》一卷，字皆人人能識之字，句皆人人能造之句，及積字成句，積句成韻，積韻成章，遂無前人已言之意，已寫之景，又皆後人欲言之意，欲寫之景。當時嗣響，頗乏其人。魏默深源之《清夜齋稿》稍足羽翼，而才氣所溢，時出入於他派。此一派近日以鄭海藏為魁壘，其源合也。……其一派生澀奧衍，……語必驚人，字忌習見。鄭子尹珍之《巢經巢詩鈔》為其弁冕，莫子偲足羽翼之，近日沈乙庵、陳散原，實其流派，而散原奇字，乙庵益以僻典，又少異焉，其全詩亦不盡然也。

陳衍將道光以來的詩人分為兩派：清蒼幽峭與生澀奧衍。清蒼幽峭者，有：厲鶚、陳沆、龔自珍、魏源，而鄭海藏為魁首；生澀奧衍者，有：鄭珍、莫子偲、沈增植、陳三立。這些詩人又各有所長，即：清蒼幽峭中，厲鶚幽秀、龔自珍瑰奇；生澀奧衍中，陳三立喜用奇字、沈曾植好用僻典。在這一段敘述裡，陳衍提到了「源」、「流」二字，指鄭孝胥合於清蒼幽峭之「源」、沈乙庵與陳散原合於生澀奧衍之「流」派，陳衍並未說源與流誰優誰劣，而是指出晚清詩人在此兩派中的歸屬，有的詩人才氣縱橫，出入他派，然而源頭仍此兩派。所以，清蒼幽峭與生澀奧衍是道光以來兩種詩的風格，但陳衍以源流的觀念說詩人在此兩風格裡又各自有別，所以「樊榭、定盦兩派，樊榭幽秀，本在太初之前；定盦瑰奇，不落子尹之後」，則樊榭之「幽秀」又是從清蒼幽峭而出、定盦之「瑰奇」又是從「生澀奧衍」而出者，因此，雖然陳衍儼然有「清蒼幽峭」是源，「生澀奧衍」是流之見，而這兩個源、流之中又會再出現不同的風格，故嚴

格說來，道光以來詩風應該還有「幽秀瑰奇」第三種。陳衍所說的源流之變化，特指一條流水之源只有一個，但支流可以有多條；源爲本，流爲變化，變化的流中又可以再有源與流，此層層推進，於是詩乃大放風華。故「三元說」的以源流論詩並非爭詩的源或流，重點是源與流在風格裡的變化狀態並以之提示唐宋詩之別。

運用源流的觀念說明唐宋詩，目的何在？陳衍欲提出變化的觀念以抵制「強分唐宋」，若先確定源與流的多層變化觀，學習者在學習過程中就不會以一個特定點例如唐或宋之成見而專學一家，此爲「不妄學」，不妄學則不會落入尊唐或崇宋的偏曲之途。此可以引陳衍對嚴羽「才與學」之意見作說明，陳衍論詩的另一大重點是不同意嚴羽「詩有別才，非關學也」，提出「詩有別才，又關學也」，〈瘿庵詩敘〉：

> 嚴儀卿有言：詩有別才，非關學也。余甚疑之，以爲六義既設，風雅頌之體代作，賦比興之用兼陳，朝章國故，治亂賢不肖，以至山川風土草木鳥獸蟲魚，無弗知也，無弗能言也，素未嘗學問，猥曰「吾有別才也」，能之乎？……故余曰，詩也者，有別才而又關學者也。〔註7〕

陳衍批評嚴羽「非關學」的言論，亦可爲「三元說」作補證。嚴羽《滄浪詩話‧詩體》以時代而分詩爲：

> 以時而論，則有建安體漢末年號，曹子建父子及鄴中七子之詩、黃初體魏年號，與建安相接，其體一也、正始體魏年號，嵇阮諸公之詩……盛唐體景雲以後，開元天寶公之詩、大曆體大曆十才子之詩、元和體元白諸公、晚唐體、本朝體通前後而言之、元祐體蘇黃陳諸公、江西宗派體山谷爲之宗。〔註8〕

陳衍「三元說」與嚴羽以時代論詩體相較，陳衍僅將「盛唐體」改爲「開元」，另外二元──元和、元祐其實是相同的，而嚴羽所謂的

〔註7〕《陳衍詩論合集》下冊，頁 1057。
〔註8〕郭紹虞校釋：《滄浪詩話校釋》，（臺北：里仁書局，1987），頁 52〜53。

「盛唐」指的是「景雲以後，開元天寶諸公之詩」，此微小差別可知陳、嚴二人對於詩的流變主張大致相同，但何以要把嚴羽稱爲開元天寶的「盛唐」改爲只包括開元之「上元」？陳衍主要在打破詩不必「專學」盛唐之迷思，這也正是呼應同光體「不墨守盛唐」的宗旨所在。

強調源流的觀念亦可由陳衍推重方回《瀛奎律髓》一書敘述宋詩源流而知。《詩話》卷八錄方回〈秋晚雜書〉六首，云：

> 所纂《瀛奎律髓》，雖專論近體詩，淺見寡聞者不能道也。此數首宗旨，取樸去豔，於趙宋一代詩學，辨別甚眞。蓋虛谷本西江派，故陽秋若此，非後世隨聲附和，妄思依傍李杜門戶者比，不可以人而廢言也。尚有〈羅壽可詩序〉，言宋詩派別尤詳。

陳衍在《元詩紀事》卷五，全文引錄方回〈羅壽可詩序〉，可知他重視此文。方回此序之宗旨在推尊江西、排斥晚唐，詳細列述宋詩流別，序末云：

> 後生晚進不知顚末，靡然宗之，涉其波而不究其源，日淺日下。……今學詩者不於三千年間上溯下沿，窮探邃索，而徒追逐近世六七十年間之所偏，非區區所敢知也。

詳述派別的目的是希望學習者能「涉波究源」，分辨波與水之別就不會走入偏徑。所以，明源流是爲了「正學」，宋犖〈江西詩社宗派圖錄序〉云：

> 詩有統有派，余友劉子山蔚曰：「統猶水行於地，匯於歸墟，而總爲天一之所生，非支流別港之所得偏據以爲名。至於四瀆百川之既分，分而溢，溢而溯其所由出，然後稱派以別之；派者，蓋一流之餘也。」〔註9〕

宋犖引劉山蔚之語，詩有統、派之分，此處易「源」爲「統」，且「派」是「流之餘」，流與派則爲「統」衍生出來者，宋犖說的「源」與「統」用詞不同而意義同。何以需有源流之分？因源流既明，則

〔註9〕《清詩話》，（臺北：木鐸出版社，1988），頁47。

「知其學之有本，非同於汗瀆」而「有得於風雅之大源」，這其實是確立詩之正變。葉燮《原詩》卷一〈內篇上〉亦強調發展，以爲後代欲復前代之古是不可能的，因後代已因發展變化而異於前代：

> 今時必欲復古而行之，不亦天下之大愚也哉？……歷考漢魏以來之詩，循其源流升降，不得正爲源而長盛，變爲流而始衰，惟正有漸衰，故變能啓盛。〔註10〕

詩之發展的基本觀念在「變化」，詩既爲發展的，必有源流始末。重視溯源是爲了避免入魔道，何世璂《然燈記聞》第十七則：

> 爲詩要窮源溯流，先辨諸家之派，如：何者爲曹、劉，何者爲沈宋，何者爲陶謝，……析入毫芒，學焉而得其性之所近。不然，胡引亂竄，必入魔道。〔註11〕

溯源的目的是求入門之正，入門正則不會墮走邪魔。王士禎《師友詩傳錄》第二則：

> 《風》、《雅》後有《楚詞》，《楚詞》後有《十九首》。風會變遷，非緣人力，然其源流則一而已矣。〔註12〕

不論詩歌如何流蕩變遷，但《風》《雅》源頭只有一個，此非人力可移，王士禎注重《詩經》在中國詩歌史上不移的地位。沈德潛〈古詩源序〉：

> 詩至有唐爲極盛，然詩之盛非詩之源也。

沈德潛提出「詩盛未必是詩源」正可以消弭學詩者盲目地以爲某代或某人的詩盛就可以學，眞正要學的是「詩之源」，追源溯本的目的即爲了「求正」。

所以，陳衍「三元說」是以變化求正源，那麼，在他的時代爲何要求正？晚清詩壇已是古典詩之末，前代的是非曉曉擾擾，晚清詩壇又因爲新世代即將來臨而空虛，求變化而正源，乃陳衍復正之論。〈健松齋詩存敘〉云：

〔註10〕《清詩話》，頁 568～569。
〔註11〕《清詩話》，頁 120。
〔註12〕《清詩話》，頁 126。

孔子自爲詩，相傳〈龜山〉、〈猗蘭〉二操，皆文從字順，
爾於《風》，不爾於《雅》、《頌》。豈河有兩源肥，同流而
異出歟？抑南條北條，清渾異而同至於海歟？漢興，蘇、
李、十九首，與古樂府判然不侔。杜、韓之視元、白、張、
王亦然。杜、韓所爲，又自兼斯二者。所謂言各有當歟？……
故第舉詩學之最初，古詩古樂府，分道於《風》、《雅》、《頌》
者，爲先生之詩敍。

學詩者明白詩的源流就不會誤入歧途，而正源並非只圖個人劃清界
限，若是，則是以「源」爲不二之師，依然是死學，那麼，從「源」
發展出來的「流」依然不足一視。陳衍指出《詩經》爲詩之源，後世
之詩同出一源而各言其情，這是在正本的基礎中，鼓勵發展。故「三
元說」的提出是在強調溯源，溯源爲了求入門正，從變化觀念導入學
習的意義，其深義或許不限於只論詩的風格。〈密堂詩鈔序〉指出道
咸以來詩人：

顧道、咸以來，程春海、何子貞、曾滌生、鄭子尹諸先生
之爲詩，欲取道元和、北宋，進規開、天，以得其精神結
構之所在，不屑貌爲盛唐以稱雄。〔註13〕

學者多因爲此資料之元和、北宋、開天，而以爲「三元說」是陳衍論
詩的風格，但是在「三元」論風格之外，是否應注意「取道」與「進
規」二語？取道元和、北宋，進規開、天，其實在提示元和、北宋、
開、天之道路是學習之途。學習有順勢與逆勢，朱庭珍《筱園詩話》
卷四：

學詩須由上而下，自源及流，從古至今。入手尤須力爭上
游。先熟《三百篇》、《騷》、《選》古詩，以次並及唐、宋。
若宋以後詩，博覽之以廣見聞，參證得失，不必奉爲師法。
如是則勢順，雖爲其難，終能深造自立。若由今而古，自
後代而溯前人，則逐末忘本，其勢逆，雖爲其易，終無所
得，決不能自立，成就一家之言也。〔註14〕

〔註13〕《陳衍詩論合集》下冊，頁 1064。
〔註14〕《清詩話續編》第三冊，（臺北：藝文印書館，1985），頁 2405。

所以，論詩提出「由古至今」未必是貴古賤今的觀念，而是說明學習的順勢之徑，這也是學習必須明源流的先決步驟，明源流之後，再順源而流是學習的順徑；反之，不明源流或由今至古是逆勢而學，朱庭珍認為逆勢「決不能自立」是無效的學習，因為倒果為因，亂了腳步。

　　清詩人重視詩之源流，翁方綱《石洲詩話》卷三云：

　　　情景脫化，亦俱從字句鍛鍊中出，古人到後來，只更無鍛鍊之跡耳。而《宋詩鈔》則惟取其蒼直之氣，其於詞場祖述之源流，概不之講，後人何自而含英咀華？勢必日襲成調，陳陳相因耳。此乃所謂腐也。何足以服嘉、隆諸公哉？

〔註15〕

翁氏批評《宋詩鈔》選詩沒有做到「述源流」的工夫，不講「源流」，則後學者無法明辨英華何在，會造成陳調相因，陳調即為「腐」，所以，溯源流並不是在「追古」的意義上之回到古老的原始，反而是追求創新的準備，只有熟悉並鍛鍊「源」之壯麗恢宏，眼界自高，在高境中學習，創作自然不俗。針對蘇、黃的意見上，翁方綱說《宋詩鈔》「非知言之選」是提出疑問：該書以平直豪放者為宋詩，則黃山谷之「會粹百家句律之長，究極歷代體制之變，蒐討古書，穿穴異聞，作為古律，自成一家，雖隻字半句不輕出」〔註16〕何以能為宋詩宗祖？翁方綱推崇蘇、黃，蘇軾天才筆力，黃庭堅繼往開來，可見翁方綱認為追溯源流才會明瞭宋詩風格並非單一。又《石洲詩話》卷四：

　　　按《詩林廣記》云：「後山之詩，近於枯淡。」愚觀宋詩之枯淡者，惟梅聖俞可以當之，若後山則益無可回味處，豈得以枯淡為辭耶？……蓋元祐諸賢，皆才氣橫溢，而一時獨有此一種，見者遂以為高不可攀耳。〔註17〕

元祐諸賢以才氣橫溢見長，梅聖俞獨有枯淡風格，所以突出。梅聖俞在元祐諸賢中能夠獨出一格，是在時人中做到「變化」，變化即打破

〔註15〕　《清詩話續編》第二冊，頁1423。
〔註16〕　《石洲詩話》卷四引劉後村之語，《清詩話續編》第二冊，頁1426。
〔註17〕　《清詩話續編》第二冊，頁1428。

「一專」。

溯源爲了求詩之「正」，尙要求詩之「至」。葉矯然《龍性堂詩話初集》云：

> 魯直云：「世人但學〈蘭亭〉面，欲換凡骨無金丹。」今人學古詩而徒求之曹、劉、沈、謝，學今體而徒求之李、杜、高、岑，皆從門入者，不能至也。東坡教人作詩熟讀《毛詩》與《離騷》，曲折盡在是矣，亦至言也。〔註18〕

曹、劉、沈、謝與李、杜、高、岑，相對於詩騷傳統是「流」，學者如果從「流」而學並不能「至」，至者，盡也，學「源」頭之《毛詩》《離騷》可達於「至」。「學」有博學與精學，溯源之學屬於精學，是學之根本。章學誠《文史通議・詩話》：

> 論詩論文而知溯流別，則可以探源經籍而進窺天地之純，古人之大體矣，此意非後世詩話家流所能喻也。〔註19〕

在源頭立其大體，體大然後慮周，起點先掌握精純則未來的進境就不會過度偏離。此云鍾嶸《詩品》爲詩話之源，《詩品》有論事、論辭的不同，章學誠不贊同鍾嶸評定作品出於某源，其態度也傾向源流變化的觀念：

> 事有是非，辭有工拙，觸類旁通，啓發實多，江河始於濫觴，後世詩話家言雖本於鍾嶸，要其流別滋繁，不可一端盡矣。

章氏之意，江河有源而流別滋繁，「流」會對「源」產生轉化更新，滋繁出多種各具的本色與意義。章學誠是標準經學家語氣，其用心在提出「有本之學」而不廢流變的意義。因此，同以源流解說詩的流變，但各人用心不同，陳衍爲了打破盛唐迷思，章學誠重視的則是經學家重本之理念。

《詩經》爲後世詩歌之源，後世之詩相對於《詩經》是流，而流之中亦又可自成源，此爲源中有流，流中有源，環扣相生，詩之變化

〔註18〕《清詩話續編》第二冊，頁940。
〔註19〕章學誠：《文史通義》卷五〈內篇〉，（臺北：臺灣中華書局，1970年4月臺二版）。

乃因而繁華，也因這種方式的繁華，「變化」才有其價值。故葉燮《原詩》所提到的變化，說：

> 唐詩爲八代以來一大變，韓愈爲唐詩之一大變，其力大，其思雄，崛起特爲鼻祖。宋之蘇、梅、歐、蘇、王、黃，皆愈爲之發其端，可謂極盛；而俗儒且謂愈詩大變漢、魏，大變盛唐，格格而不許，何異居蚯蚓之穴，習聞其長鳴，聽洪鐘之響而怪之，竊竊然議之也。（〈內篇上〉）

宋之蘇、梅、歐、蘇、王、黃既爲韓愈「發其端」，韓愈可視爲蘇、梅、歐、王、黃之「源」，此所以韓愈自成一家而爲後世所學習。但韓愈詩對於《三百篇》而言是「流」，如今既在「流」中自成一家，則可以說是流中之源。葉燮〈汪秋原浪齋二集詩序〉：

> 詩道之不能不變於古今而日趨於異也，日趨於異，而變之中有不變者存，請得一言以蔽之曰：雅。雅也者，作詩之原，而可以盡乎詩之流者也。自三百篇以溫厚和平之旨肇其端，其流遞變而遞降，溫厚流而爲激亢，和平流而爲刻削，過剛則有桀驁詰聲之音，過柔則有靡曼浮豔之響，乃至爲寒爲瘦，爲襲爲貌，其流之變，厥有百千，然皆各得詩人之一體，一體者，不失其命意措辭之雅而已。（《已畦文集》卷九）〔註20〕

「流」之有變，則詩人各得一體，於是，「流」也會有百千之變，但變中不變者，即「雅」，「流」從「源」日變月異而來，「雅」是流之百變而不變者。所以，溯源求詩正，詩正後「百變而不變」，於是詩至。

　　由溯源而探詩之正，故陳衍賞識「變風變雅」。人是群體生活的，身世遭遇所牽涉的內容小至個人環境，大至時代都是詩人遭際的相關要素，歷代讀書人必須面對的另一個「身世」即國家的興衰與自己的政治前途，創作活動表現作者所處之世與所感之情，則家國與時代亦爲詩作品的題材之一。變風變雅始於〈詩大序〉之：「至於王道衰，

〔註20〕引自吳宏一、葉慶炳編：《清代文學批評資料彙編》上冊，（臺北：成文出版社，1979），頁270。

禮義廢，政教失，國異政，家殊俗，而變風變雅作矣。國史明乎得失
之跡，傷人倫之廢，哀刑政之苛，吟詠情性，以風其上，達於事變而
懷其舊俗者也。」〈詩大序〉接受〈樂記〉的觀點：「治世之音安以樂，
其政和；亂世之音哀以怨，其政乖；亡國之音哀以思，其民困。」，
變風變雅指的是詩中反映了時代變化。陳衍亦有正變觀：

> 〈風〉有正變，大小〈雅〉亦有正變。正者治世之音，變
> 者亂世之音。二〈南〉、〈幽風〉為正風，〈王風〉及各國風
> 為變風。文、武、宣王時為正雅，幽、厲時為變雅。正《雅》
> 近《頌》，固未嘗不工，變《雅》尤工，殆所謂愁苦易好歟！
> （《詩學概要》〈三百篇・楚詞〉）〔註21〕

> 一代詩文極盛年，變風變雅最堪傳。近來我有詩鈔本，盡
> 是繁霜板蕩篇。（〈題杜荼邨小像〉《詩續集》卷一）

> 杜陵一野叟，廿年南雍州。……詠嘆攄長言，頗恨筆力
> 柔。……賸刊近代詩，變雅抒煩憂。（〈題杜荼邨詩卷為潛園作〉
> 《詩續集》卷一〉）

陳衍選輯《近代詩鈔》也是以正變觀念為準，以輯詩記錄時代變化。
詩之正變說，始於《詩經》的描寫時代變亂內容，簡言之，世盛為
正，世亂為變，陳衍認為晚清一代詩文最堪傳者為變風變雅，〈近代
詩鈔述評敘〉云：

> 有清二百餘載，以高位主持詩教者，在康熙曰王文簡，在
> 乾隆曰沈文慤，在道光、咸豐則祁文端、曾文正也。……
> 夫文簡、文慤，生際承平，宜其詩之為正《風》正《雅》，
> 顧其才力為正《風》則有餘，為正《雅》則有不足。文端、
> 文正時，喪亂云臑，迄於今，變故相尋而未有屆，其去《小
> 雅》廢而詩亡也不遠矣。昔孔子作《春秋》，張三世，所見
> 異辭，所聞異辭，所傳聞異辭。……今竊本此意，論次有
> 清一代之詩。文簡以下，傳聞之世也。文慤以下，所聞之
> 世也。文端、文正以降，所見之世也。所聞所傳聞，先進
> 略已論次。而身丁變《雅》變《風》以迄於將廢將亡，上

<hr>

〔註21〕《陳衍詩論合集》下冊，頁 1029。

下數十年間，亦近代文獻得失之林乎？

陳衍以風雅正變看待清詩壇，雖然晚清已將廢將亡，但詩之變風變雅是他存錄《近代詩鈔》之用意。陳衍重視《雅》詩，因為是詩之才力與懷抱互相發越的最佳示範，其〈聆風簃詩敘〉云：

> 生平論詩，以為必具學人之根柢，詩人之性情，而後才力
> 與懷抱相發越，三百篇之大小雅材是已。今人為詩，徒取
> 給於漢魏六朝唐宋諸名家，雖號稱鉅子，立派別，收召俊
> 才，免於風而不雅之譏者蓋寡矣。〔註22〕

陳衍論詩「學人詩人之詩合」，而學問與性情互相發越的最佳表現在大小《雅》，因為，漢魏六朝唐宋名家，徒風而不雅，終是一失；風詩僅具性情，雅詩能補充「男女相悅以解」之外的情感。據朱熹《詩集傳》云：「正小雅，宴饗之樂也，正大雅，會朝之樂，受釐陳戒之辭也。」，《雅》詩內容是朝會宴饗樂歌，張學波〈小雅的思想情感及其寫作技巧之析論〉一文云：

> 《詩經》的雅詩是史詩，抒情兼記事，詩篇中不但抒寫感
> 時悲世的情感，而且它亦記載著周朝盛衰的歷史，因此，
> 吾人研讀雅詩，必須探究它的思想情感。〔註23〕

陳衍兼重風詩雅詩是限制詩的個人情性無限地奔流，即除了個人私情外，感時悲世情感也是詩的要素。從這裡可知，陳衍所謂「學人根柢」其實還包括詩人感時悲世的成分，那是一種異於一己私情的情感，在此，「根柢」乃指情感，未必是學問。感時悲世之情與個人之情雖然都是情，但是兩相比較，感時悲世畢竟多了一份群體關懷的寬度，以情感的範圍來說，比一己之情向外跨越一步。此關於《雅》詩之論述亦可提供關於陳衍「學人根柢」的另一層意義。

〔註22〕《陳衍詩論合集》下冊，頁 1076。

〔註23〕收在《中國文學講話：周代文學（二）》。張學坡亦指出〈小雅〉所表現對後世中國文化影響最大者有三：天道思想，促使中國哲學趨向於人文；憂患悲情，提升中國文學作品的價值；倫理觀念，建立中國道統思想的根基。（臺北：巨流圖書公司，1983），頁 141。

　　因此，陳衍〈小草堂詩序〉〔註 24〕對同光以後之詩壇深感憂心
者，在於追求變風變雅後又墮入嬉笑怒罵，無所於恤，此與汪辟疆
認爲晚清詩歌之有眞面目者的關鍵在於時代，見解類似，只不過陳
衍對於晚清詩歌中表達時代的部分深感憂心，而汪辟疆認爲此即晚
清詩壇之能見度，陳氏從詩內部看，錢氏從詩外部看。汪辟疆〈近
代詩派與地域〉論述清代詩學爲三期：初期康雍、中期乾嘉、近代
道咸而後，前二期沒有自成風會可言，清詩之有面目可識者，當在
近代。〈吳蔡小箋殘本〉解釋曰：

> 此通論道咸以後詩家得失也。道咸後詩家，異於康雍與乾
> 嘉兩時期者，全繫於時代不同。蓋前爲昇平之世，此爲亂
> 離之時。詩人所處不同，所感斯異。而此一期之詩，內質
> 外形，皆臻極至。〔註25〕

把詩之得失界定在亂離之世的「變」，其義是詩之可觀者在這些亂世
情懷之中。前述陳衍特賞悼亡詩，悼亡詩是悼一己鍾情之亡，變風變
雅既屬衰世之詩，所悼者是國家衰亂，其亡一也，其悼同也。悼亡詩
顯眞，變風變雅詩亦能顯眞，而陳衍憂心的卻在後者之過度「志微噍
殺」。《禮記・樂記》云：「是故志微噍殺之音作而民思憂。」變風變
雅所代言的亂世之變，是詩人藉以抒憂世煩悶，以「變」而得性情之
正，如今，晚清詩壇志微噍殺，是「變」之變本加厲，乃使陳衍悄然
不悅，所以，陳衍是從「詩」看到「世」的無救。晚清詩之無救是不
再溫柔敦厚，亦即嬉笑怒罵、無所於恤之「語盡」而缺乏蘊藉之情。
反觀《靜居緒言》倒是以爲變風變雅可以「語盡」來表現：

> 或曰詩惟含意，不在盡言。然《國風》辭多蘊藉，變雅則
> 語類盡情。蓋所遇不同，慮關近遠，或冀聞聲之可悟，或

〔註24〕「詩至晚清同光以來，承道咸諸老，斬向杜韓爲變風變雅之後，益
　　　復變本加厲，言情感事，往往以突兀凌厲之筆，抒哀痛逼切之辭，
　　　甚且嬉笑怒罵，無所於恤。矯之者則爲鉤章棘句，僻澀聱牙，以至
　　　於志微噍殺，使讀者悄然而不怡。」《陳衍詩論合集》下冊，頁 1074。
〔註25〕汪辟疆：《汪辟疆說近代詩》，（上海：上海古籍出版社，2001），頁
　　　11。

慨枉志之難伸，義有固然，詩非漫興。〔註26〕

引文之意，詩歌講究「言有盡而意無窮」之溫婉流宕，但是言之盡與不盡須視所遇之境而異，「風」辭蘊藉，但「變雅」則務求語盡情盡，因產生變風變雅的環境是有志難伸之世，詩就不須講求蘊藉而出，直語盡言可也。劉熙載《藝概・詩概》亦指出變雅之內在意蘊是憂生憂世：

《大雅》之變，具憂世之懷；《小雅》之變，多憂生之意。

以上，對於同一命題有不同的解讀。陳衍從詩之表達方式看待變風變雅，其身繫憂世憂生之懷並關心詩的命運是可以推知的。此亦近代研究同光體學者認為陳衍以遺老之姿行復古守舊之路的誤會之一。〔註27〕

綜合上述，「三元」指出開元、元和、元祐三個時期，陳衍主要目的是從源流來談詩的變化觀念、風格、學習，從會通唐宋而言，最後憂慮作為詩之源頭的風雅意識在晚清消亡，「三元說」並無宗宋之偏。「三元」雖指詩史中的三個時代，但陳衍所談的不是時代意義上的漢魏盛唐或宋詩，他所讚賞的「變風變雅」乃變世情懷之詩，而變世之詩本身就有創變意義，「三元」非僅指朝代之義。

第三節　「三元」與「三關」

同光體「三元說」乃陳衍、沈曾植早年論詩之共識，後沈曾植晚年在〈與金潛廬太守論詩書〉另提「三關說」，將開元換作元嘉（南朝宋文帝年號），奉謝靈運、顏延之詩為楷模，並易以佛家就法門而言有三處玄關之「關」名，將「三元」改為「三關」。〔註28〕三元與

〔註26〕《清詩話續編》第三冊，頁1631。

〔註27〕陳衍並不眷戀清朝，本章所引《詩話》卷三：「前清詩學，道光以來，一大關捩。」，已稱「清」為「前」，對改朝換代的事實是很清楚認同的。

〔註28〕沈曾植後來在陳衍「三元說」的基礎上又提出「三關說」，即元嘉、元和、元祐，以元嘉易開元，故有稱「新三元說」。郭延禮《中國近

三關均以時代劃分，前者推舉三個「元」的幾位詩人，沈曾植則推崇謝、顏，主要在顏、謝運用經訓入詩的特點上。據錢仲聯〈論同光體〉引沈曾植〈與金潛廬太守論詩書〉全文如下：

> 吾嘗謂詩有元祐、元和、元嘉三關，公於前二關，均已通過，但著意通第三關，自有解脫月（按《十住經》云：「是大菩薩眾中，有菩薩摩訶薩，名解脫月」《大方廣佛華嚴經》云：「我唯知此一解脫門，猶如淨月，能爲眾生放福德光。」此沈氏語所本。）在元嘉關如何通法？但將右軍（王羲之）〈蘭亭詩〉與康氏（謝靈運）山水詩打併一氣讀。劉彥和言「莊老告退而山水方滋」，意存軒輊，此二語便墮齊、梁身份。須知以來書「意、筆、色」三語判之，山水即是色，莊、老即是意，色即是境，意即是智，色即是事，意即是理；筆則空、假、中三諦之中，亦即偏計、依他、圓成三性之圓成實也。康樂總山水莊、老之大成，支道林（遁）開其先。此秘密平生未嘗爲人道，爲公激發，不覺忍俊不禁。勿爲外人道，又添多少公案也。尤須時時玩味《論語》皇（侃）疏〔自注：與紫陽（朱熹）注止是時代之異耳。〕乃能運用康樂，乃亦能運用顏光祿（顏延之）。記癸丑（一九一三）年同人修楔賦詩，鄙出五古一章，樊山（樊增祥）五體投地，謂此眞晉、宋詩，湘綺（王闓運）畢生，何曾夢見。雖謬讚，卻愜鄙懷。其實只用皇疏川上章義，引而申之。湘綺雖語妙天下，湘中《選》體，鏤金錯彩，玄理固無人能會得些子也。其實兩晉玄言、兩宋理學，看得牛皮穿時，亦只是時節因緣之異，名文句身之異，世間法異，以出世法觀之，良無一無異也。就色而言，亦不能無選擇。李、何不用唐以後書，何嘗非一法門（自注：觀劉後村集可反證。），無如目前境事，無唐以前人智理名句運用之，打發不開，眞與俗不融，理與事相隔，遂被人呼僞體。其實非僞，只是呆六朝，非活六朝耳。凡諸學古不成者，諸病皆可以呆字統之。在今日學人，當尋杜、韓，樹骨之本，

> 當盡心於康樂、光祿二家（自注：所謂字重光堅者。）康
> 樂善用《易》，光祿長於《書》（自注：兼經緯。）經訓菑
> 畬，才大者盡容耰獲。韓子因文見道，詩獨不可爲見道因
> 乎？〔註29〕

沈曾植教金蓉鏡作詩要眞與俗融、理與事不隔、善用《易》《書》、
時時玩味《論語皇侃疏》，方能學古而不呆，與「三元」中的元和之
取杜、韓爲「樹骨之本」同，提示學詩之徑，然增加「留意顏、謝
二家」一項。留意顏、謝二家之理由是二家善用《易》與《書》，長
於經訓，故要求詩能「因詩見道」。張之淦〈近人詩話四種析評〉指
出「三元三關之說，皆無當」，〔註30〕理由是「三元」所提到的詩人
不合乎時代事實，「三關」之「關」是一種假借比附，不可執定。張
之淦的誤解是：三元並不是以詩人爲重點，而在詩人所成就的「變
化」之詩勢，三元與三關是陳衍、沈曾植借詩人說明自己的詩學觀
念，並不是談論唐宋某一位詩人。

　　「三元」與「三關」不同，主要是沈曾植將「開元」換成「元
嘉」而重在詩中運用經典學問，並以其對佛學的精湛鑽研，提出詩
中「理與情」關係的見解，由佛學體認一種審美理想。〔註31〕關於
詩之引徵經典，在沈德潛看來，尚強調要「活用」，《說詩晬語》第
六則：

> 經史諸子，一經徵引，都入詠歌，方別於潢潦無源之學。曹
> 子建善用史，謝康樂善用經，杜少陵經史並用。但實事貴用之使活，

〔註29〕錢仲聯：《夢苕盦論集》，（北京：中華書局，1993），頁 425～426。
〔註30〕張之淦：《遂園書評彙稿》：「閩派詩宗法荊公又恆汲汲宛陵，
　　　　聖俞早卒於嘉祐五年，介甫卒於元祐元年，數元祐則但及蘇黃諸人不能溯說
　　　　梅王，或又其小失歟！」，（臺北：臺灣商務印書館，1986），頁 108。
〔註31〕查屏球：《唐學與唐詩——中晚唐詩風的一種文化考察》〈由『三元
　　　　說』與『三關說』詩學旨趣看中唐詩文化定位〉，沈曾植以佛學比作
　　　　詩中情理渾融之境，詩人之思維則將老莊的脫俗精神、釋家的出世
　　　　情懷透徹於觀照世間萬象，而提出一個昇華的詩家意象。（北京：商
　　　　務印書館，2000），頁 315～333。故沈曾植「三關說」亦牽涉「學人
　　　　之詩」的問題，而此「學人之詩」有較多成份是玄佛之學。

熟語貴用之使新，語如己出，無斧鑿痕，斯不受古人束縛。
〔註32〕

但沈曾植提到的「謝靈運善用經」並未如沈德潛之辨析使用經史必須注意的「活用」，故知沈曾植重在謝靈運之經典理致與思想特色的內容，認爲把王羲之與謝靈運之詩「打並一氣」，也就是融合玄思理致與山水物情爲一，可以表現新詩境。沈曾植〈王壬秋選八代詩選跋〉說支遁、謝靈運詩之異：

> 「老、莊告退，山水方滋」此亦目一時承流接響之士耳。支公模山範水，固已華妙絕倫；謝公卒章，多託玄思，風流祖述，正自一家。把其鏗諧，則皆平原之雅奏也。陶公自與嵇、阮同流，不入此社。支、謝皆禪玄互證，支喜言玄，謝喜言冥，此二公自得之趣。謝固猶留意遺物，支公恢恢，與道大適矣。〔註33〕

顏延之與謝靈運齊名，世稱「顏謝」，但謝詩多託玄與冥，王右軍傳世者在書不在詩，顏詩「鋪錦列繡，雕繢滿眼」，此種形式並不能創造詩歌的韻味。〔註34〕至於王羲之，葉燮《原詩》卷一：

> 晉王羲之獨以法書立極，非文辭作手也。蘭亭之集，時貴名流畢會，使時手爲序，必極力鋪寫，諛美萬端，決無一語稍涉荒涼者；而羲之此序，寥寥數語，託意於仰觀俯察宇宙萬彙，係之感慨，而極於死生之痛，則羲之之胸襟，又何如也！〔註35〕

〔註32〕《清詩話》，頁 524。

〔註33〕沈曾植：《海日樓題跋》（三），（遼寧：遼寧教育出版社，1998），頁366。

〔註34〕《南史‧顏延之傳》：「延之嘗問鮑照己與靈運優劣。照曰：『謝五言如初發芙蓉，自然可愛；君詩鋪錦列繡，亦雕繢滿眼。』」葉慶炳：《中國文學史》上冊〈南朝詩人〉：「延之詩歌排偶雕琢，堆砌典故，在形式技巧上堪稱元嘉體之典型，惜不能透過此種形式技巧創造詩歌之生機與韻味。換言之，顏謝詩均以厚密工綺見長，不過謝詩時有極聳拔或極清新之詩句挺出其間，顏詩則少此一股奇氣。」（臺北：臺灣學生書局，1987），頁 212。

〔註35〕《清詩話》，頁 572。

說：王羲之不以文辭傳世，流傳之文是有「胸襟」之作，胸襟指託意於觀察宇宙萬端而繫以死生之痛的感慨，葉燮的看法，有胸襟爲基礎即可以爲詩文，故儘管王羲之傳世不是文辭亦足稱詩史。而沈曾植對王羲之所取的「胸襟」也是指託意於宇宙、涉及生命之感者，是藉詩傳達生命體悟。這種生命之感是深玄之學，是大多數詩以風花雪月爲詠嘆之外的一種。沈曾植晚年深研佛理，會看到元嘉之王右軍固不足奇，蘭亭詩的寫作特色卻間接指出沈曾植「三關」的有別於「三元」之玄理內涵。

　　「三關」與「三元」之異在「三關」的「通學問」，即作詩要能通經學、玄學、理學。沈曾植與金蓉鏡談「意、筆、色」即以佛語論詩，錢仲聯〈論同光體〉說：

> 尤其值得注意的，是借用佛家天臺所宣揚的《中論》「空、假、中」三觀和慈恩宗所宣揚的《瑜伽師地論》、《顯揚聖教論》、《成唯識論》等的「偏計、依他、圓成實」三性以論詩。〔註36〕

「三元」重在變化，「三關」重在「通學問」，所以是不同的。以「元嘉」關來說，顏延之特色在「用事」，張戒《歲寒堂詩話》卷上評曰：

> 詩以用事爲博，始於顏光祿而極於杜子美。以押韻爲工，始於韓退之而極於蘇黃。然詩者志之所之也，情動於中而形於言，豈專意於詠物哉？〔註37〕

又，鍾嶸《詩品》評顏延之：

> 其源出於陸機，尚巧似。體裁綺密，情喻淵深，動無虛散，一字一句，皆致意焉。又喜用古事，彌見拘束。雖乖透逸，是經綸文雅才。雅才減若人，則陷於困躓也。

沈曾植既認爲謝靈運詩託玄爲「平原之雅奏」，因此，他所注意的是顏延之詩的「用事」，而「用事」與「用《書》」，都是詩歌創作法之一，視所用切當與否；後者以經訓入詩，由於清代考據訓詁盛行，經

〔註36〕錢仲聯：《夢苕盦論集》，頁 427。
〔註37〕《歷代詩話續編》上冊，頁 452。

訓用於詩中，在當時其實不是大問題，比較特別的是沈曾植之以佛語、玄學入詩而論詩。故「三元」與「三關」主要差別在玄佛語的使用，以玄佛論詩，固陳衍所不喜，這表現在《宋詩精華錄》不錄禪詩、反對嚴羽以禪喻詩、視當世詩的空靈淺俗等情況。陳衍論詩講求詩的實在精神，佛與禪並非不實在，而是要了解它們必須再透過一層，這一進境是思想滌清的層次，與陳衍主張情感的真摯抒興不同。因此，雖然陳衍重視山林詩，與沈曾植舉出謝靈運以山林寫玄思畢竟仍有不同，所以，三元之重「變」與三關之重「通」是兩說之異。

據錢仲聯考證，沈曾植此信作於戊午年（1918），晚於「三元說」提出後二十年。然陳衍與沈曾植共同主張「三元」時，沈曾植當時指「三元」是開天闢地的「新世界」，是「外國探險家覓新世界、殖民政策、開埠頭本領」，因此，沈曾植與陳衍二人初倡的共識，在「創新」的觀念，陳衍強調宋人「推本唐人詩法」，如果因為唐詩在宋之前而視之為「源」，宋人推本唐人且力破餘地，是在「流」的基礎中進行對「源」的創新，三元與三關在創新意念上是類似的。從沈曾植「元嘉」觀的說法來看，兩者不同有二：詩的內容與詩學觀念。沈曾植極鼓勵以佛玄之理寫詩，是強調詩的內容而落實在創新意義上，有改變當初「開新埠頭」之旨，因為「通」比「開」是更進一步的創新。陳衍的「三元說」，終其一生沒有提出補強或改變之語，仍指向詩學觀念的變化意義，但沈曾植後來的「三關」再以玄理佛學加強其「新埠頭」路徑，或許沈曾植有意在詩學觀念上與陳衍分道揚鑣，並凸顯自己在詩學觀念上最終的定奪。

然而，沈曾植提出「元嘉」一關，其「通學問」觀念的最後定奪是傾向澀硬的。汪師韓《詩學纂聞·謝詩累句》談到古人稱賞謝靈運詩，在於其山水詩中的流麗美感：

> 謝靈運詩，鮑照比之「初日芙蓉」，湯惠休比之「芙蓉出水」，敖陶孫比之「東海揚帆，風日流麗」。至梁太子與湘東王書，既謂學謝則不屆其精華，且謂時有不拘，是其糟

粕矣。〔註38〕

反觀沈曾植所欣賞者，為其「好用《易》詞」，而《易》詞是否適於入詩，以及《易》詞如何入詩，沈曾植並未說明，可知他所取決者在一種別人不取而我取的偏僻方向，這何嘗不是險怪一路？以汪師韓「謝詩累句」條所舉之例，謝靈運詩有不成句法者、好用《易》詞而用輒拙劣者、好重句疊字者、押韻不可為訓者。黃子雲《野鴻詩的》第七十六、七十七則評顏延之與謝靈運，云：

> 光祿每多盛服矜莊之作，填綴中不乏滯響，然〈五君詠〉
> 自當高步元嘉。康樂於漢、魏外別開蹊徑，舒情綴景，暢
> 達理旨，三者兼長，洵堪睥睨一世。〔註39〕

詩人風格固應期許變化多端，然而，從謝靈運的山水詩地位而言，沈曾植用來指出「新」處，正好是批評家並沒有從謝靈運詩中所欣賞而得之於心者，甚至以為是「累」。黃子雲批評謝靈運，在其別開蹊徑、舒情綴景、暢達理旨「三者兼長」，並未特指「理旨」一項；顏延之「填綴不乏滯響」亦就詩風而言，說明沈曾植「新埠頭」的重點只以「不陳腐」為求，未必是一個新觀念，如果只在詩人作品中尋其生澀少見之「點」，而非詩歌比較具全面性的「線」、「面」之特色，自古以來，多少詩人均可有「別關蹊徑」之美名。這也正是陳衍與沈曾植不同的地方，陳衍在詩的創作上所謂「新」是以尋常語寫出新意，而非以僻字澀語寫新詩，這是一條比較有全面性觀照意義的「大馬路」，也就是陳衍不談「僻徑」。故「三元」只說到變化，「三關」進一步提出所變之內容，以謝靈運詩來說，沈曾植之「新」意在人們難懂的、反陳俗的，而明顯地，其反俗與陳衍反俗不同。

近代推重沈曾植者為錢仲聯。錢仲聯、嚴明〈沈曾植詩歌論〉指出「三關說」的意義：

> 不僅是把初學者的眼界從北宋、中唐、盛唐延伸至六朝，
> 而且還在於讓人們明白中國詩歌的發展歷程中存在著一種

〔註38〕《清詩話》，頁454。
〔註39〕《清詩話》，頁862。

「據變以復正」的規律，還啓示初學者詩歌創作雖然離不
開探索語言藝術的門徑，但同樣離不開鑽研儒學、佛學等
思想精華，只有融匯思想精華入詩，才能保持詩作有較高
的品位，不墮入小道。〔註40〕

此可議者：中國詩歌發展「據變以復正」的規律中，據什麼變、復
什麼正仍有其意旨與差別程度。以陳衍、沈曾植，甚至整個清代而
言，詩家幾乎都主張變化，可能所變的內容與方法不同而已；再者，
如果詩之融入思想者爲高品，那麼，「思想」的選擇何必然是儒與佛，
因爲，若與詩界革命相較，黃遵憲等人亦追求以「新思想」入詩，
同樣詩中有思想，梁啓超本人亦明言當時「舊瓶新酒」的新體詩讓
人發笑，從這一點來看，則「三關說」之與詩界革命又有什麼差別
呢？「思想」所指的內容物不同而已。所以，三元與三關雖然在其
中一元一關上有異，但重點不在此，一元與一關是小別，大異者在
「新」的義旨上，即「三元」與「三關」對「新」的解釋不同。

談到晚清詩的「新」，人人所知莫若詩界革命，「三元說」之開
闢新世界，與詩界革命之開闢新思想有異曲同工之妙。梁啓超一八
九九年遊夏威夷歸來，發表〈夏威夷遊記〉：

要之，支那非有「詩界革命」則詩運殆將絕，雖然，詩運
無絕之時，今者革命之機漸熟，而歌倫布、瑪賽郎之出世，
必不遠矣。〔註41〕

詩界革命的目標，期許從傳統中求突破，追求開拓中國詩的新世
界，同文並提出新體詩的三項標準：新理想、新語句、舊風格。何
以說「三元」與之有同妙之處？即沈曾植最初與陳衍所說的「三元」
也是「外國探險家覓新世界開埠頭本領」之義，此與梁啓超以哥倫
布探險比喻詩界革命，竝見晚清詩壇之追新心理攸同。所以，「三

〔註40〕收在《文學遺產》，1999年第二期。
〔註41〕梁啓超於一八九八年戊戌政變後流亡日本，那年十一月出刊《清議
報》批評時政，鼓吹革新，該報闢有〈詩文辭隨錄〉作爲新體詩的
園地，可視爲詩界革命的實際舞臺。《清議報》後來改組成《新民叢
報》，從第四號起，〈文苑〉欄開始連載梁啓超《飲冰室詩話》。

元說」與詩界革命之「新」在改變詩歌內容形式的主張上，有異曲同工之妙。

　　陳衍《近代詩鈔·沈曾植》云：

> 乙盦精熟佛典，自喜其〈病僧行〉一首。論詩宗旨略見〈寒雨積悶雜書遣懷一首〉。余言詩學莫盛於三元，謂開元元和元祐，君謂三元皆外國探險家覓新世界開埠頭本領，故君詩有「開天啓疆域，元和判州部」及「勃興元祐賢，奪嫡西江祖」各云云。余言今人強分唐詩宋詩，宋人皆本唐人詩法，力破餘地耳，君甚謂然，故又有「唐餘逮宋興，師說一香柱」及「強欲判唐宋，堅城捍樓櫓。咄嗟盛中晚，幟自閩嚴樹」各云云。〔註42〕

這一段資料包含三事，其一，沈曾植頗自得的作品是〈病僧行〉；其二，詩學觀念上，陳、沈二人意見相同的是「今人強分唐宋」，這是唐宋詩之爭的問題；其三，二人均主張詩應該開啓一個新天地爲務，「三元」即對「新天地」的一致認同。關於唐宋詩問題，陳、沈均同意當時的「強分」是無益的，表示他們主張唐宋詩已經到了需要調合的時候。所以，沈曾植「三關」與「三元」之異在一元與一關，雖是很細微的不同，但牽涉到詩學觀念上極大的問題，即在「新」的主張上，詩如何寫、以及寫些什麼內容的關鍵性爭議。李瑞明〈沈曾植詩學三關說〉指出曾植「三關說」期許詩人應該：

> 在學識中培植詩情，而盡性窮理以生情，實爲拓展詩境之一途轍，……另一個層面則是因詩見道，提升儒家傳統詩觀。〔註43〕

沈曾植「因詩見道」的「三關」，說明詩除了抒發性情外，復需探索人生哲理、表達對社會的現實關懷，這樣的態度與陳衍不同，陳衍重視詩本身的情感與藝術性。沈曾植〈與金潛廬太守論詩書〉所說：「在今日學人，當尋杜、韓，樹骨之本，當盡心於康樂、光祿二家康樂善

〔註42〕陳衍：《近代詩鈔》第十二冊。
〔註43〕《杭州師範學院學報·人文社會科學版》，2001 年 3 月。

用《易》，光祿長於《書》經訓蕾膏，才大者盡容耦獲。韓子因文見道，詩獨不可爲見道因乎？」沈曾植重在學人，而陳衍所重在詩人。「因詩見道」談的是詩之進境，然而陳衍似乎不談詩的「哲理」進境，只談變化，變化一詞雖然指改變，但未必指「有進境」，只是改變原本之貌，無「精」之義；最重要的，變化也不一定只指「思想」的變化。

由變更了的詩的內容則可推知沈曾植「三關」與陳衍「三元」之歧異也在詩的表現力問題。陳衍《詩話》卷二十六云：「子培博於佛學，在武昌日，嘗作〈病僧行〉，深喜自負」，《詩話》引詩後，陳衍說：「讀此作，誰謂蔬笋酸餡之可與言詩哉？」，〔註44〕其意「蔬笋酸餡」不可言詩，陳衍引錄此詩亦在告知詩界有沈曾植的「以酸餡爲詩」，〔註45〕如果「蔬笋酸餡」暗指詩中摻入佛學，陳衍不主張這種「佛學問詩」是明顯的。〔註46〕佛教自東漢末年傳入中國，開

〔註44〕 沈曾植〈病僧行〉詩云：「病僧病臘不記年，臆對或自風壇前。蒙戎敗葉擁床敷，支離瘦木撐風煙。六師派別謬占度，休糧恐是金頭仙。毗藪紐天攝不得，首羅三目眙相看。洗心竭來歸佛祖，縛律非律禪非禪。含生大期百二十，四百四病根荄全。水氣爲瘩木氣癧，蛾綠斧性裒媒寒。膏粱奧博物有致，此理未可通窮癢。華子中年病忘久，明心晦惑來無緣。假從毗耶示化儀，不爾五行同人天。婆婆世界一音隔，安有萬二千眾天龍八部相周旋？檀闕失莊嚴，忍虧無強堅。貪欲贏老基，嗔恚疢災窜。得非夙因招現果，突吉羅業雖有懺悔猶沈綿。給孤獨園崝嶸山，雁王鹿女遊其間。小花正如普陀白，高窟或是毗沙刊。臘居雪嶺夏熱泉，一瓶一鉢疲往還。或有造其關，草枯木石頑。九十六道靜研研，六十四書文複繁。莊嚴劫過，星劫未來，恆沙譬喻不可罄，像法五百盡，末法三千延，病僧病久心芒然。蘇迷盧山芥子小，石女行歌木兒笑，嵐風撼松藤裊裊。幻師善幻五色宣，畫師作畫一筆圓。瘦骨秋巉屼，僟僟野鵲巢其顚，後來合有棱迦傳。」

〔註45〕 《詩人玉屑》卷二十引《石林詩話》云「酸餡氣」：「近世僧學詩者極多，皆無超然自得之氣，往往反拾掇模倣士大夫所殘棄，又自作一種體，格律尤凡俗，世謂之酸餡氣。」（臺北：臺灣商務印書館，1972），頁360。

〔註46〕 馬衛中：《光宣詩壇流派發展史論》解讀沈曾植〈病僧行〉指出此詩特色有五：詩中有所寄託戊戌政變失敗後的心情、是學人之詩的典

始影響中國文學、哲學、社會等層面，王廣西《佛學與中國近代詩壇》根據佛學對詩壇的具體影響，將近代詩壇劃分四期而以俗界、僧界兩組詩人進行探討。晚清談佛之盛、以詩寫佛之作不少，同光體「不墨守盛唐」本為一句開放性之語，除了針對「墨守盛唐」而言，其意是沒有不可為之詩，若此，在題材上，何者不能入詩？陳衍不喜生僻冷澀，問題不在他貶抑或褒揚哪一種學問，他是把學問當作詩材而已，所反對的應是以僻典學問為詩所造成的酸冷詩意。王廣西書中論述中國近代詩壇佛學之尾聲，以沈曾植、袁昶、易順鼎三人為例，而對於此三人所作的結語如下：

> 他的瘦勁孤峭的風格中還包含著滯澀與艱深，學究氣濃而詩人味淡，說理太多而抒情不足。(沈曾植)
>
> 袁昶的詩偏於瘦硬枯澀，語言滯重而說理太多。詩人對自己藝術上的缺憾似乎也早有所察覺。(袁昶)
>
> 易順鼎在詩中所表述的對佛教的讚嘆，大多還停留在對佛學思想的理解上，即使偶爾表現出某種嚮往之情，也不過是隨手拈來，化入詩中，還遠遠談不上「強烈」「渴求」。……相反地卻時時流露出玩世不恭的態度，對佛陀也不例外。(易順鼎)〔註47〕

可以看到三人詩的印象是艱深滯重，雖嚮往佛學思想而缺乏藝術感。

範、有詩歌朦朧的美、中國詩史中很難找到作手、可醫淺薄之病，頁 221。案：這些特色的問題是將「學人之詩」定義在學問（佛學），但是詩歌的寄託需要建築在讀者的起碼理解之上，再由此線索探求所寄託者何在，否則，詩雖講求寄託，但此寄託無效，則朦朧只是朦朧而已，其美感是朦朧而不是寄託；最後，如果博贍必須以學問呈現，是主張詩中若無學問就是淺俗。

〔註47〕論沈曾植之語，見頁 179。論袁昶，見頁 184：袁昶編定《安般簃集·詩續庚》後，在跋語中說：「昨略一披覽，了不見勝處，且寫情景句少，而說理處猥多，不免如劉舍人所譏，非柱下之指歸，即漆園之義疏云云，此詩病也。」其後，他似乎又意識到以佛語入詩對藝術性的破壞，曾有：「詩格漸卑如擊埌，亦參禪偈老寒山。」的感喟。論易順鼎，見頁 191～192。王廣西：《佛學與中國近代詩壇》，（開封：河南大學出版社，1995）。

陳衍反對嚴羽以禪喻詩、王士禛之神韻，並不提倡虛渺的詩悟與空蕩之詩，但推舉沈曾植爲「同光魁傑」，可見重點也不在沈曾植的佛家學問，從陳衍詩論來看，魁傑之地位應是沈曾植具有開闢新境地的意識。沈曾植雖然佛學造詣深厚，然而，本書第三章所論陳衍所說的「學人之詩」指的是一種創作的精審態度，沈曾植詩中的佛學缺乏將學問轉化的工夫，佛語佛思並非不能入詩，然而，上述〈病僧行〉之理想讀者恐怕難尋。在《宋詩精華錄》裡，陳衍選錄標準之一即：不錄禪詩，在〈海日樓詩集敘〉裡，所批評的寐叟詩多用釋典，亦以「不能悉」與「相與怪笑」表述，詩固然是「達難達之隱」者，〔註48〕但如果將「難達」與「隱」的範疇指定在「佛」義或「道」義的深奧，就與陳衍力主的「性情」之說相背而馳。「道」有可能是性情嗎？這是一個大論題，非本書所能詳論。學問是「詩料」、是用來輔佐詩的，性情是本色、內在的，陳衍所說的學問沒有性情來得重要，而沈曾植詩與其「三關說」，從「不墨守盛唐」再度成爲墨守玄佛「學問」。

陳衍推舉沈曾植爲「同光魁傑」，但是二人論詩主張有所歧異，沈曾植自許以佛學入詩正所以爲陳衍所反對，這一層「曖昧關係」頗值得探究。錢仲聯以陳衍「挾沈自重」〔註49〕作解釋，除了說挾持一位名詩人爲同光體增加份量外，是否應作詩學方面的思考，比較能回歸基本面看待同光體。

沈曾植酷喜研究佛學，晚年常與友朋談佛爲心境解脫之道，李翊灼〈海日樓詩補編序〉引述一段往事：

> 國變後，予以發起佛教會事至滬，適叟亦以浙亂避居滬上。相見無言，忻感交并。予見叟病甚羸，欲舉詞慰之。叟奮然作色曰：「六合外寧無淨土耶？」予曰：「心淨土淨。六

〔註48〕陳衍：《詩學概要》〈三百篇楚詞〉：「詩之所以稍異於文者，以其達難達之隱，非比興不可。」，《陳衍詩論合集》下冊，頁1029。

〔註49〕錢仲聯：《夢苕盦論集》〈論同光體〉，（北京：中華書局，1993），頁416。

合之界，誰實爲之？妄我見銷，客塵頓盡，淨土之名，且
亦不立，何復有非淨土也？」叟說，曰：「不期今日，乃聞
至言。」因留作長譚。〔註50〕

看來，沈曾植心思本不在詩。又：

叟平生著述極多，然每不自掇拾寫定；好爲詩詞，亦復短
箋尺幅，任意狼藉。（同上）

他後來寫詩是受到陳衍爲他說明詩與考據之性質差異，才「日有所
作」，〔註51〕故後來的以佛理入詩，毋寧說沈曾植是在以其佛學興趣
作詩，不是爲了詩而作詩。胡先驌〈海日樓詩跋〉云：

先師沈乙盦先生曾植，爲清同、光朝第一大師，章太炎、
康長素、孫仲容、劉左庵、王靜庵諸先生，未之或先也。
……先生之學海涵地負，近世罕匹，詩詞藉以抒情，固其
餘事耳。……先生學問奧衍，精通漢、梵諸學，先生視爲
常識者，他人咸詫爲生僻。其詩本清眞，但以攟拾佛典頗
多，遂爲淺學所訾病。第其精粹及合於石遺室所標舉之平
易準則者，已石遺先生選入《近代詩鈔》及《石遺室詩錄》
至二百首，則已足供後人窺仰矣。〔註52〕

詩既爲餘事，沈曾植不似晚清詩人之以詩爲茶飯、爲性命，這表示
沈曾植衷心所在是佛學，「三關說」的出現說明晚清詩壇以詩結合佛
教的一種現象。詩與佛的關係，比較屬於社會文化的影響，它脫離
或深入於詩本身的性質而產生，這也證明錢仲聯推重沈曾植的一個
原因在於錢仲聯從事的是詩的外部、衍生的研究，所以會發揚沈曾
植「以詩見道」的論說，而這正好不是陳衍以詩論詩，回到詩本身
之探討的最終動機。

　　「三元說」乃陳衍論述詩之源流，沈曾植後來提出的「三關說」
是在詩的取法上與「三元說」立異，原因是沈曾植傾心佛學並意欲

〔註50〕李翊灼〈海日樓詩補編序〉，《沈曾植集校注》〈序跋總錄〉，頁22。
〔註51〕語見陳衍：《詩話》卷一，又胡先驌〈海日樓詩跋〉：「先生於詩本不
　　　　多作，詩柬唱酬，實由於客武昌帥幕時以應陳石遺先生之倡議。」《沈
　　　　曾植集校注》上冊，頁23。
〔註52〕《沈曾植集校注》上冊，頁23。

提示另一種新詩境。陳衍後來並沒有特別針對「三關」提出回應的
言論,但是相應於陳衍對嚴羽與王士禛論詩的批評卻可見陳衍不主
張以詩談佛或以禪喻詩的意見。

　　陳衍曾由林旭結識梁啓超,〔註53〕《詩話》卷九載梁啓超透過
潘若海以書信與趙堯生論詩,其〈庚戌秋冬間因若海納交於趙堯生侍
御從問詩古文辭書訊往復所以進之者良厚顧鞻海外迄未識面輒爲長
謠以寄遐憶〉詩云:

> 開元及元和,去今各千禩。君獨遵何轍,接彼將墜紀。詩
> 憾少陵律,筆摩昌黎壘。……有時一篇中,攝受萬態備。
> 探源析正變,證詣恬醇肆。自從同光來,斯道久陵替。豈
> 期萬人海,復聽九臯淚。固知言皆宜,要在中有恃。文章
> 雖小道,可以覘識器。

梁啓超所說開元、元和,意在「探源析正變」,溯源爲了讓學詩者知
所出入,戒入偏道。「三元」與「三關」,除了有陳衍與沈曾植的詩學
思想差異之外,兩說都爲了「新」而立言,終歸有意挽救衰頹,爲晚
清空疏詩壇所作的努力。

〔註53〕《詩話》卷二:「余由暾谷識梁任公,當時任公剛弱冠,見者方疑爲
　　　　賈長沙、陸宣公、蘇長公復生,……任公一去十數年,世界學問,
　　　　無所不究,嘆其心血何止多人數斗。」

第五章　陳衍詩學之鑑賞論

　　文藝鑑賞的意義在於透過鑑賞而實現創作的價值，並從接受與影響的角度完成審美意識的發展。蔡鎮楚《詩話學》〈詩歌鑑賞論〉亦指出：詩歌鑑賞就是關於怎樣鑑別和欣賞詩歌藝術美的論述。〔註1〕從接受角度而言，讀者與創作者是互相影響的，創作者自覺或不自覺地接受讀者欣賞趣味的影響，讀者的欣賞趣味亦回頭促進了創作者之創作，此時，鑑賞成爲一種共鳴以及再創造的過程。〔註2〕

　　本章主要從陳衍選評《宋詩精華錄》一書，分析陳衍所接受的是一種什麼樣的宋詩。陳衍除了《詩話》著作外，曾編選兩部詩選集：《宋詩精華錄》、《近代詩鈔》，前書有評點，後書只編輯。《近代詩鈔》原由陳衍《師友詩錄》擴大收集而成，共收咸豐以至民國初年詩家三百六十九人，詩作五千餘首。陳衍〈近代詩學論略〉云：

　　　　道光之際，盛談經濟之學。未幾，世亂蜂起，朝廷文禁日
　　　　弛，詩學乃興盛，故《近代詩鈔》斷自咸豐之初年，是時
　　　　之詩，漸有敢言之精神耳。〔註3〕

〔註1〕蔡鎮楚：《詩話學》指出詩歌鑑賞可通過鑑賞而了解作者與讀者、讀
　　　　者與詩歌、讀者與讀者之間的關係，此乃鑑賞的一般原則。鑑賞的類
　　　　別，若依對象分類，則有佳句欣賞、名篇欣賞、詩體欣賞、格律欣賞、
　　　　意境欣賞五種。（長沙：湖南教育出版社，1992），頁230～258。
〔註2〕同前註，〈文藝鑑賞的特點〉，頁215～218。
〔註3〕《陳衍詩論合集》下冊，頁1087。

可知《近代詩鈔》收錄晚清至民初詩作，陳衍選詩年代斷自咸豐乃因當時世亂，文禁鬆弛，反而有利於創作，「詩有精神」且敢言之人漸多。〔註4〕陳衍〈近代詩鈔刊成雜題六首〉之二云：

> 漢魏至唐宋，大家詩已多。李杜韓白蘇，不廢皆江河。
> 而必鈔近人，將毋好所阿。陵谷且變遷，萬態若層波。
> 情志生景物，今昔紛殊科。染采出間色，淺深千綺羅。
> 接木而移花，種樣變刹那。愛古必薄今，吾意之所訶。
> 親切於事情，按之無差訛。（《詩續集》卷一）

此言編輯《近代詩鈔》宗旨，陳衍論詩的：不專宗唐或宋、以性情爲主、不愛古薄今、追求親切事理等觀念，於此顯見。

　　《近代詩鈔》受選詩人有簡單小傳，部分詩人或稍有評論，但多轉引自《詩話》，故能夠襄助陳衍詩論者少。此書的版本有兩種說法，據張之淦《遂園書評彙稿》所述，《近代詩鈔》出版於民國十二年十一月，而民國五十年四月臺灣商務印書館發行臺一版，則將「漢奸梁鴻志、黃濬等人詩，俱削去，非十二年初版舊觀」。〔註5〕然而，錢仲聯《近代詩鈔・前言》介紹此書，云「一九三三年的陳衍的《近代詩鈔》，凡二十四冊，收錄詩人三百七十家」，錢仲聯的三百七十家或許爲整數計，但是出版年代與張之淦所言相差十年，查陳衍女弟子王眞《侯官陳石遺先生年譜續編》所載，《近代詩鈔》成於民國十二年。〔註6〕又，若據張之淦所說，臺灣商務版已削去當時政治考量的詩人作品，則加上所刪之「梁、黃等人」，《近代詩鈔》選詩當不只錢仲聯所說的三百七十家，因目前僅見民國十二年上海商務印書館版本，不知孰是。版本不全亦無可如何之事，例如錢仲聯《近代詩鈔・前言》指出吳闓生選晚清四十家詩，以范當世詩冠首，然臺灣中華書局吳闓生《晚清四十家詩鈔》所選之詩的排序，王闓生

〔註4〕陳衍〈近代詩鈔凡例〉之一：「是鈔時代斷自咸豐初年生存之人，爲鄙人所及見者。」（上海：商務印書館，1923）。
〔註5〕張之淦：《遂園書評彙稿》〈近人詩話四種析評〉，（臺北：臺灣商務印書館，1986），頁88。
〔註6〕《石遺先生集》第十三冊，（臺北：藝文印書館，1964）。

叔父、季父詩分列第一、二，第三位是張裕釗，第四位才是范當世，未知錢仲聯之語有誤，抑亦時代與政治影響的結果？〔註7〕

　　張之淦批評《近代詩鈔》云「世之病詩鈔者，曰選擇不公」與錢仲聯意見相同。〔註8〕鄒雲湖《中國選本批評》引清代魏憲〈詩持三集自序〉，清人認為當代之選尤難：

> 作詩非難矣，選詩難；選亦非難也，選今人之詩難。同生
> 天壤，不能無所愛憎，而去取實愛憎之媒，一難；閉戶自
> 修，深山養晦，篋中之秘，覓之無由，二難；詩學日替，
> 名實不敷，我以名收，世以實求，無其實焉，匪阿則瞀，
> 三難；載質而來，紹介以近，忤之不可，許之不能，四難；
> 縱筆譏嘲，觸冒忌諱，作固有罪，選亦與均，五難；本屬
> 名流，或嫻無韻，不嫻有韻，因無韻而及有韻，快於人而
> 不快於己，六難；幅員之廣，詞人無數，得者一而失者百，
> 七難；甚至不為詩而掄詩，名似愛才，心實網利，妒與謗
> 交，八難。當此八難，而欲強為負荷，得毋霆擊蠡測，為
> 識者所誚讓哉！〔註9〕

《近代詩鈔》被錢仲聯批評為「多選閩人」為不公平，錢仲聯後來亦有《近代詩鈔》之編，另選其意中詩人作品，尤其加入陳衍《近代詩鈔》未選之詩人，補闕之功不可沒。曾克耑對「公平」一詞，曾提出較理智的看法，其〈論同光體詩〉云：

> 石遺先生這部近代詩鈔也受了好些人的批評，大家都說所
> 選某人的詩並非他的好詩。這也是無理取鬧的話，因為要
> 把幾百個作家的作品鈔在一起，其勢不能等名家專集出來
> 才鈔，只有根據唱和的詩篇或看見的東西來鈔，當然所鈔
> 不盡是代表作。就是幾百家的詩擺在那裡叫你鈔，這也有
> 一種困難，因為我以為好的未必同意，你以為好的我也未

〔註7〕　吳芹編：《近代名人詩選》（臺北：新文豐出版公司）與廣文書局（1979
　　　　年影印本）同，但是新文豐選本刪去鄭孝胥詩。

〔註8〕　參見錢仲聯：《近代詩鈔・前言》，（上海：江蘇古籍出版社，2001），
　　　　頁24。

〔註9〕　鄒雲湖：《中國選本批評》，（上海：三聯書店，2002），頁289。

　　敢苟同。……所以文藝批評不是一件容易的事。〔註10〕
這一段話，可以說是對當時人批評《近代詩鈔》不公的合情合理之
意見。選詩本就牽涉材料的範圍、選者的自我意見，尚要應付大眾
的眼光，如果要求選本能與大眾莫逆於心，反而是讀者的管窺蠡測
之見了。

　　關於《宋詩精華錄》一書則對於本論文所研究之陳衍詩學具有
較高價值。因為書名所謂「宋詩精華」，書中又有評點，作為同光體
主要發言人，陳衍對宋詩的鑑賞在這本書裡顯示了什麼樣的觀點是
頗饒興味的，《宋詩精華錄》所呈現的陳衍之宋詩觀亦為本論文第八
章提出「同光體宗宋之商榷」的重要依據。劉運好《文學鑑賞與批
評論》指出中國文學鑑賞和批評的方法有十種基本模式：逆志法、
虛靜法、六觀法、辨味法、妙悟法、熟參法、品第法、選本法、評
點法、索引本事法，〔註11〕而鄒雲湖《中國選本批評》對於選本批
評的三個基本構成要素：選者、作者、讀者中，對於選者與選本之
關係，指出「雖選古人詩，實自著一書」：

> 選本無疑也就是選者述一家之言，發一己之見，甚至逞一
> 人之才，表現自我，張揚個性的最好工具和武器。〔註12〕

因此，透過選評實是選者完成一部具有自己觀念的著作。龔鵬程《江
西詩社宗派研究》亦指出研究某一知識結構的主觀限制之一是「價
值與事實之混殽」，選詩為批評意識的表現之一，而：

> 凡選取必受心理結構之影響、心理結構復受文化因素之影
> 響，是以評論者生存時代、社會環境及所受教育不同，其
> 所選取之價值即不盡相似。〔註13〕

〔註10〕曾克耑〈論同光體詩〉，《頌橘廬叢薰》第四冊，（香港：新莘印刷公
　　　　司，1961），頁460。
〔註11〕劉運好：《文學鑑賞與批評論》第五章〈中國傳統的鑑賞和批評〉，（合
　　　　肥：安徽大學出版社，2002），頁206～213。
〔註12〕鄒雲湖：《中國選本批評》〈中國選本批評原理綜述〉，頁285。
〔註13〕龔鵬程：《江西詩社宗派研究》，（臺北：臺灣學生書局，1983），頁
　　　　36。

選評者的生存時代會影響他選擇作品的價值觀。《說詩菅蒯》第二十九則以詩之傳與不傳比之科第有命，因詩之傳與不傳是不公允的，故以「命」言之，所以，選詩只能看到選者個人好惡。〔註14〕趙懷玉〈讀雪山房唐詩序例序〉則云選集難以應合讀者，〔註15〕所舉《國秀》、《英靈》爲唐人選唐詩，當代選本尚「見淺見深，得性之所近」而難以「各當於人心」，故由選本可得知選者批評觀卻難以完全切合讀者群眾心理，歷代皆同。

　　不論眾說如何，陳衍選評《宋詩精華錄》饒有興味的是，該書選錄的宋詩之所謂「精華」具有什麼樣的特徵，而所精選出來的宋詩代表什麼意義？本章分成兩部分，其一，從《宋詩精華錄》〔註16〕陳衍所選錄的宋詩及評語，分析所謂的「宋詩精華」；其二，據《詩話》所記載，陳衍批評鍾嶸、嚴羽、王士禛三人，從反對與贊成意見可以補充陳衍詩學觀念。

第一節　選詩：《宋詩精華錄》

一、《宋詩精華錄》之體例

　　通常一部詩選，在體例上至少有三個組成部分：選詩、箋注批點、作者小傳；有些選集只有選詩，沒有其他兩個部分，有些只有選詩與其中某一部分。《宋詩精華錄》在選詩方面，以時代區分爲四卷，劃分的標準乃採取嚴羽《滄浪詩話》之分唐詩爲初、盛、中、

〔註14〕《說詩菅蒯》第二十九則：「愚謂詩之傳與不傳，亦若有命焉。幾百年來，孰敢以必傳之詩，而輕議之者？竊不自量，以爲此乃千古一大疑案，無人能剖，不得已而以命爲說。」，《清詩話》，頁904。

〔註15〕趙懷玉：〈讀雪山房唐詩序例序〉：「《英靈》、《國秀》，已有以唐人選唐詩者，繼此而作，代不乏人。見淺見深，要皆得其性之所近，欲求犁然各當於人心者，殆戞戞乎其難之。」，《清詩話續編》第二冊，頁1541。

〔註16〕本書所依據之版本，除《陳衍詩論合集》上冊所輯者外，另參考曹中孚校注本，（成都：巴蜀書社，1992）。

晚四期，〔註17〕每期爲一卷。卷一的小序云：

> 今略區元豐、元祐以前爲初宋，由二元盡北宋爲盛宋，王、
> 蘇、黃、陳、秦、晁、張具在焉，唐之李、杜、岑、高、
> 龍標、右丞也，南渡茶山、簡齋、尤、蕭、范、陸、楊爲
> 中宋，唐之韓、柳、元、白也；四靈以後爲晚宋，謝皋羽、
> 鄭所南輩，則如唐之有韓偓、司空圖焉。此卷係初宋，西
> 崑諸人，可比王、楊、盧、駱；蘇、梅、歐陽，可方陳、
> 杜、沈、宋。宋何以甚異於唐哉！

故《宋詩精華錄》區分宋詩爲初宋、盛宋、中宋、晚宋，共四卷，總計選詩人一百二十九家，六百八十六首，其中七絕最多、七律次之。此書在體例上的特殊之處，首先，有些入選作家的選詩最末附有所謂「摘句圖」，乃摘取該作家佳句列之於後。其次，一般選者都會利用序跋或作者小傳談論自己的詩觀，例如錢鍾書《宋詩選注》就有一篇長序，闡述選取標準及意見，且在作者小傳裡談論各家之風格或糾謬，反觀《宋詩精華錄》並無大篇幅的序跋。再次，陳衍此書可謂惜墨如金，評語、作者小傳十分簡短，有些詩只有圈點、無評語，有些評語則寥寥數語，作者小傳只有姓名字號、年籍官爵、謚號、詩文集名稱而已。除此慣例外，稍有論述的僅九人，以該書入選一百二十九家，如此比例十分懸殊。這裡所隱含的訊息是：陳衍選此詩集乃以作品爲主，並不注意詩潮或詩風的影響。

（一）入選詩人

楊松年〈詩選的詩論價值——文學評論研究的另一個方向〉一文，指出研究詩選的詩論價值，可從選詩、箋注批點和詩人小傳三方面來探測，〔註18〕此三者中，又可以選詩的數量、選什麼詩、如

〔註17〕陳衍模仿嚴羽《滄浪詩話》、高棅《唐詩品匯》分唐詩爲初、盛、中、晚之法。今學者對宋詩的分法，除了以時代爲區分之外，亦有從發展角度立論者，例如陳植鍔〈宋詩的分期及其標準〉分爲沿襲期、復古期、創新期、凝定期、中興期、飄零期。張高評編：《宋詩綜論叢編》，（高雄：麗文文化事業公司，1993），頁149～170。

〔註18〕楊松年：〈詩選的詩論價值——文學評論的另一個方向〉，《中外文學》

何選詩來反映選者的詩觀。陳衍分宋詩爲初、盛、中、晚四期，〔註 19〕入選前十名的詩人，屬於初宋的有二人：梅堯臣、司馬光；盛宋四人：蘇軾、黃庭堅、王安石、陳師道；中宋三人：陸游、楊萬里、陳與義；晚宋僅一人：劉克莊。從這個比例看，陳衍所選的宋詩，頗符合他的「三元說」，認爲在古典詩的國度裡，這三個時代是高峰，宋代之元祐是三分天下之一的重鎭。陳衍所選錄的前十名詩人作品，最多的是盛宋四人，最少的晚宋一人，初宋與中宋分占二、三人，亦可看出陳衍所屬意的宋詩在盛宋。陳衍「三元說」主旨在說明「不屑貌爲盛唐」，〔註 20〕所以是主張「變唐的」宋詩，

第十卷第五期，1981 年 10 月。

〔註 19〕這四期的入選作品，在數量上，陳衍所選的前十名作家，摘句不計，分別是：蘇軾八十八首、、楊萬里五十五首、陸游五十四首、黃庭堅三十九首、王安石三十四首、劉克莊二十七首、陳師道二十六首、梅堯臣二十四首、陳與義二十一首、司馬光十三首。除此之外，帝㬎、徐鉉、錢惟演、楊徽之、鄭文寶、李昉、寇準、楊樸、范仲淹、程師孟、曾公亮、張先、司馬池、呂夷簡、石延年、石介、蔡確、杜常、米芾、鄒浩、李覯、岳飛、謝過、李唐、葛立方、王琮、王庭珪、張綱、江端友、寇國寶、石㦤、呂希哲、葉適、劉子翬、劉過、林希逸、陳鑒之、趙希𣚚、武衍、眞山民、羅與之、毛珝、岳珂、葉茵、危稹、戴昺、汪莘、鄭震、程俱、嚴粲、孫覿、王銍、鄭思肖、費氏、道璨各選一首；晏殊、林逋、邵雍、蔡襄、宋祈、劉敞、楊傑、韓維、賀鑄、徐積、嚴羽、羅公升、王炎、樂雷發、文天祥、徐璣、道潛、張詠、蘇轍、李清照、汪元量各選二首；王禹偁、魏野、韓琦、趙抃、穆修、王令、晁沖之、文同、孔武仲、葉紹翁、劉一止、唐庚、饒節、惠洪、徐璣、徐照、尤袤、黃公度、葛天民各選三首；文彥博、晁補之、韓駒、樓鑰、蕭德藻、郭祥正、趙師秀各四首；黃庶、曾幾、周必大、敖陶孫、翁卷、陳傅良、道潛各五首；蘇舜卿、秦觀、孔平仲、林景熙、謝翶各選六首；姜夔七首；張耒九首；歐陽修十首；朱熹、戴復古各十一首；范成大十二首。案：所選詩數，《陳衍詩論合集》與曹中孚校注《宋詩精華錄》稍有出入，例如黃公度詩，曹中孚校注本收錄四首，多出〈西郊步武地春將老矣〉詩，曹中孚注本云「此詩原錯編在陸游詩中，經遍查《劍南詩稿》並無此首。後在黃公度《知稼軒集》卷上中發現，今移此。」曹中孚意在辨僞，今仍以陳衍《宋詩精華錄》中錄詩爲本。

〔註 20〕《石遺室詩話》卷二十一：「顧道咸以來，程春海、何子貞、曾滌生、鄭子尹諸先生之爲詩，欲取道元和、北宋，進規開元，以得其精神

由選詩的份量比例亦可知：若「精華」義在指導學詩，則重在學盛宋，而非學盛唐，此學詩的角度是與嚴羽是大不相同的。〔註21〕

（二）詩人小傳

《宋詩精華錄》入選作家都有簡短小傳，此與清初吳之振等人《宋詩鈔》不同，《宋詩鈔》是清初以實際的選詩計畫推崇宋詩的代表作，《宋詩鈔》只有選詩並無評點，但作者小傳比《宋詩精華錄》詳細許多。《宋詩精華錄》一百二十九位入選者的小傳，除了一貫的年籍、官職、詩文集之外，有兩種情形是陳衍稍加著墨的：一是案語，二是引述他人的話語，但這些敘述照例並不多。案語僅見：

案：功父氣味才力，時近太白，視前清仲則、船山，似乎過之。（卷三：郭祥正）

案：詩多禪語，非淺嘗者所比，然茲所不錄。（卷三：饒節）

案：劍南最工七言律、七言絕句，略分三種：雄健者不空，雋異者不澀，新穎者不纖。古體詩次之，五言律又次之。七言律斷句，美不勝收，略摘如左。「樓船」一聯，惟《甌北詩話》引之，選宋詩者，皆未及之，異矣。（卷三：陸游〈劍南摘句圖〉）

案：石屏詩心思力量，皆非晚宋人所有，以其壽長入晚宋，屈為晚宋之冠。（卷四：戴復古）

……「四靈」專尚五言律，靈秀之言曰「一篇幸止有四十字，更增一字，吾未如之何矣」。其才力之薄弱可想。（卷四：趙師秀）

……璣自謂能復唐詩，復賈島、姚合之詩耳。詩多酸寒，寒不厭，酸則可厭，錄其不酸者。（卷四：徐璣）

……工詩，古體雄健振踔，不肯作猶人語，而字字穩當，

結構所在，不屑貌為盛唐以稱雄。」

〔註21〕陳衍與嚴羽詩論觀點相異，除了提出「詩有別才又關學」之外，在學詩的角度方面，嚴羽主張從盛唐入手，而「不作開元天寶以下人物」（《滄浪詩話・詩辨》），皆與陳衍不同。

　　　不落生澀，佳者不勝錄，《宋詩鈔》以爲宋僧之冠，允矣。
　　　近體不如也。異在爲僧而常作豔體詩。（卷四：惠洪）

年籍官職除外，特別有文字說解的則指出詩人作品的特色、談論詩
的形式與風格問題。如劉克莊小傳：

　　　嘗詠〈落梅〉有「東風謬掌花權柄，卻忌孤高不主張」句，
　　　讒者箋其詩以示柄臣，由此閣廢十載。

以及謝翺小傳：

　　　天祥死，翺亡匿，所至輒哭。嘗登子陵釣臺，設天祥主號
　　　哭，以竹如意擊石，歌曰「魂朝往兮何極，暮歸來兮關塞
　　　黑。化爲朱鳥兮，有味焉食」歌畢，竹石俱碎。詳《西臺
　　　慟哭記》，古體多似長吉、東野。

所說的是劉克莊受讒以及謝翺哭文天祥之事，乃詩人之遭際或性情，
特別對此有著墨可印證陳衍肯定「愁苦易好」的詩作。〔註22〕第三種
是在作者小傳裡引用他人之語對該詩人作補充說明，此例有三人：

　　　《詩人玉屑》云：唐人詩喜以兩句道一事，茶山詩中，多
　　　用此體。……此格亦甚省力也。又云：陸放翁詩本於茶山，
　　　故趙仲白〈題曾文清公詩集〉云：「清於月出初三夜，澹似
　　　湯烹第一泉。咄咄逼人門弟子，劍南已見一燈傳。」謂放
　　　翁也。（曾幾小傳引）

　　　方萬里云：「宋中興來，言詩必曰尤、楊、范、陸。誠齋時
　　　出奇峭，放翁善爲悲壯，公與石湖，冠冕佩玉，度騷婉雅。」
　　　（尤袤小傳引）

　　　楊誠齋序云：「詩人若范致能之清新，尤梁溪之平淡，陸放
　　　翁之敷腴，蕭千巖之工致，皆余所畏也。」（蕭德藻小傳引）
　　　〔註23〕

〔註22〕評帝㬎〈在燕京作〉：此首可見事唐文宗之「輦路生秋草，上林花滿
　　　枝」，殆所謂愁苦易好歟。又如，評陸游〈蟠龍瀑布〉：「言凡物之出
　　　色，皆遭遇而已。此正告懷才不遇者，內重自然外輕也。」，陳衍論
　　　詩重視所謂「荒寒」與「寂冱」（見〈何心與詩序〉）。
〔註23〕據曹中孚《宋詩精華錄》校本，「楊誠齋序云」乃楊萬里爲尤袤《千
　　　巖摘稿》作序之語。（成都：巴蜀書社，1992），頁472。

－159－

分別引用《詩人玉屑》、方回、陸游之語對曾幾、尤袤、蕭德藻三人詩風的評論與比較。

作者小傳裡能看到陳衍對詩人評論的，只有以上幾處而已，頗難了解陳衍對宋詩精華之確切意見。《宋詩精華錄》又無詳細序跋，在簡單的年爵官職外，所提到的茶山、尤、楊、范、陸，正是在《宋詩精華錄》卷一序言提到的「中宋」代表詩人，所以，陳衍對此數人多加筆墨，亦可見其有意或無意以選詩數量提示宋詩中的「盛宋」，而詩人小傳的特別敘述則標出「中宋」詩人。

（三）評　點

《宋詩精華錄》的評點體例，依傳統的詩話方式，即在選詩之後有選者的賞析，或以詩證詩、或轉引典故文章代替評論，〔註24〕表達選者對該詩的看法。《宋詩精華錄》並不是每一首都有評語，有些詩只有圈點而無評語，整體來說，由於評語簡短精煉，有些觀點亦見於《詩話》，可視爲陳衍詩論的相互印證，故此書的評論並不複雜；〔註25〕全書體例既無較大篇幅的序跋、詩人小傳可供比照，能稍窺陳衍之宋詩觀恐怕就在詩的評點之中了，故以下從詩評來看《宋詩精華錄》的宋詩觀。

二、《宋詩精華錄》之宋詩特色

朱自清〈什麼是宋詩的精華——評石遺老人《宋詩精華錄》〉〔註26〕指出陳衍選錄的標準有三：吐屬大方、眞摯與興趣、章句結

〔註24〕例如評李昉：「寫出太平景象，而不落俗，惟元人王惲〈玉堂即事〉二絕句近之。」，評王禹偁：「此詩全似樂天，又是《唐摭言》中材料。」，評蘇軾〈六年正月二十日復出東門仍用前韻〉：「讀五六句，覺〈旄丘〉之『何多日也』、『何其久也』殊少含蓄也。」，評晏殊〈示張寺丞王校勘〉：「第二句及第五六句，見南唐中主〈浣溪沙〉詞半闋。」等。

〔註25〕例如評錢惟演〈對竹思鶴〉：「有身分，第一流人語。」，評梅堯臣〈和才叔岸旁廟〉：「寫破廟如畫。」戴復古〈江陰浮遠堂〉：「有氣概。」等。

〔註26〕曹中孚校注：《宋詩精華錄》〈附錄〉，頁 697～705。

構，但是這三點似嫌空泛，不能說明《宋詩精華錄》的宋詩觀。所謂「精華」者，指事物最精粹美好的部分，陳衍既將書命名爲《宋詩精華錄》，可見書中的六百多首宋詩是「精」而「美」的，那麼，對宋詩所有作品來說，此精與美可代表宋詩特色；但嚴格說來，朱自清所說的三項，是大部分詩歌必備的基本特質，何必是宋詩的「精華」？故「吐屬大方」、「眞摯興趣」、「章句結構」並無法突顯宋詩「精」與「美」之所在。從《宋詩精華錄》的詩評，可看出陳衍對宋詩的看法，除了朱自清所說的三點外，還有注重：生新變化、平凡、含蓄、音節、字句來歷。

（一）生新變化

詩法與詩意的「新」是宋詩在「宋人生唐後，開闢眞難爲」的歷史壓力下所出現的特色。關於宋詩技法的創新，論者以俄國文藝批評家維克多·什克洛夫斯基之「陌生化理論（Defamiliarization）」分析，以爲宋詩乃在創造一種新鮮的感受與關注。業師張高評先生《宋詩之新變與代雄》一書中，指出宋詩特色於「宋人期許獨創成就」與「宋詩追求自成一家」中，有八項作法，〔註27〕這些詩法的講求是宋詩追求陌生化以造新意的獨創。而陳衍在其評語中所提到的生新，計有：意新、語新語妙、結想高、自出新語、命意不猶人、落想不凡等：

惟「推手爲琵卻手琶」七字，自出新語。（評歐陽修〈宿雲夢館〉）

勸其勿望內行，但安棄外，命意迥不猶人。（評梅堯臣〈寄滁州歐陽永叔〉）

落想不凡，突過盧仝、李賀。（評黃庶〈怪石〉）

〔註27〕張高評：《宋詩之新變與代雄》第二章〈自成一家與宋詩特色〉，宋詩特色計有：一、不經人道，古所未有，二、因難見巧，精益求精，三、破體爲文，即事寫情，四、出位之思，補偏救弊，五、積澱傳統，突破創新，六、絕去畦徑，別具隻眼，七、活法妙悟，彈丸流轉，八、博觀精取，集詩大成。（臺北：洪葉文化事業公司，1995），頁 68～141。

出語總不猶人。(評黃庶〈元伯示清水泊之什因和酬〉)

除了語新、落想新，還要「思想新」，即是所謂「語妙」、「未經人道過」之語，〔註28〕「思想新」是詩歌在內容上所營造的「意新」，「新」也包括語言的「有精神」，因為有精神就不沉悶，不沉悶則予人清新有力之感：

語有精神。(評王銍〈春近〉：東風露消息，萬物有精神)

起十字無窮生清新，餘衰颯太過。(評王安石〈壬辰寒食〉)

要達到「新」的效果，則創作方法要講究錘鍊、於舊的事物或語言上產生「新」：

數詩造句，皆能自具爐錘者。(評黃公度〈道間即事〉)

三四對語生動，末韻能於舊處生新。(評徐鉉〈送王四十五歸東都〉)

甚至對翻案詩的要求是：

寧矯情翻案，決不肯人云亦云。(評曾幾〈題訪戴圖〉)

翻案詩是宋代疑古精神在詩歌中展現的特色與結果，是作者對已成歷史定案的事件重新提出看法，寫翻案詩是需要膽識才情的，而今為了達到「不人云亦云」，不惜「違反常情」地翻案，陳衍對宋詩「求新」的看法，至此真可謂不擇手段。另外，不僅語新、意新，也擴及格局「新」：

此首格局頗新。(評陸游〈上巳臨川道中〉)

陸游此詩乃七律，寫臨川道上所見所感，詩中陳衍圈點頗多，所圈末四句為「五更攲枕一悽然，夢裡扁舟水接天。紅葉綠荇梅山下，白塔朱樓禹廟邊」，「扁舟」對「攲枕」，水接天而悽然，「紅葉綠荇」「白塔朱樓」之美竟是「夢裡」，詩中的對仗與時空交錯達到寫景抒情交融之妙，故此處「格局新」應指詩的意境之美。格局氣象「新」的話，

─────────────

〔註28〕例如：評黃庭堅〈送舅氏野夫之宣城〉：「貢毛嬇以風流，語妙。」評蘇軾〈書丹元子所示李太白真〉：「末以嬉笑為怒罵，語妙。」評〈題西林壁〉：「末句未有人說過。」評〈夜泛西湖〉：「體物入微，卷葉蟲未經人說過。」等。

讀者便能「百讀不厭」：

> 五六濡染大筆，百讀不厭。（評陳與義〈次韻樂文卿北園〉）

陳與義詩的五六句是「梅花不是人間白，日色爭如酒面紅」，此濡染意境當是指梅花不同尋常之潔白，以及日色比不上酒面紅而來，是對物象的比喻新穎造成詩歌格局之新。從以上可知陳衍對宋詩要求「生新」的見解，小自遣字用語、命意落想，大至佈局結構與意境都要求新意，而這正是宋詩所以別出機杼於唐詩之處。

　　語言、落想、命意、佈局的「新」，歸根究底正是從「變化」來，因為不變就無自己的面目，〔註29〕而「化腐為奇」、「翻出一層」、「翻進兩層」、「避熟就生」則是變化的手法。〔註30〕宋詩經過明代由尊唐而被貶抑之後，清初開始受到注意，康熙年間的吳之振、吳自牧、呂留良等人所編《宋詩鈔》已開啓了宋詩在清初詩人眼中不同於唐詩的「變化」之路，〈宋詩鈔序〉指出宋詩是：「變化於唐而出其所自得，皮毛落盡，精神獨存。」，此「皮毛落盡，精神獨存」的意義正是「變化」。經過「翻用」能「力破餘地」，達到「變化」之效。相關評語例如：

> 翻用老杜詩意。（評謝翶〈重過〉）

〔註29〕　〈說詩社詩錄序〉：「不能變也，無自己之面目也。」《陳衍詩論合集》下冊，頁 1070。

〔註30〕　《宋詩精華錄》所提到的有：「案：此詩首句一頓，下三句連作一氣說，體格獨別。……此詩異曲同工，善於變化。」（評鄭文寶〈闕題〉）。「歟為兩己相背，化腐為奇。末由太白對月意，翻進兩層。」（評梅堯臣〈月下懷裴如晦宋中道〉）。「次句語妙，化臭腐為神奇也。」（評黃庭堅〈寄黃幾復〉）。「即清風明月不用錢買意，變換說之。「傳語」兩字，從武后「火速報春知」來。」（評文彥博〈清明後同秦帥端明會飲〉）。「中朝大官工詩者，殆無如安陽。句如『欲戰萬愁無酒力，可堪三月去堂堂』，透過一層說。又〈柳絮〉云『一春情緒空撩亂，不是天生穩重花』，老成而不陳腐。」（評韓琦〈髮白有感〉）。「望月懷人語，數見不鮮矣，此作頗能避熟就生。寫月光澈骨，種種異乎尋常，如自責得隴望蜀，尤其透過一層處。」（評蘇舜卿〈中秋夜吳江亭上對月懷前宰〉）。

即清風明月不用錢買意，變換說之。「傳語」兩字，從武后「火速報春知」來。(評文彥博〈清有後同秦帥明會飲李氏園池〉)

「翻用」是「翻」前人之字詞、語句、詩意而「用」之，故雖是向前人借貸，但「翻用」後「變化之」，是一借不還，所產生的是自己的新品，但此事最忌只學前人皮毛：

末二句學杜而得其皮者，切不可學。(評陳師道〈歐陽叔弼〉)

求新、翻用都爲了「變化」，而變化的目的則是要引起讀者在閱讀時的清新之感，故某詩從唐詩翻用而來，但意與味則成了宋詩，是新的了。然而，變化又不是隨意改變、只求推翻前人舊樣，而是要變得自然，故在「新」「變」基礎下仍要力求「自然」：

第二聯用韋蘇州語極自然。(評寇準〈春日登樓懷歸〉)

仲先隱人，能作第二聯壯闊語，較爲艱得。又句云：「空看新雁字，不得故人書。」說得自然。(評魏野〈鈃原州城呈張賣從事〉)

陳衍甚至只有以「自然」二字評論一首詩的情況。〔註31〕「瀟洒」與「本色」也是他選詩的條件，此二者與「自然」是有連帶關係的，一首詩之「瀟洒」、「本色」，必從「自然」而來，很少有因拘牽、塗飾而自然的：

又句云「有名閑富貴，無事小神仙」、「數杯村店酒，一首野人詩」，皆能本色。(評魏野〈送王希赴任衢州判官〉)

三四「天」、「地」作對，工而自然。(評楊萬里〈寒食雨作〉)

以上三詩，筆致瀟灑，眞是詩人之詩。(評敖陶孫〈竹間新闢一地〉)

「工」指的是詩句的錘鍊，「工而自然」是錘鍊之後仍要有自然之境，否則工巧畢竟只是工巧，仍落入「技」的層面，而詩歌不能只講「技法」，最後的追求還是在心靈感受方面，即情意層次，即「詩人之詩」。

〔註31〕評程師孟〈遊玉尺山寺〉。

（二）平　凡

「平凡卻不俗」也是陳衍欣賞的：

> 寫出太平景象，而不落俗。（評李昉〈禁林春值〉）

所圈李昉詩句是「一院有花春晝永，八方無事詔書稀」，評語中又以元人王惲〈玉堂即事〉之「陰陰槐幄幕閒庭，靜似藍田縣事廳」之「著跡」相比，王惲詩中的「靜『似』」已有比較的意味，不如「春晝永、詔書稀」之寫無事平凡。前述之新、妙、落想不凡等，目的也是為了「不俗」，反之，不求新變除了造成「俗」之外，也會形成另一種後果——「酸」，陳衍否定詩意太酸：

> 次句言亦出求仕也，轉處言失時而太酸。（評黃庭堅〈古詩二
> 首上蘇子瞻〉）

前引徐璣之作者小傳，陳衍亦明言「詩多酸寒，寒不可厭，酸則可厭，錄其不酸者」，深析之：詩寒，或尚有某種可賞的瘦硬之氣，但酸則不知所取了，況且酸到極點，就成為「腐」，從生物的化學變化來說，「腐」是長久處於死水之下的結果，故詩酸則死。視今日使用的語詞「陳腐」、「酸腐」、「腐敗」等，陳、酸、腐、舊都是連用的，即可知其中的因果關係。詩的酸腐，除了不知變化，還包括時人喜修飾的、炫麗的作品，評戴復古〈戲題詩稿〉云：

> 俗人肺腸，的是如此。

戴復古原詩云：「冷澹篇章遇賞難，杜陵清瘦孟郊寒。黃金作紙珠排字，未必時人不喜看。」陳衍據「黃金紙」、「珠玉字」以說「俗人肺腸」，而時人卻喜歡閱讀，他認為人們很難賞識「冷澹篇章」，卻喜讀「金紙珠字」，除了貶「俗」外，亦可知兩者之間，陳衍寧捨輝煌亮麗而取質實瘦寒之作。

　　另一個與「平凡」有關的論題，是雅俗之辨，也與唐宋詩之爭一樣，始終被學者爭論。在《宋詩精華錄》裡，從「俗」的評語，可以看出陳衍所貶抑的「俗」，主要是指不知變化，學者往往以「不俗」成了同光體與所謂「清初宋詩派」的淵源（詳見第八章〈同光體宗宋

之商榷〉），〔註32〕但是，陳衍的雅俗之辨，其「俗」已經從一般與「雅」對立的「庸俗」意義，躍進爲「不知變化」的意思。不依循前人，最直接的表現是寫自己性情，故平凡亦與性情相關，《宋詩精華錄》裡也提到「興會」、「興到」〔註33〕之語，由「興」而起的詩，必來自於詩人自然流暢的情感，所以，陳衍所重視的不俗是「自家的高調」：

　　余曰：高調要不入俗調，要是自家語。元裕之多是高調，
　　卻無俗調。（〈海藏樓詩序〉）

高調就是不俗，不俗則必須是「自家的」高調，其推崇個人性情，於茲可見。

（三）含　蓄

如果說唐詩是漢魏以來詩界正統的話，清代王士禎《師友詩傳續錄》第十九則說唐詩的特色在於蘊藉：

　　唐人詩主情，故多蘊藉；宋詩主氣，故多徑露，此其所以
　　不及，非關厚薄。〔註34〕

王士禎站在尊唐的立場說話，而他認爲「此其所不及」明顯已有貶宋之意，依據徐復觀的理解，認爲「宋詩主氣」的「氣」字應作爲與情相對之「意」字領會。〔註35〕無論如何，唐詩重興會蘊藉是一個普遍的觀點，雖然宋代詩人爲了在唐詩繁盛的國度裡自出新意，產生了詩歌的散文化、議論化、窮力誇奇等技巧，但詩歌的含蓄美感，依然是詩論家所注重的環節。陳衍評梅堯臣：

　　勸其勿望內行，但安棄外，命意迥不猶人。觀其止說兩句，
　　含蓄不盡。（評梅堯臣〈寄滁州歐陽永叔〉）

〔註32〕何紹基〈使黔草自序〉：「所謂俗者，非必庸惡陋劣之甚也。同流合污，胸無是非，或逐時好，或傍古人，是之謂俗。」，「同流合污，胸無是非」即是拾人牙慧、不知變化的意思。

〔註33〕評黃庭堅〈題伯時畫嚴子陵釣灘〉、〈病起荊江亭即事〉等。

〔註34〕丁福保編：《清詩話》，（臺北：木鐸出版社，1988），頁152。

〔註35〕徐復觀：〈宋詩特徵試論〉「因主『意』，便多議論，因要求議論的精約故多使事，這是討論宋詩的基點。」主要在論述宋詩內容上重理性化的感情，故多議論使事。《中華文化復興月刊》第十一卷第十期。

寫貧苦小村，有畫所不到者。末句婉而多風。(評梅堯臣〈小村〉)

含蓄的相反是直露，陳衍不同意「直露」的作品：

「漢恩」二句，即與我善者爲善人意，本普通公理，說得太露耳。(評王安石〈明妃曲〉其二)

讀五六兩句，覺〈旄丘〉之「何多日也」，「何其久也」。殊少含蓄矣。(評蘇軾〈六年正月二十日復出東門仍用前韻〉)

爲了突破唐詩，唐詩主「情」、主「蘊藉」，宋詩就往「意」、「徑露」上發展，但《宋詩精華錄》認同的宋詩卻是不直露、委婉含蓄一路的。

（四）音　節

一首詩若有瑕疵，但是其音節佳勝者，則不妨爲好詩。陳衍的選評語裡，有注重音節一項：

音節極高亢。(評王安石〈元豐行示德逢〉)

音節極佳。先生所謂可以絃歌者，此其選矣。(評黃庭堅〈夢李白誦竹枝詞〉)

並無深意，音節獨絕。(評王安石〈書任村馬鋪〉)

此首音節甚佳，而議論未是。(評黃庭堅〈書磨崖碑後〉)

考察陳衍所選的宋詩標準，在《宋詩精華錄》的序中云：

然吾之選宋詩，抑有說焉。《虞書》曰「詩言志，歌永言，聲依永，律和聲。八音克諧，無相奪倫」……然如近賢之祧唐宗宋，祈向徐仲車、薛浪語諸家，在八音率多土木，甚且有土木而無絲竹金革，焉得命爲「律和聲，八音克諧」哉！故本鄙見以錄宋詩，竊謂宋詩精華，乃在此而不在彼也。

宋詩精華即在「音律和諧」一事，此處提到《虞書》所云「八音克諧」，在南北朝時亦爲沈約所注重，其〈宋書‧謝靈運傳論〉云：

夫五色相宣，八音協暢，由乎玄黃律呂，各適物宜，欲使宮羽相變，低昂互節，若使前有浮聲，則後須切響。

沈約之貢獻，在於中國古典聲律的發現與應用，而陳衍論詩以「八音克諧」來描述宋詩精華，其注重詩歌的詠言本色，亦即，詩歌未必以文、以議論來呈現，詩之特色本在其可歌詠的特質之中。從這一點來看，陳衍之意，詩本是發之吟唱、形諸舞詠、動人情緒的，何必散文化、議論化？

（五）字句來歷

《宋詩精華錄》的評點亦兼解釋字意、詩意。例如在某詩之後，談論該詩的含意，或某句某字由何處化用而來。這種評點法，從江西詩派講求詩法，在用字、來歷、詩意的推究上，或多或少受其影響：

> 與放翁之「此身行作稽山土」皆從《毛詩》來。(評梅堯臣〈悼亡三首〉之一) 〔註36〕
>
> 〈明妃曲〉末「紅顏勝人多薄命」二句，即〈手痕碑〉詩意。(評歐陽脩〈宿雲夢館〉) 〔註37〕
>
> 首二句，可作前一首注解。(評蕭德藻〈古梅〉二首) 〔註38〕

陳衍指出詩句的原始藍本，不僅闡明詩的發展性、多義性，間接也啟示後學「摹擬」的意義，那就是不能死摹擬，所以才有「翻用」與「變化」的說法，這方面可以看到陳衍指導學詩之強調「重源而

〔註36〕梅堯臣〈悼亡三首〉之一：「結髮為夫婦，於今十七年。相看猶不足，何況是長捐。我鬢已多白，此身寧久全。終當與同穴，未死淚漣漣。」

〔註37〕歐陽脩有〈唐崇徽公主手痕碑〉詩。陳衍之案語云：「〈贈王介甫〉前半首云：『翰林風月三千首，吏部文章二百年。老去自憐心尚在，後來誰與子爭先？』〈唐崇徽公主手痕碑〉云『玉顏自古為身累，肉食何人與國謀？』皆傳作也。其最自負〈盧山高〉、〈明妃曲〉三首，未識佳處，惟『推手為琵卻手琶』七字，自出新語，〈明妃曲〉末『紅顏勝人多薄命』二句，即〈手痕碑〉詩意。」陳衍以詩解詩，兩詩之間互作比評，指出詩意之新處、或者兩詩之間互見之詩意。

〔註38〕蕭德藻〈古梅二首〉之一：「湘妃危立凍蛟脊，海月冷挂珊瑚枝。醜怪驚人能嫵媚，斷魂只有曉寒知。」之二：「百千年蘚著枯樹，三兩點春供老枝。絕壁笛聲那得到，只愁斜日凍蜂知。」陳衍評「百千年蘚著枯樹，三兩點春供老枝。」可作前一首注解。

翻用」，以標明用字來歷而強調詩句之來源有本。

　　以上所述，陳衍雖然所謂「宋詩精華」，但從評語看來，不難發現這些宋詩確實具有宋詩某些特色，但也有不似宋詩的。「生新」、「變化」、「音節」、「字句來歷」等，是宋詩特色，此人人能解，但「含蓄」、「興味」、「平凡」似乎不類宋詩。此外，陳衍在《宋詩精華錄》裡所讚賞的宋詩，很少提到「理」、「以文爲詩」兩事。宋詩的特色是宋人「生唐後」，難以超越唐詩，所以另闢蹊徑，成爲自己一格；相對地，清人既生宋後，對宋詩的優劣、唐宋詩異同，到了清代，尤其晚清應該也已在總結前代詩歌遺產的歷史條件下判然分明了。既然名爲「精華錄」，陳衍對宋詩之精粹必瞭然於心，但《宋詩精華錄》中，陳衍有意無意指出了某些唐詩特色，例如興寄、流暢、含蓄，卻名之爲「宋詩精華」。最明顯的問題在於：宋詩之所以異於唐詩，除了求新、變、不俗之外，在理、禪、以文爲詩上也努力表現，但《宋詩精華錄》卻很少提到「理」與「以文爲詩」，陳衍甚至表明《宋詩精華錄》——不錄禪詩。

　　陳衍不贊同宋詩的「理」與「以文爲詩」，但是，對於宋人所喜言的「理」，陳衍關心的是詩中的「事理」，而且是「合情合理」的理，評黃庭堅〈題竹石牧牛〉：

　　　　用太白〈獨漉篇〉調甚妙，但須少加理耳。〔註39〕

《詩話》卷十七提到此詩在「理」方面的毛病：

　　　　此用太白「獨漉水中泥，水濁不見月。不見月尚可，水深
　　　　行人沒」調也。然不見月，雖以譬在上者被人蒙蔽，而就
　　　　字面說，月之不見，於事固無大礙，以較行人之沒於水，
　　　　自覺其尚可。若其石既爲吾所甚愛，惟恐牛之礪角，損壞
　　　　吾石矣。及以較牛鬥之傷竹，而曰礪角尚可，何其厚於竹
　　　　而薄於石耶？於理似說不去。

批評此詩之病在「有違事理」，所以，陳衍對詩中之理的意見，脫離

―――――――――――――――――――――――――――――――

〔註39〕曹中孚校注：《宋詩精華錄》，該詩注八，頁287。

宋代「理學」之天理人欲、思致之理而著眼於「生活事理」。一首詩
並非不能出現「理」，但事理有礙，或「理」太多，都會妨礙了詩之
「興會」這個先天特點。故對於最容易沉悶酸腐的宋代理學詩，陳衍
認爲朱熹是唯一寫詩而具「活潑」的理學家，其選朱熹的十一首詩，
只有評語一則，談的即是「活潑」：

> 晦翁登山臨水，處處有詩，蓋道學中之最活潑者。然詩語
> 終平平無奇，不如選其寓物說理而不腐之作。(評朱熹〈精舍
> 閒居戲作武夷櫂歌〉其十)

理學家之詩「平平無奇」，表示陳衍對理學詩並看不上眼，「不如選」
表示稍有可爲之處，那就是「理」要能寓於物情中來表現。這裡與宋
詩平淡化的「看似枯淡實豐腴」理念不同，「平淡中見豐腴」是以平
淡爲主，但陳衍選具有「活潑意」的理詩，「寓物說理而不腐」是以
作者個人性情、興寄爲主的。

至於「以文爲詩」，見於評蘇軾〈葛蘊作巫山高愛其飄逸因亦作
一篇〉：

> 三四兩句，橫絕一世，和減「巖崎數乎州之間，灌注乎天
> 下之半」邪！是能以文爲詩者。海於天地間，爲物最巨，
> 猶詞費矣。「山鬼」於各詩辭中三次見面，愈出愈奇矣。「乘
> 光」七字，亦驚人語。

肯定蘇軾能以文爲詩。陳衍也選了翻用文章的詩：

> 翻用〈北山移文〉，婉摯。(評張詠〈晚泊長臺驛〉)

故陳衍對「以文爲詩」的理解，包括詩中使用文章句式，以及翻用古
人文章爲詩，但他又不全然贊同「以文爲詩」，這一點可以從他所不
認同的——「詞費」看出：

> 以上二詩有健句，但尚覺詞費。(評樓鑰〈大龍湫〉)

> 惟其有才，自不覺費。(評楊萬里〈題湘中館二首〉錄一)

與精煉相反，詩如果過分追求平易便有鬆垮累贅之感，而楊萬里因
爲「有才」，其詩雖平凡自然但「自不覺費」，參照其他評語，此「費」
應該也是指「詞費」。由於以文爲詩必須牽涉到文章的組織結構，而

文章的形式結構比詩歌來得冗長，再者，如能用精簡的語句表達出
作者想要傳達的意念即爲上品，非得用許多字詞來表達，那麼，詩
之美又在何處呢？所以，陳衍不認同「詞費」，等於拐彎抹角不贊成
「以文爲詩」了。同樣地，他並不強調以議論爲詩的宋詩，在《宋
詩精華錄》裡，幾乎未選這類的作品，勉強有的話，是王安石的兩
首有議論成份的〈明妃曲〉而已。清代學者與詩人都重學問，〔註40〕
以注重學問的態度選詩，應該就會多選說理詩、有議論的、以文爲
詩等等，陳衍竟然不選宋代的此類詩是很奇怪的事。但陳衍並沒有
直接指出不認同「以文爲詩」，他明確表態不認同的是禪詩。關於禪
詩的評論共出現四處：

> 滄浪有《詩話》，論詩甚高，以禪爲喻，而所造不過如此。
> 專宗王、孟者，囿於思想短於才力也。即如此首三四，「鴉
> 外」「雁邊」，意分一近一遠，終嫌兩鳥無大界限。（評嚴羽
> 〈和上官偉長蕪城晚眺〉）

嚴羽原詩爲「平蕪古堞暮蕭條，歸思憑高黯未消。京口寒煙鴉外滅，
歷陽秋色雁邊遙。清江木落長疑雨，暗浦風多欲上潮。惆悵此時頻極
目，江南江北路迢迢。」詩之遣詞用字、意境襟懷均十分高遠動人，
但陳衍推崇《滄浪詩話》「論詩甚高」，而「以禪喻詩」「所造不過如
此」，可見陳衍似乎借題發揮，雖肯定嚴羽論詩，惟對「以禪喻詩」
不以爲然，故：

> 此詩當即矯正嚴滄浪論詩之弊。（評敖陶孫〈四月二十三日始設
> 酒禁〉）

陳衍圈點敖陶孫此詩處，乃在「評詩要平澹，此語吾不然……謂是天
送句，端正落我前」，敖詩推崇陶淵明「眞意」，陳衍認爲平淡是天然
而然，好像上天送來的句子，端正落在面前一樣，所以，拿來作爲反

〔註40〕吳淑鈿：《近代宋詩派詩論研究》：「宋詩重學與清詩重學非純粹一脈
　　　　相承。宋人論詩重經術探研，只是學詩、學古、學問等學爲詩的諸
　　　　途徑之一，而清人論詩，在這些途徑中，殊重學問，它的重要性幾
　　　　乎凌駕於其他學習內容之上。」，（臺北：文津出版社，1996），頁 26。

駁嚴羽以禪理喻詩的概念性、枯槁化疏失。前引嚴羽〈和上官偉長蕪城遠眺〉的評語「圍於思想、短於才力」即指以禪喻詩在思想上用力，而詩歌之意象情意是屬於才氣之事，不能以禪為喻，可知陳衍並不贊同禪意枯淡詩，而是天然、興到之詩。

此外，饒節之作者小傳案語，直接指出《宋詩精華錄》不錄禪詩：

> 詩多禪語，非淺嘗者所比，然茲所不錄。（卷三）

又評蘇軾〈百步洪二首〉：

> 坡公喜以禪語作達，數見無味。（卷二）

不錄禪詩的原因是其「無味」、「非淺嘗者所比」，因此，即使禪詩未必是宋詩一朝之特色，但此處所言「不錄禪詩」之理由，可知陳衍對宋詩的觀念在於：有味、並且要能「深嘗」之而餘味猶在者。

三、「宋詩精華」與性情興寄

從上述《宋詩精華錄》之評語，陳衍以為堪稱精華的宋詩是「新」、「變」的，而新變的實踐在於語新、語妙、翻用前人、平凡而不俗；所不滿意的是：直露、詞費、禪語。故《宋詩精華錄》有三件事非常值得注意，即：形式上：多選七絕，內容上：不錄禪詩，風格上：注重興寄。

關於《宋詩精華錄》多選七絕，朱自清認為對宋詩的精華是不公平的：

> 若以精華專歸近體，似乎不是公平的議論。……至於選錄宋詩，原是偏主近體之音律諧暢者，以矯時賢之弊；古體篇幅太繁，若面面俱到，怕將成為龐然巨帙，所以只從結想「高妙」著手。序「精華」云云，想是只就近體說，一時興到，未及深思，便成歧異了。〔註41〕

朱自清從鳥瞰宋代詩學的宏觀廣度出發，當然不能同意宋詩「精華」只選近體，認為不公平，但一部詩選集不是公平與否的問題，因為選

〔註41〕曹中孚校注：《宋詩精華錄》〈附錄〉，頁699。

詩者必有其個人私喜之心，故對於一部選集，重要的是選者的詩觀，而多選七絕正代表了陳衍的宋詩觀。若暫時以「以文爲詩、以文字爲詩、以議論爲詩」來看宋詩特色的話，那麼，在形式上，所謂「精華」應多選律詩爲恰當，而且最好是排律，才有足夠發揮文字與議論的空間，但陳衍多選七絕，問題是：古典詩歌的形式，七絕應是屬於唐詩的。陳衍爲何多選七絕，可從他對古體詩的看法推知：

> 古體務爲恣肆，無不可說之事，無不可用之典。近體尤惟以裁對鮮新工整爲主，則好奇之，古人所謂君患才多也。(《詩話》卷一)

> 大抵作古體詩，患在無結想，患在結想之不高妙。作近體詩，患在意不足，如七律詩八句，奈無八句之意，則空滑搪塞，無所不至矣。但果是作手，尚張羅得來，八句中有兩三句三四句可味，餘亦可觀耳。意有餘，而後如截奔馬，如臨水送將歸，非施手段善含蓄不可。意僅足，則剗谿歸樏，故作從容，故留餘地，工於作態而已。(《詩話》卷十)

古體詩之弊是「無結想」、「恣肆」，或雖有結想而「不高妙」；近體的律詩，其弊是「空滑搪塞」，意謂字句多，勢如奔馬難截，故多選絕句的理由是其具凝聚力、「有結想」、「意足」，此乃陳衍注重意境而非徒以技巧作爲唯一考量的明證。〔註42〕

　　葛曉音《詩國高潮與盛唐文化》一書中，〈初盛唐絕句的發展〉云：

> 「絕句貴有風人之致」的藝術標準，並不是某些詩論家的偏好，而是由於樂府風味的絕句篇幅短小、意味深長，語言純淨、情韻天然。體現了最高的詩應是最單純、最天眞、

〔註42〕七絕可表現詩之風神餘韻，馬積高、黃鈞編：《中國古代文學史：明清》論王士禛「神韻說」指出「字精詞新，深入淺出，言外有意，表現出玲瓏飄逸的風神，含迴不盡的餘韻。這些詩大都可以入畫，但是，這種神韻，只宜於短詩，特別是七絕之類，長篇究非所宜。趙翼說：『專以神韻勝，但可作絕句。』因絕句本身就適合以小見大，表達一種含蓄蘊藉的情致。」，(長沙：湖南文藝出版社，1992)，頁484。

最概括並最富於啓示的藝術本質。絕句被視爲盛唐詩達到
高潮的重要標志之一，正應從這個意義去理解。〔註43〕
「篇幅短小、意味深長、語言純淨、情韻天然」正與陳衍所重視的
「落想不凡」、「結想高」，亦即詩的意境要高，而結尾意境高的要求
也是屬於絕句。陳衍所選之詩集名爲「宋詩精華」，卻將「被視爲盛
唐重要標志之一」的絕句作爲首選，豈不耐人尋味？絕句是古典詩
的最小形式，楊萬里《誠齋詩話》云：

　　五七字絕句最少而最難工，雖作者亦難得四句全好者。

嚴羽《滄浪詩話》論詩法亦云：

　　律詩難於古詩，絕句難於八句。

絕句比律詩難，律詩又比古詩難，正由於字數少又須把握情感與文
字的精粹，所以，以絕句形式表現自然精美的詩是很不容易的。陳
衍推崇楊萬里的「自然」，〔註44〕是因爲絕句能在極限的小篇幅中創
造自然、展現精美。而「以禪爲詩」是宋詩有別於唐的時代風尚之
一，〔註45〕陳衍偏又不選禪詩，這兩項首先是《宋詩精華錄》所謂
「宋詩精華」值得思考之處。

　　其次是注重興寄。「興」是《詩經》創作手法之一，漢儒爲之作

〔註43〕　葛曉音：《詩國高潮與盛唐文化》，（北京：北京大學出版社，1998），
　　　　頁 376。
〔註44〕　如評楊萬里〈寒食雨作〉、〈池亭〉〈暮泊鼠山〉等。《詩學概要》〈宋〉：
　　　　「陸、楊絕句最多，合之劉後村，可謂盡絕句之能事矣。」《陳衍詩
　　　　論合集》，頁 1038。
〔註45〕　「以禪爲詩」是詩的內容上的禪語與禪意，唐人詩中已有，但在宋
　　　　詩成爲具有意識之創作手法，因而發展出「以禪喩詩」、「以禪論詩」
　　　　之詩歌理論。陳衍評蘇軾〈百步洪二首〉之一：「坡公喜以禪語作達，
　　　　數見無味。此詩就眼前篙眼指點出，眞非鈍根人所及矣。」蘇軾〈百
　　　　步洪〉詩云：「長洪斗落生跳波，輕舟南下如投梭。水師絕叫鳧鴈起，
　　　　亂石一綫爭磋磨。有如兔走鷹隼落，駿馬下注千丈坡。斷絃離柱箭
　　　　脫手，飛電過隙珠翻荷。四山眩轉風掠耳，但見流沫生千渦。嶮中
　　　　得樂雖一快，何異水伯誇秋河。我生乘化日夜逝，坐覺一念逾新羅。
　　　　紛紛爭奪醉夢裡，豈信荊棘埋銅駝。覺來俯仰失千劫，回視此水殊
　　　　委佗。君看岸邊蒼石上，古來篙眼如蜂窠。但應此心無所住，造物
　　　　雖駛如吾何。回船上馬各歸去，多言曉曉師所呵。」

注解者，多依附於「美頌」和「諷諫」觀點，亦即從接受角度看，南朝鍾嶸始在「物感說」基礎下，闡明「興」義爲「文已盡而意有餘」則從創作角度去談，乃至唐代注重「興象」「興寄」，都肯定「興」主要興的是「情」，〔註 46〕而宋詩有別於漢魏唐詩，注重的是技法的講求，關於情之「興寄」似乎不是宋詩人注意的。〔註 47〕以這一點來說，陳衍《宋詩精華錄》卷一〈案語〉區分宋詩爲四期，乃以盛極而衰、衰極而盛的變化觀念承襲嚴羽之區分唐詩之法，認爲唐詩自「杜韓而下，現諸變相」：

> 自咸同以來，言詩者喜分唐宋。每謂某也學唐詩、某也學唐詩。余謂唐詩至杜韓而下，現諸變相。蘇、王、黃、陳、楊、陸諸家，沿其波而參互錯綜，變本加屬耳。(《詩話》卷十四)

「沿其波而參互錯綜」指的是宋詩以杜韓爲源，發展之後，至宋「變本加屬」，亦即宋詩從唐代杜韓始，但並不以杜韓終，而是在變化中進行的。〔註 48〕在《宋詩精華錄》裡，屢屢言及「學杜」，陳衍《詩話》也曾評論清初秀水派詩人錢載「學韓」：

> 撝石齋詩，造語盤崛，專於章句上爭奇，而罕用僻字僻典，蓋學韓而力求變化者。(卷四)

宋人在詩的學習上，都會提到韓愈杜甫，杜韓之受到宋詩人的重視，

〔註 46〕陳良運：《中國詩學體系論》〈緣情篇：興之演變〉，(北京：中國社會科學出版社，1998)，頁 113～118。

〔註 47〕胡曉明：《中國詩學之精神》第五章〈尚意〉：「就詩觀而言，傳統『詩緣情』的觀念，至唐代才眞正成爲詩歌創作之第一要素；傳統『比興』觀念，也是唐代才落實爲感性生命之充實表現。宋詩卻不同。作爲情感表現中最具感染力的悲哀之情，在宋詩中卻沖淡、轉化、消解爲一種詩學的慧性，宋人之詩心，已不止於情感本身，乃以學養而爲詩心；作爲唐人詩思之本的興象，在宋代詩學理論中，亦讓位於感悟與識力的大力推重。」，(南昌：江西人民出版社，1990)，頁 147。

〔註 48〕基本上，陳衍認爲宋詩以杜韓爲源頭，故不強分唐宋，宋詩本於唐詩，唐詩到了宋爲「流變」，此與錢鍾書以「體格性分」的風格論看待唐宋詩有些微差異。

一個顯著的原因是他們腹有詩書、大膽創新、苦心鍛鍊，此類風格的創意，始於杜甫，而韓愈、孟郊頗得其眞傳，學者乃有「韓孟詩派」之研究，〔註49〕蓋宋人欣賞韓愈的詩句怪奇驚眾，這是對庸弱詩風的一種振奮作用，而杜韓詩意的光怪陸離，產生一種超乎常情的創造力，〔註50〕又是前述「生新」的創意追求。

故陳衍主張學杜韓而能力求變化，因此，詩歌不能只專意在章句字典上。在《宋詩精華錄》評語中，可以看到陳衍重視興寄與意境，例如評梅堯臣詩：

〈小村〉：寫貧苦小村，有畫所不到者。末句婉而多風。

〈悼亡其三〉：情之所鍾，不免質言。雖過，當無傷也。案：潘安仁詩，以〈悼亡〉三首爲最。然除「望廬」二句，「流芳」二句，「長簟」二句外，無沈痛語。蓋薰心富貴，朝命刻不去懷，人品不可與都官同日語也。

「婉而多風」、「情之所鍾」不都是性情興寄？明詩爲後世詬病，問題就在摹擬唐詩而無眞性情，陳衍《詩學概要》論〈金元明〉：

明代專事摹擬，詩無眞性情，不能變化。讀唐詩不必再讀明詩矣。〔註51〕

興寄與性情有關，所以陳衍強調「性情」、「才思」、「興象」：

作詩工處，往往有在悵惘不甘者。（《詩話》卷一）

大抵詩要有興象才思，兩相湊泊，有惘惘不甘之情，不自覺其動魄驚心，迴腸蕩氣也。（〈海藏樓詩序〉）

〔註49〕肖占鵬：《韓孟詩派研究》，（天津：南開大學出版社，1999）；畢寶魁：《韓孟詩派研究》，（瀋陽：遼寧大學出版社，2000）；尤信雄：《孟郊研究》，（臺北：文津出版社，1984）；李建崑：〈孟郊詩歷代評論資料述論〉，《中興大學文史學報》第二十七期，1997 年 6 月；林璟亨：〈論孟郊詩作中的眞性情〉，《興大中文研究生論文集》，1997 年 9 月。

〔註50〕例如韓愈描寫一場山火，〈陸渾山火一首和皇甫湜用其韻〉，寫得天昏地暗、神焦鬼爛、日月無光，森林裡的動物奔逃、山狂谷狠、天跳地踔，不僅戛戛獨造，怪奇描繪乃是其追求新異的主要目標。

〔註51〕《陳衍詩論合集》下冊，頁 1039。

> 作詩是自己性情語言。(〈沈乙盦詩序〉)
>
> 余亦喜治考據之學，其實皆爲人作計，無與己事，作詩尚是自家意思，自家言說。(《詩話》卷一)
>
> 詩者人心哀樂所由寫宣，有眞性情者哀樂必過人，時而齎咨涕洟，益創巨痛，深之在體也。時而忘憂忘食，屨決踵，襟見肘，而歌聲出，金石動天地也，其在文字無以名之，名之曰摯曰橫。(〈山與樓詩序〉)

詩之工處，最終還是要回到「悃悃不甘」之情，此乃「自家意思」、自己的性情，眞性情發於詩歌則「金石動天地」。何謂「眞性情」？「摯也」、「橫也」，乃不經加工矯飾之意，它自然由心中湧流而出，不必淬煉，不全是由詩法所訓練出來的。

此外，《宋詩精華錄》有「摘句圖」，是擇選詩人詩中的「佳句」並列欣賞，所以，朱自清雖說陳衍重視詩歌的章句結構，但《宋詩精華錄》之有「摘句」這一體例，反而代表陳衍重視句好、句妙，而未必是「一篇」的佳妙。陳衍特錄「句」，也可以說明他講求興寄的觀點，因爲寫詩是「興」的起發而覓得好句，未必一首詩的完整才算得上是好詩。

至於意境與結句有關，陳衍屢言某詩「結調高妙」，〈海藏樓詩敘〉云：

> 余言作詩起調不落凡近易，結調不落凡近難。……大抵詩要興象才思，兩相湊泊。有悃悃不甘之情，不自覺其動魄驚心迴腸蕩氣也。有自然高妙之旨，乃使人三日思百回讀也。〔註52〕

結想之高妙則耐人「思百回讀也」，「思百回讀」即在於詩境之牽引，引動讀者無窮之情思而達到感人之效，因此，意境亦是《宋詩精華錄》的指標之一。詩要有意境，端在「興味」，陳衍論詩有「四要三弊」，其中，「興味」是可以濟一切詩弊的良方：

> 詩有四要三弊。骨力堅蒼爲一要，興味高妙爲一要，才思

〔註52〕《陳衍詩論合集》下冊，頁1051。

横溢、句法超逸各爲一要。然骨力堅蒼,其弊也窘,才思横溢,其弊也濫,句法超溢,其弊也輕與纖,唯濟以興味高妙則無弊。(《詩話》卷二十三)

值得注意的是:宋詩求新變、求平淡、求出奇、求悟入悟出,但是不求「意境」「興象」,意境與興象似乎是唐詩的事。

再以題材而論,《宋詩精華錄》所選的多是山川景物、感興懷情之作,這也與宋詩取材從唐詩的宏觀轉變爲寫細微事物有所抵觸,故所謂宋詩的「精華」亦不難看出宋詩在陳衍眼中是有所因革了。宋詩的特色有許多層面,但是從《宋詩精華錄》選宋詩來看,陳衍對宋詩的精華別有想法,也就是說在《宋詩精華錄》裡所呈顯的宋詩──有宋詩、也有唐詩的風味。既然重視詩的性情與興寄,所以詩歌不必長篇大論,點水蜻蜓亦自有佳作,所以有摘句圖。《宋詩精華錄》選七絕特別多,以七言比五言多一些創作迴旋餘地來看,朱自清認爲這是詩歌散文化的現象,但從《宋詩精華錄》七絕特多而律詩較少的比例來看,陳衍肯定絕句是因爲它篇幅小卻能表現神韻,宋詩之「精華」,絕句就可表達的,何待於律詩?何待於議論?何待於禪?朱自清說的「詩歌散文化」若用來分析宋詩或許恰當,但若說陳衍《宋詩精華錄》注重以文爲詩的散文化傾向,恐怕與多選宋代七絕詩是互相抵觸的。

至於不錄禪詩,因陳衍重視「性情」,故對於嚴羽的「非關書」[註53]提出反駁,陳衍〈癭庵詩敘〉:

余曰:詩也者,有別才而又關學者也。少陵、昌黎,其庶幾乎![註54]

「又關學」是陳衍不棄「別才」,也兼重「學問」的兩存之見,他不

〔註53〕嚴羽:《滄浪詩話‧詩辨》原爲「夫詩有別材,非關書也;詩有別趣,非關理也」,郭紹虞《滄浪詩話校釋》指出後人易「書」爲「學」,異議遂多。(臺北:里仁書局,1987),頁33。陳衍以「詩又關學」反駁嚴羽,本文認爲後人雖易「書」爲「學」,但以「學」有學習與學問兩義來說,「書」亦爲「學」之內容之一。

〔註54〕《陳衍詩論合集》下冊,頁1058。

僅把嚴羽所摒除的「書」拾獲，並以「興象」、「意境」調合之。清人不論在治學或論詩方面都重視學問，詆斥以禪爲詩的虛妄，因爲與當時實學思潮相背，早在宋代，就有反對虛妄的意見：「然舍眞實而求虛幻，厭切近而慕闊遠，久而忘返」，〔註55〕所以，清初詩論家關注以「實學」矯治虛玄的意義，更在於以此鬆動模擬唐宋詩之風。陳衍不滿嚴羽「以禪爲詩」，選宋詩時更明確表示「不錄禪詩」，「以禪喻詩」與「以禪爲詩」是兩件事，前者是詩論、後者是詩材，但陳衍一併不取，這對他的《宋詩精華錄》是個重要的訊息，換言之，陳衍雖談宋詩但又不專主宋詩，馬亞中〈試論宋詩對清代詩人的影響〉也認爲：

> 同光體並沒有全然超離了唐詩的審美傳統，而只去發揚宋詩的審美傳統。名爲學宋，而其實只是區別於專學一唐而已。〔註56〕

宋詩經過清初辨唐宋之異、求唐宋之同，〔註57〕一直到陳衍的融合唐宋，在作法上，辨唐宋之異者是尊唐抑宋，求唐宋之同者尊唐不貶宋，到陳衍則兼取宋唐。《宋詩精華錄》看待宋詩的角度，基本上有所承襲，也有所融合：承襲的是宋詩的詩法，融合的是唐詩的興

〔註55〕《後村先生大全集》卷九十九〈何秀才詩禪方丈〉：「詩家以少陵爲主，其說口：『語不驚人死不休』，禪家以達摩爲主，其說曰：『不立文字』，詩之不可爲禪，猶禪之不可爲詩也。何君合二爲一，余所不曉。夫至言妙義固不在於言語文字，然舍眞實而求虛幻，厭切近而慕闊遠，久而忘返，愚恐君之禪進而詩退矣。」（北京：線裝書局，2004）。

〔註56〕黃永武、張高評編《宋詩論文選輯》第一輯，頁274～275。馬積高、黃鈞《中國古代文學史：明清》論述清代宋詩派的特色亦認爲「清代學宋詩諸人，並不排斥唐詩，往往還由宋窺唐，故用力較易，又不致造成粗獷膚廓之弊。因此，宗宋往往比宗唐獲得的成就要大。」，（高雄：復文書局，1988），頁488。

〔註57〕辨唐宋之異者，如七子、雲間派；求宋之同者，如黃宗羲等人。參張健：《清代詩學研究》第八章〈主眞重變與清初的宋詩熱〉。張高評：〈清初宗唐詩話與唐宋詩之爭：以「宋詩得失論」爲考察重點〉《中國文學與文化研究學刊》，（臺北：臺灣學生書局，2002），頁83～132。

寄，陳衍截取宋詩新變的詩法，遠紹唐詩的興寄風格。

陳衍《宋詩精華錄》對於宋詩的看法，指出從學宋入手，而「唐宋互參」是宋詩發展到清代的一個融合性的觀念，問題在如何「互參」與「鎔鑄」？陳衍編選《宋詩精華錄》，書名為宋詩精華，所選之詩以及評語卻看不出符合宋詩特色的「精華」特色。清代注重宋詩是源於明末過度尊唐貶宋，清詩人開始注意宋詩之美，為了挽救宋詩，清初推展宋詩，雖其中各家家數不同，但唐詩似乎始終未嘗褪去光環，它的典範地位無法動搖，而事實上，唐詩之價值是文學史上無法否認的，清代宋詩論，從清初開始就對明代以來的「黜宋尊唐」〔註58〕提出反駁，到了陳衍，對待唐宋詩的態度則進行統合，也就是有所取、有所不取。

所以，若以宋詩來看《宋詩精華錄》，所謂「宋詩精華」在此書中是值得深思的。陳衍在卷三饒節小傳的案語所說「詩多禪語，非淺嘗者比」，這句話除了說明陳衍不錄禪詩的理由之外，另一方面，是否《宋詩精華錄》的意旨正是：宋詩「非淺嘗者可比」，是要深入玩味的。以禪詩而言，它不是淺嘗能入的，如果是，陳衍不錄禪詩是忠於宋詩，而《宋詩精華錄》的用意應該也不在該書是宋詩的精典凝粹意義之「精華」，而是：標示宗旨、指導初學、從學宋入手但不能死學。《宋詩精華錄》卷一序中，陳衍分宋詩為四期，末云「宋何以甚異於唐哉？」這是陳衍從詩的發展現象認為宋詩本於唐詩而變化，陳衍亦屢言唐宋之異「未易斷言也」，〔註59〕但若要指點出宋詩的精華，

〔註58〕 吳之振〈宋詩鈔序〉：「黜宋詩者曰腐，此未見宋詩也。宋人之詩變化於唐而出其所自得，皮毛落盡，精神獨存。不知者或以為腐，後人無識，倦於講求，喜其說之省事而地位高也，則群奉腐之一字以廢全宋之詩。故今之黜宋者，皆未見宋詩者也。」劉世南：《清詩流派史》〈清初宗宋派〉認為清初宋詩派通過探索實踐，總結出的原則為「擇善而從，分體各師」，故融合唐宋是清代詩學的一個現象，問題是詩人如何實行。

〔註59〕 《詩話》卷十四：「自成同以來，言詩者喜分唐宋，每謂某也學唐詩，某也學宋詩，余謂唐詩至杜韓而下，現變諸相，蘇王黃陳楊陸諸家，

必須在大方向上截斷眾流，選出入門可學之詩，這是陳衍不主張專學唐詩的觀點。而唐宋詩各有其長，故須「唐宋互參」，互參之法即「由宋紹唐」，因此，《宋詩精華錄》裡，我們看到宋詩的詩法，以及唐詩的興寄性情並存，此乃陳衍《宋詩精華錄》「宋詩精華」之義所在。

第二節　實際批評：鍾嶸、嚴羽、王士禛

　　陳衍詩論著作，除了《詩話》以傳統詩話形式，《宋詩精華錄》、《近代詩鈔》以選詩形式，另外，由於陳衍論詩特重實際，反對惝恍迷離、空幻弔詭，故雖然《詩話》批評的詩人及詩話頗多，〔註60〕對於前人論詩，特別有直接批評意見者，以鍾嶸、嚴羽、王士禛三人為明顯。針對鍾嶸有《詩品平議》三卷，嚴羽、王士禛二人則散見於其論詩文字中。本節討論陳衍對鍾嶸、嚴羽、王士禛的批評，從批評的意見可呈顯陳衍詩學之鑑賞論。

一、鍾　　嶸

　　陳衍《詩品平議》共三卷，是對鍾嶸《詩品》一書的批評。其中反駁鍾嶸的品評失誤，例如某人不應列於哪一品或鍾嶸所言某人的詩風有誤等，這一部分集中在〈卷上〉。〔註61〕自劉邵《人物志》

　　　　沿其波而錯互綜，變本加厲耳，然必欲分，亦自有辨。……人之言曰，明之人皆為唐詩，清之人多為宋詩，然詩之於唐宋，果異與否，殆未易斷言也。」
〔註60〕所評詩話有《白石道人詩說》、《滄浪詩話》、《詩藪》、《瀛奎律髓》、竟陵詩學、《詩比興箋》、《竹坡詩話》、《石林詩話》等。
〔註61〕《詩品評議》卷上：「評晉阮步兵籍云：『其源出於小雅，無雕蟲之功，而〈詠懷〉之作，可以陶性靈，發幽思，言在耳目之內，情寄八荒之表。』夫既云源出小雅，當矣，尚何至用功雕蟲而待辯其無乎？……陳沆《詩比興箋》錄三十八首，詮次翔實，多悲魏氏憤司馬氏之辭，非徒陶性靈，發幽思已也。評晉平原相陸機云：『其源出於陳思，…。余常言：陸才如海，潘才如江。』竊見士衡詩流傳至今者，不下百餘篇，除〈猛虎行〉、〈為顏彥先贈婦〉、〈招隱詩〉、〈塘上行〉數首外，略無驚人之語，讀之使人倦而思寢，……才大如海之說，恐未必然。」，《陳衍詩論合集》上冊，頁934～935。

以後，品第之風盛行，然一首詩之高下意見實因個人主觀好惡有關係，嚴格說來，每一位詩評家都有自由立場可以提出等級品評，也因此鍾嶸品第某家源出某家、以及詩人等第之失當是後世共論。然檢視陳衍《詩品平議》中，除了認爲某人列在某品的看法之異外，陳衍反對鍾嶸，最主要仍與反對嚴羽「非關學」有關，他討論鍾嶸之論詩要旨云：

> 《詩品》卷中總論首云：「至乎吟詠情性，亦何貴於用事？『思君如流水』，既是即目，『高臺多悲風』，亦唯所見，『清晨登隴首』，羌無故實，『明月照積雪』，詎出經史。觀古今勝語，多非補假，皆由直尋。」此鍾記室論詩要旨所在也。而其流極，乃有嚴滄浪「詩有別才，非關學也」之說。夫語由直尋，不貴用事，無可訾議也。然何以能直尋，而不窮於所往，則推見至隱故也。何以能推見至隱，則關學故也。（《詩品平議》卷中）

陳衍對「語由直尋，不貴用事」沒有異議，但是以此推之，能夠直尋而「不窮於所往」是因爲「學」的功夫，所以，「學」是一種充實性的功能，「吟詠性情」是隨情所發、無關經史，但是「情」是關「學」的，此「又關學」一語，陳衍談的是詩的進境問題。故藉批評鍾嶸而強調「詩又關學」：

> 鍾嶸《詩品》專司遺貌取神，啓滄浪有別才非關學之說，其失當處，爲後人所疵議者眾矣，不獨宋茗香爭升堂入室各節也。（《詩話》卷六）

宋茗香即宋大樽，著有《茗香詩論》，《詩話》卷三有陳衍對宋大樽關於「復古」、「擬古」不盡贊同之意見。這裡說嚴羽「別才非關學」是承襲鍾嶸評詩之遺貌取神，而陳衍是形貌兼取並重的。

陳衍認爲詩人評詩之外，也要能自己有作品，故肯定《詩品》之能流傳因其中存有若干軼事，但批評鍾嶸自己不能詩：

> 《詩品》所以流傳不廢者，中有軼事數則，不概見於他書也。……而記室自不能詩，自《玉臺新詠》、《文苑英華》

> 以逮《漢魏百三家》，未嘗存其片楮，傳其隻字。乃復道說
> 短長，是猶終身藜藿，而能評珍羞之旨否，畢生菅蒯，而
> 能辨錦繡之楛良也，夫誰信之？（《續編》卷一）

自己不能作詩，未識詩之甘苦而直接批評別人作品，所以是「道短說長」行為，不能有深刻見解。評詩者自己有創作經驗，所提出的批評意見就能更有深度，令人信服，故陳衍認為《詩品》之傳，因其中有軼事，存史價值大於詩評。鍾嶸不能詩，恐有暗諷其不學之意味，陳衍明說自己反對《詩品》理由：

> 余所以雅不喜《詩品》者，以其不學無識，所知者批風抹
> 月，與夫秋士能悲，春女能怨之作耳。力詆博物，導人以
> 束書不觀，不免貽誤後生。至雌黃顛倒，猶其次也。夫作
> 詩固不貴掉書袋，而博物則惡可已。（《續編》卷一）

除了《詩品》不講「學」、只重視風月之作，還力詆博物，這些都與陳衍論詩旨趣不合，陳衍主張作詩要有確實認真的態度、要讀書養氣沉積，以使詩歌厚實，故詩評家不作詩，沒有實際創作經驗，未足以評詩。《續編》卷二，錄夏承燾〈月輪樓紀事〉詩，頗喜夏氏與自己所見略同：

> 夏瞿禪承燾，教授之江大學，著有《白石歌曲旁譜辨》，於
> 歌曲之學，至為精深。……〈月輪樓紀事〉云：「豪語流傳
> 對酒歌，潼關東下走黃河。風雲苦恨張華少，下品曹公奈
> 汝何！讀《詩品》」余有《詩品評議》，甚不滿於鍾君。得此
> 作，益使記室百喙莫解矣。

鍾嶸將曹操列於下品，夏承燾徒喚奈何，陳衍頗有相得於心之慨。鍾嶸品第等級的爭議，歷來為人所訾，本不必置喙，重要的是，陳衍所反對的在於「不學」或是所學不博，這對於一個詩人的創作準備來說是極嚴重的缺失，故可知陳衍不同意沒有根基的空虛之詩。

二、嚴　羽

　　嚴羽《滄浪詩話》以禪喻詩，強調妙悟，立別材別趣之說，「妙悟」用禪的直證本心說明詩抒情特色之把握；「別材別趣」是在悟的

基礎上，指出詩與文字、議論、才學無關。此一爭議乃南宋以來的公案，由於本書焦點是陳衍詩學，故主要闡述陳衍詩論，以見陳衍之意。

清初，反對嚴羽的有錢謙益、馮班等人，稍後沈德潛、葉燮等都對嚴羽之論提出看法，馮班更著有〈嚴氏糾繆〉批評《滄浪詩話》。陳良運《中國詩學體系論》：

> 自嚴羽之後出現的各種流派理論，又大致分為兩大陣營，一個陣營是以復興、重振儒家詩教為宗旨，一個陣營是繼續闡述、發揮司空圖、嚴羽等人拓展的詩的美學取向。這種陣營性的分野在明、清兩代最為囂目。……此中還有一個鮮明的標志，那就是對嚴羽詩論的好、惡。〔註62〕

此說法十分中肯，明清以來，對嚴羽詩論的好惡一直是此公案的基底，而且持相反意見的雙方壁壘分明。清代詩家對嚴羽詩論的好惡，多半表現在爭論詩「關不關學」的問題，這個爭論如果在「是與否」之間作討論，只有兩條路線、兩個相對的答案，彼此沒有交集的可能，然而更仔細看，陳衍反對王士禎和反對嚴羽有基礎論點，都在於陳衍講求詩之「實在」的精神，所以妙悟、禪喻均所不取，這是在關學與不關學之外的第三條思考路線。換言之，陳衍不喜以「虛」論詩，《詩話》卷十批評嚴羽：

> 滄浪之「羚羊挂角，無跡可尋」等語，故為高論，故為廋語，故為可解不可解之言，直以淺人作深語，艱深文固陋而已。

廋語即隱語、密語，陳衍認為「無跡可尋」之隱語只是更令學者迷惑而已，故說嚴羽是「淺人作深語」，故意以可解不可解之言惑人，這種以禪家語言論詩是一種虛無，與陳衍反對王士禎的理由相同。陳衍對嚴羽提出反對的，還有「詩有別才，又關學」，所以除了虛無外，兩人觀點差異又在「學」。嚴羽以禪論詩，在佛教宗派中，習禪

〔註62〕陳良運：《中國詩學體系論》，（北京：中國社會科學出版社，1998），頁 11。

是重要內容，「禪悟」本是大乘佛教修證的主要途徑之一，是一種不藉由語言而親證眞理的神祕感悟，因爲他們認爲語言及其所構設出的境界都是虛妄的。由於中國詩歌的抒情傳統注重心靈感受，因此「感悟」便成爲詩歌創作十分重要的途徑，自六朝以來就發展出以詩談禪及以禪喻詩，至清代始終流傳不息。

嚴羽之熟參法，是指對典範作品進行廣泛深入的比較研究，也是他提出達到妙悟境界的學詩途徑和方法。《滄浪詩話・詩辨》：

> 天下有可廢之人，無可廢之言。詩道如是也，若以爲不然，
> 則是見詩之不廣，參詩之不熟耳。〔註63〕

「熟參」源於佛教語「參禪」，指習禪者爲了達到「悟」的境界而向各處禪師參學。嚴羽提出詩必須熟參的家數有：漢魏詩、晉宋詩、南北朝詩、沈宋王楊盧駱陳拾遺詩、開元天寶諸家詩、李杜詩、大曆十才子、元和之詩、晚唐諸家詩、蘇黃以下諸家詩，「倘猶於此而無見焉，則是野狐外道，蒙蔽其眞識，不可救藥，終不悟也」。嚴羽開列的學習對象，名單其實已囊括《詩經》、《楚辭》以後古典詩歌史上的重要代表性作家，教人熟參這些名家之詩。雖然，因「熟參」是佛家用語而評論家從宗教角度加以思考，但是另一種想法：嚴羽要求學習這些名家，所以，其「熟參」未嘗不是一種「學」，重點是：如何解釋「熟參」是一種「學」。嚴羽又說「詩非關學」，那麼，其間的關係何在？「熟參」指習禪者向各處禪師學習，嚴羽借禪喻詩，認爲必須廣泛閱讀，進行深細的研究，探討詩的規律，然後才能得其奧秘，這是培養審美直覺的方法。所以，大方向上，嚴羽仍是論學習，只是所提出來的途徑與陳衍所重視的不要從「可解不可解」去學習正好相反而已。

陳衍將詩、學詩分得很清楚，詩講究性情，由詩人內心觸物感物後自然形諸文字而出，然而，學詩是要以腳踏實地的方法進行，是需要積習、漸進的。嚴羽的熟參也是學習，但是以禪悟的「頓」

〔註63〕郭紹虞校釋：《滄浪詩話》，（臺北：里仁書局，1987），頁12。

解釋學詩就產生二人對於學詩的方法之取徑差異。

張伯偉《中國詩學研究》認為後人未細究禪學，亦未細究嚴羽之語：

> 錢謙益〈唐詩英華序〉云：「嚴氏以禪喻詩，無知妄論。……謂學漢魏、盛唐為臨濟宗，大曆以下為曹洞宗，不知臨濟、曹洞初無勝劣也。（《有學集》卷十五）」實際上，嚴氏這裡講的是學詩的方法問題（其重點在「學」）而不是二者的高下問題。……宗風不同，其接引人的方式便有異，根據宗風的不同，以論從學途徑的不同，或者根據詩歌風格的差異，而以不同宗派比論之，這在宋人論詩中是頗為普遍的，嚴羽也不過是承接此緒而已。……宋人的以禪喻詩，經常是以宗風的不同來比喻詩格的差異，以立法方式的不同來比喻學詩途徑的差異。嚴羽《滄浪詩話》以臨濟、曹洞相比，也是由此一脈相承的。〔註64〕

嚴羽談的是如何學詩，只是其思維異於傳統的「學」之腳踏實地之法，且禪悟畢竟深奧，並非尋常之人、尋常管道所能透析，陳衍認為如此論詩，則尚未明白詩為何物就走入十里雲霧，那麼，如何示人以學？當教學者提出的學習途徑是虛渺的，學習者從何而學？好比學習繪畫通常由靜物、人物、風景的實體寫生開始，如果教師第一堂課就教抽象畫，學生們若非隨著老師亂筆塗鴉，恐怕只有知難而退了。所以，南宋以來頗有誤解嚴羽者，例如與陳衍同為閩人的林昌彝〈鴻雪聯吟弁語〉亦批評嚴羽：

> 昔太倉唐實君與其門士陸麟度論疊韻押險之詩，難於不疊韻數倍，非才餘於詩，學足以濟之，不能為也。世之枵腹枯腸者，每以嚴叟之論為藉口，抑知嚴叟所自為詩，特小乘辟支之果耳。竹垞老人論詩云：「詩篇雖小伎，其源本經史。必也萬卷儲，始足供驅使。別材非關學，嚴叟不解事。」

〔註64〕張伯偉：《中國詩學研究》第三輯〈詩論史〉〈宋代詩話與禪學〉，（瀋陽：遼海出版社，2000），頁300。

斯論足以執嚴叟口矣。〔註65〕

林昌彞從「才學兩濟」上諷刺嚴羽的「別材非關學」是枵腹枯腸者的藉口、小家不解事之輩。所引朱彝尊論詩以詩爲正統本源，反對「不學」，所以，除了反對嚴羽之外，更批評公安、竟陵「不必讀書」之淺薄空疏，朱彝尊〈胡永叔詩序〉云：

> 自明萬曆以來，公安袁無學兄弟矯嘉靖七子之弊，意主香山、眉山，降而楊、陸，其辭與志未大有害也。景陵鍾氏、譚氏從而甚之，專以空疏淺薄詭譎是尚，便於新學小生操奇觚者，不必讀書識字，斯害有不可言者已。（《曝書亭集》卷三十九）

清代重學，所以在「不學」上批評嚴羽，這是以「學」爲出發點而說，詩需要「學」才能精美，但「舍學」未必不能言詩，如果將「學」限定在讀書識字之上的話，故朱彝尊之說也是可議的，他不知道嚴羽提出的被後世爭論不休的論題，是在以禪喻詩的基礎上說「詩非關學」，由於「禪」意必須跳脫實境之外的虛境去把握，所以，一步一腳印的「學問」不能用來說禪，嚴羽所論重點在以「禪」論「學」，而後世卻以「學」批評「以禪論學」之不當，嚴羽其實也在討論「如何學」的問題，就此說來，嚴羽是否也是贊成「學」呢？所以，嚴羽開啓的論爭，除了禪能否喻詩論詩的爭論之外，其實是「學」的思考在清代益形深刻。

陳衍反駁嚴羽，又見〈瘻庵詩序〉一文：

> 嚴儀卿有言：「詩有別才，非關學也。」余甚疑之，……素未嘗學問，猥曰吾有別才也，能之乎？……所謂有別才者，吐屬穩，興味足耳。……故余曰：詩也者，有別才而又關學者也。少陵、昌黎其庶幾乎？然今之爲詩者，與之述儀卿之言則首肯，反是則有難色：人情樂於易安於簡，別才之名又雋絕乎醜夷也。〔註66〕

〔註65〕《林昌彞詩文集》，（上海：上海古籍出版社，1989），頁294。
〔註66〕《陳衍詩論合集》下冊，頁1057。

「非關學」的反面是「關學」，陳衍不從這種對立的二分去談，「『又』關學」即指出在「是（關）」與「不是（非關）」之間的第三種肯定，其意是「才與學」本爲一體一事，而非以二元對立去看待，詩之才與學要從并重的角度去談，不是從「關學」一部分、「不關學」一部分拆開來看。陳衍認爲「詩有別才，又關學也」，所謂別才者，指「興味足」，嚴羽反對以才學、議論爲詩，他認爲詩有「別才」而「不關學」，正好被陳衍「有別才而又關學」統合。《詩話》評姚味辛〈郝少將修葺且園爲官兵俱樂部賦〉詩：

> 「公暇小經營，園林又向榮。開池宜月上，疊石看雲生。鬥酒熊羆將，敲棋子弟兵。他年大樹下，獨坐讓功名。」後四語工切無倫。以上諸詩，皆不能移屬他人去，眞詩有別才矣。（《續編》卷二）

「不能移屬他人去」說的正是詩人獨特的自我，故可作爲識別。在評論此詩前，陳衍尚有一段小文字云：

> 人之克自樹立者，必不爲方隅所圍。文字何莫不然，永嘉詩人，止齋、浪語、水心而後，四靈則專攻五律。姚味辛琮，永嘉人，典軍有年，身經百戰，當軸倚如左右手，當無暇爲郊島四靈之苦吟。

「方隅所圍」何嘗不是說「學或不學都是圍限」？「詩有別才」即「詩克自樹立」，亦即說自己的話、寫自己的詩：

> 詩才詩思，二者缺一不可。鯉九涉筆多可喜，思有餘，才亦足供驅使也。〈酬友人題紅渠別墅〉云：「六月能爲天下春張亨甫〈荷花〉句，是我絕愛荷花處。戰酣烈日立亭亭，定知其中非無據。拂衣寄傲泥塗間，養晦遭時或其庶。洋洋之水供荷花，荷花深處即吾家。東家疏影照橫斜，西家松柏鬱权枒。松柏後凋梅早蕚，相與結鄰亦不惡。」余頗不喜亨甫詩，獨喜其〈王郎曲〉云：「天下三分明月，二分在揚州，一分乃在王郎之眉頭。」今鯉九乃舉其〈荷花〉句云：「六月能爲天下春」亦可謂伯樂一過冀北之野，而馬群遂空矣。此詩第二句接得好，第三句又足得好，洋洋二句，

振起得勢，皆所謂有才思也。(《續編》卷三)

此「詩有別才」進一步說明詩才詩思應並重，而「詩才」表現於能在起句之後，接續奇崛語句，使作品因爲有新的意想而成新面貌，詩才是能夠駕馭文字及詩意結構之謂，只要有能力表現獨創性、自家面目，學與不學並非重點。有人學了一輩子，不過爾爾，有人沒有費心致學，也有好作品，詩人既有能力隨心所馭，故詩亦不必苦吟，因「詩有別才」。「別才」指詩人之獨創、具有個性面目，而陳衍說「別才又關學」即獨創性又須透過學習、增加學問，加以沉澱蘊釀轉化，則別才不會落空、學問不會枯板。「又」字意義微妙，它指出「學」是重要的，但在一個開放的觀念裡，不必執於對立的兩方。

綜合陳衍反對嚴羽「非關學」有兩點思考，其一，不是直接反對嚴羽的「詩非關學」，「詩又關學」的意義在才與學是一體，不必分開；其二，不同意嚴羽以禪喻詩，因爲站在求眞的立場上，所以，禪佛之空靈不在陳衍關注之中，這表現在陳衍反對王士禛，所反對的是神韻的空渺。如果了解這兩點，歷來對陳衍論詩的「學人詩人之詩合」之誤解便不攻自破，例如盧善慶《中國近代美學思想史》認爲所謂「學人之詩」就是講究形式主義：

> 於是，陳衍一面推崇學問「根柢深厚」的詩作，一面跟昌言「詩有別才，非關書也」的嚴羽和暢談「吟詠情性亦何貴於用事」的鍾嶸發生衝突，甚至故意歪曲對方的論點。
> 〔註67〕

陳衍並非只重「學人」，學者常以「嚴羽何嘗教人不要讀書？」詰責反嚴羽者，陳衍也不是教人不要讀書，而是「別才」與「學問」不能分開，方能成就一個更加寬廣的詩之視域。

嚴羽「才與學」的公案，粗淺來說，只是辯論讀書問題，但是，歷代文人不讀書者很少，這個公案如果追究讀書一事，只能談到「戒

〔註67〕盧善慶：《中國近代美學思想史》，(上海：華東師範大學出版社，1991)，頁306。

人不讀書」，例如林昌彝亦反對嚴羽，其門生沈葆楨〈射鷹樓詩話例言〉云：

> 夫子論詩極精，詩話中多補前人所未及，其於嚴滄浪詩有別才非關學一語，必力辨之，恐不讀書者以滄浪詩話爲藉口也。〔註68〕

故「才與學」不只爭論讀書與否，還在詩之表現力的問題。作爲詩人，參禪與作詩有時很難截然分開，袁昶〈獨坐〉詩云：

> 欲索楞伽句，忘言遂廢哦。（《安般簃集·詩續乙》）〔註69〕

欲參禪而廢吟哦，相反地，吟哦就不能參禪嗎？元好問〈陶然集詩序〉云：

> 方外之學有「爲道日損」之說，又有「學至於無學」之說，詩家亦有之。子美夔州以後，樂天香山以後，東坡海南以後，皆不煩繩削而自合，非技進於道者能之乎？詩家所以異於方外者，渠輩談道，不在文字、不離文字；詩家聖處，不離文字，不在文字。唐賢所謂「情性之外，不知有文字」云耳。〔註70〕

此言詩與禪在表達上的異同，二者最高境界都不以文字爲依止，但詩歌更以不離文字爲優先，所以禪宗「不立文字，教外別傳」的悟道理念與詩之創作講究心靈感悟雖近似，然而詩與禪不同且最重要的卻是詩終究必須依靠語言文字表現，這其實是「不立文字」與「不離文字」最大的矛盾。因此，在「悟」的立場上，奪胎換骨與點鐵成金依然要有「骨」、有「鐵」存在，只是取換其意，改變並重現「骨」與「鐵」的外貌，其骨、鐵之本質仍在。在不立文字與不離文字中，陳衍反對禪喻是著眼於詩與禪在這一點的不同，文字畢竟是詩的眞實存在，詩必須依文字而現，這是不論詩歌需要如何悟、如何頓、如何證的論辯

〔註68〕林昌彝：《射鷹樓詩話》，《清詩話訪佚初編》第七冊。
〔註69〕引自王廣西：《佛學與中國近代詩壇》，（開封：河南大學出版社，1995），頁182。
〔註70〕元好問：《元好問全集》下冊，（太原：山西人民出版社，1990），頁46。

之中，永難抹煞。

　　陳衍所反對的是以禪的不可捉摸論詩。

三、王士禛

　　陳衍除了在「詩又關學」上反對嚴羽外，《詩話》明確反駁的還有王士禛。反對王士禛贊同嚴羽「以禪喻詩」，以及王士禛的選詩，這表現在陳衍所反對的鍾嶸、嚴羽之處，而王士禛卻正好都十分欣賞。《漁洋詩話》卷上第三十則：

> 余於古人論詩，最喜鍾嶸《詩品》、嚴羽《詩話》、徐禎卿
> 《談藝錄》，而不喜皇甫汸《解頤新語》、謝榛《詩說》。
> 〔註71〕

王士禛雖於《漁洋詩話》卷下第七則改變原意，云「鍾嶸《詩品》，余少時深喜之，今始知其踳謬不少」，但是由於嚴羽禪悟與其神韻說在某些方面頗有心證的相合之處，因此贊同嚴羽。《詩話》所錄，陳衍對王士禛之訾議如下。

　　陳衍以「才又關學」兼重別才與學力，故反對王士禛論詩「不實在」、不懂杜詩精髓，《詩話》卷十：

> 嚴滄浪云：「少陵詩法如孫吳，太白詩法如李廣。」殊為得
> 之。孫吳有實在功夫，李廣則全靠天分，不可恃也。漁洋
> 於滄浪，不取此二語，而取羚羊挂角之說，蓋未嘗學杜故
> 也。表聖之「不著一字，盡得風流」，已在可解不可解之間，
> 「羚羊挂角」，是底言乎？至如禪家所云，兩頭明，中間暗，
> 及詩家之「鴛鴦繡出從君看，不把金針度與人」，竟是小兒
> 得餅，且將作謎語索隱書而後已乎？漁洋更有華嚴樓閣，
> 彈指即現之喻，直是夢囈，不止大言不慚也。

陳衍從學杜的實在功夫反對王士禛用虛無字句論詩，任何一種學習歷程，都須從具體、實際入手，再進而轉入更高層次的抽象之直尋，但是，若反其道，一開始就以「羚羊挂角」、「不著一字」為言，明暗不

─────────────

〔註71〕《清詩話》，頁170。

分，故陳衍認為是不肯把金針度人之行，所以稱為夢魘。可知陳衍不喜歡空疏虛渺，嚴羽說「太白詩法如李廣」，陳衍認為李廣全靠天分，天分是「不可恃」的，所以陳衍應該也不主張浪漫主義式的天馬行空。

《詩話》卷二十三批評王士禛從天而來的妙悟：

> 讀大復〈明月篇〉反覆再四，不知其命意所在，但覺滿紙填明月故實耳。但作一明月詩，亦未嘗不可，漁洋必謂其接跡風人，妙悟從天，強作解事矣。……又〈擣衣〉詩太高華，不稱擣衣人身分。

陳衍認為妙悟是「強作解事」，評王士禛詩過於高華、「不稱身分」，就是用「真實」的標準看待詩之創作。《詩話》卷十七亦舉王士禛化易韓愈詩句，但陳衍認為應以合於事理之真實為主，不必苦湊，作詩如果拼湊，就無意味：

> 豈知王阮亭已作，專以用鮮新故實見長。……其短篇五言古與五言律，則儳體王、孟，毫無意味者也。（《續編》卷一）

所以又說王士禛奪人好句，《詩話》卷二十七：

> 漁洋於古人好句，巧偷豪奪，必須掠為己有而後已。如〈題虞伯生詩後〉云：「愛詠君詩當招隱，青山一髮是江南。」不知虞伯生此句，亦從套來，東坡〈澄邁驛通潮閣〉詩云：「杳杳天低鶻沒處，青山一髮是中原。」此則兩人并驅，未知鹿死誰手者。

《詩話》卷十借陳仁先論詩而指出王士禛見解不夠深刻：

> 仁先論詩，極有獨到處，嘗云：杜詩「但覺高歌有鬼神，焉知餓死填溝壑」已極沉鬱頓挫之致，更足以「相如逸才親滌器，子雲識字終投閣」二語，此是古人拙處，即是古人不可及處。漁洋不能解此，宜其小成就也。

陳衍覺得王士禛講求風味神韻，卻不了解古人之「拙」，故成就小。尤其批評王士禛之不了解杜甫，《詩話》卷十一云張之洞不喜黃庭堅，是受了王士禛影響：

> （廣雅相國）不喜江西派，即不滿雙井，特本漁洋說「山谷雖脫胎於杜，顧其天姿之高，筆力之雄，自闢門庭，宋

> 人作江西宗派圖極尊之，以配食子美，要亦非山谷意也」
> 云云。故陽不貶雙井，而斥江西為魔派，實則江西豈能外
> 雙井，雙井豈能高過子美，雄過子美，而自闢門庭哉。漁
> 洋未用功於杜，故不知杜，不喜杜，亦并不知黃，乃為是
> 言。

這其實是陳、王二人對杜甫的認知不同。王士禛認為黃庭堅脫胎於
杜甫而自闢門庭，陳衍認為黃山谷並未超越杜甫，故云王士禛不知
杜、不知黃。除了以上的觀點不同外，在論詩主張上，王士禛提倡
「神韻」，陳衍主性情，神韻與性情基本上沒有太大抵觸，則陳衍反
對王士禛的焦點何在？

　　王士禛《師友詩傳續錄》答劉大勤問鍾嶸《詩品》之「吟詠性
情，何貴用事？」與白居易「謂文字須雕藻兩三字文采，不得全直
致，恐傷鄙樸」，二者孰是：

> 仲偉所舉古詩，如「高臺多悲風」、「明月照積雪」、「清晨
> 登隴首」，皆書即目，羌無故實，而妙絕千古。若樂天云云
> 亦是，而其自為詩卻多鄙樸，特其風味佳，故雖云「元輕
> 白俗」，而終傳於後耳。〔註72〕

王士禛認為性情不關用事，但是若像白居易之流於鄙樸，就要求「風
味」。陳衍也談論《詩品》這一條（見上述〈鍾嶸〉），但是陳衍提出
救此「羌無故實」之法是要「學」，所以，同一條資料，二人對於過
分白俗之詩的解決之道看法不同，陳衍欲以「學」救俗，傾向一種深
積之功，王士禛以為平俗而有「風味」就好，所重在一種體悟感受。
所以，陳衍評宋大樽《茗香詩論》兼論王士禛，以為王氏「模糊惝怳
欺人之談」：

> 《詩論》又云：「不佇興而就，皆跡也。軌儀可範，思識可
> 該者也。有前此後此不能工，適工於俄頃者，此俄亦非敢
> 必覬也，而工者莫知其所以然。」此又誤於王文簡模糊惝
> 怳欺人之談也。（《詩話》卷三）

〔註72〕《清詩話》，頁153。

故陳衍反對王士禛論詩的焦點，在神韻說的「模糊」性質。

晚清詩壇，亦有禪理論詩，《詩話》卷十九引金孌〈贈石公〉詩：

> 詩界漫從禪理證，霜華早向鬢邊侵。

王廣西《佛學與中國近代詩壇》〔註73〕一書，對晚清的佛教與詩學關係有詳細論述。佛或禪對詩歌的主要作用何在？紀昀〈袁清愨公詩集序〉云：

> 漁洋拈不著一字，盡得風流之旨，以妙悟醫鈍根，而飴山老人顧執詩中有人之說，以抵瑕而蹈隙，左右佩劍，彼此互譏。論者謂合二家相濟，乃適相成，是亦掃除門戶之見也。〔註74〕

則禪悟、妙悟是詩人用來醫鈍根之藥，為何鈍根須醫？恐亦為了提升詩境，使之不俗，陳衍醫鈍藥方是從實際觀察事物、讀書養氣以救，而神韻說顯然不是。由此看來，陳衍反駁王士禛論詩不是針對個人，而在於妙悟之說對於學習者是不夠實際的。王士禛提倡的其實也是詩的性情，《漁洋詩話》卷上第九十八則：

> 張吏部公選九徵先生題余《過江集》云：「筆墨之外，自具性情；登覽之餘，別深寄託。」〔註75〕

又《漁洋詩話》卷上第九十二則：

> 蕭子顯云：「登高極目，臨水送歸。蚤雁初鶯，花開葉落。有來斯應，每不能已。須其自來，不以力構。」王士源序孟浩然詩云：「每有製作，佇興而就。」余生平服膺此言，故未嘗為人強作，亦不耐為和韻也。〔註76〕

王士禛認為詩是「佇興」而作的，也就是詩的特質是天然產生、不求而至，是不能以人為使力的創作。《漁洋詩話》卷下第五十一則：

〔註73〕王廣西：《佛學與中國近代詩壇》，（開封：河南大學出版社，1995）。
〔註74〕引自《清代文學批評資料彙編》下集，（臺北：成文出版社，1979），頁491。
〔註75〕《清詩話》，頁183。
〔註76〕《清詩話》，頁182。

益都孫文定公〈詠息夫人〉云:「無言空有恨,兒女粲成行」
諧語令人頤解。杜牧之:「至竟息亡緣底事,可憐金谷墜樓
人」則正言以大義責之。王摩詰:「看花滿眼淚,不共楚王
言」更不著判斷一語,此盛唐所以爲高。〔註77〕

詩寫綠珠、息夫人之情深義重,王士禛以「不著判斷一語」者爲高,
可知王士禛同意嚴羽論詩之「無跡可尋」之妙,但是以盛唐爲最高又
與陳衍「不墨守盛唐」有所不同。王士禛亦兼重才與學,其《師友詩
傳錄》第一則答學力與性情:

歷友答:得於先天者,才性也;⋯⋯得於後天者,學力也。
非才無以廣學,非學無以運才,兩者均不可廢。有才而無
學,是絕代佳人唱蓮花落也。有學而無才,是長安乞兒著
宮錦袍也。〔註78〕

一般的認知,別才屬先天、學力屬後天,偏廢一邊,只朝其中一方下
功夫,結果若非「絕代佳人唱蓮花落」即「長安乞兒著錦袍」,此語
嘲諷意味頗濃,總是戒人:才不可孤懸、學不可不轉化。

因此,可以推論王士禛並不主張「學」爲作詩必要條件,以律絕
來說,在表現方面,律詩比較需要鍛鍊,而絕句受限較少,但王士禛
認爲兩者都要求講神韻,《漁洋詩話》卷中第十七則:

律句有神韻天然,不可湊泊者,如高季迪「白下有山皆繞
郭,清明無客不思家」,曹能始「春光白下無多日,夜月黃
河第幾灣」,李太虛「節過白露猶餘熱,秋到黃州始解涼」,
程孟陽「瓜步江空微有樹,秣陵天遠不宜秋」是也。〔註79〕

王士禛將講究平仄對仗的律詩也納入神韻的要求,可知他不以體製爲
限而專重詩人的感情、靈性爲第一位。王國維《人間詞話》卷一云:
「滄浪所謂興趣,阮亭所謂神韻,猶不過道其面目,不若鄙人拈出境
界二字,爲探其本也。」〔註80〕將嚴羽「興趣」與王士禛「神韻」並

〔註77〕《清詩話》,頁212。
〔註78〕《清詩話》,頁125。
〔註79〕《清詩話》,頁186。
〔註80〕王國維:《人間詞話》卷一,第九則。(臺北:三民書局,1994),頁16。

舉，「興趣」與「神韻」有若干虛靈方面的性質相通，至少都有難以言語說明的傾向。故雖然都以性情爲基礎，但陳衍「自家高調」將性情著眼在詩人身上，「情」雖由於感性之故，易流於空泛，但當「情」是詩人自己之情則是實際的。陳衍之批評王士禛，在「神韻」的難以掌握，這就是陳衍重視詩之實在。

陳衍反對的另一點是王士禛的選詩。陳衍曾賃屋於上斜街，友朋時常過從，談讌賦詩，其中，陳衍自注樊增祥詩「選詩斷爛嗤貽上」云：「漁洋《十種詩選》余雅不喜」（《詩話》卷二）。基本上，重視詩教論者都不贊同說禪，《貞一齋詩說・詩談雜錄》第九十三則：

> 嚴滄浪以禪悟論詩，王阮亭因而選《唐賢三昧集》。試思詩
> 教自尼父論定，何緣墮入佛事？〔註81〕

《劍谿說詩又編》則認爲若讀詩只欣賞妙道、傳神、氣味，那麼，就不必講究作詩之才、詩的作用，恐亦非讀詩之道：

> 讀古人詩，不在本領作用處求之，專賞其氣味詞調，及一
> 二虛字傳神，以爲妙道，則日誦《唐賢三昧集》即阮亭先生選
> 本足矣，何假萬卷爲哉！〔註82〕

錢鍾書亦不喜漁洋：

> 漁洋天賦不厚，才力頗薄，乃遁而言神韻妙悟，以自掩飾。
> 一吞半吐，攝摩虛空，往往並未悟入，已作點頭微笑，閉
> 目猛省，出口無從，會心不遠之態。故余嘗謂漁洋詩病在
> 誤解滄浪，而所以誤解滄浪，亦正爲文飾才薄。將意在言
> 外，認爲言中不必有意；將弦外餘音，認爲弦上無音；將
> 有話不說，認作無話可說。（《談藝錄》第二十七則〈王漁洋詩〉）

選詩牽涉選者之主觀好惡，認同與否恐怕見仁見智，但是前人反對王士禛在其「虛」，錢鍾書甚至解讀王士禛以「虛」掩飾「薄」。張維屏《國朝詩人徵略》卷四引《聽松廬詩話》：

> 阮亭先生詩同時譽之者固多，身後毀之者亦不少，推其致，

〔註81〕《清詩話》，頁 937。
〔註82〕《清詩話續編》第二冊，頁 1127。

> 毀蓋有兩端，一則標舉神韻，易流爲空調，一則過求典雅
> （即王愛好之説），易掩卻性靈，然合全集觀之，入蜀後詩
> 骨愈蒼，詩境愈熟，濡染大筆，積健爲雄，直同香象渡河，
> 豈獨羚羊挂角，識曲聽眞，要當分別觀之。〔註83〕

反對王士禛者，在其神韻流於空調，而過於典雅又掩抑了性情。其
實，這種生時譽、身後毀也可視爲文學發展的現象之一，重要的是
能分別出所以然來，或許是對對立的雙方的一種起碼平衡。

　　陳衍反對「模糊」，在他批評鍾惺、譚元春之論唐詩的理由也相
同，《詩話》卷二十三：

> 鍾伯敬、譚友夏共選《古詩歸》、《唐詩歸》，風行一時，幾
> 於家絃戶誦。蓋承前後七子肥魚大肉之後，所選唐詩，專
> 取清瘦淡遠一路，其人人所讀，若李太白之〈古風〉，杜少
> 陵之〈秋興〉、〈諸將〉皆不入選，所謂厭芻豢思螺蛤也。
> 惟鍾譚於詩學雖不甚淺，他學問實未有得，故説詩既不能
> 觸處洞然，自不能拋磚落地，往往有説不得不可解等評語，
> 內實模糊影響，外則以艱深文固陋也。

認爲鍾、譚詩學不淺，但其他學問不夠廣博，所以論詩無法洞徹，故
批評兩人評詩「模糊」，卻以艱深文字文掩飾之，此與批評王士禛論
詩之虛靈模糊、不可捉摸相同。陳衍對鍾、譚所選的詩中使用「説不
得」、「不可解」等評語，深表不滿，〔註84〕足見雖然詩的創作緣由個
人天分情性，但是必須注重眞實的精神，如果一味「不可説」、「不可
解」，譚元春評張九齡詩妙不可言，陳衍説：「天清本不應有風雨，而
聞風雨，自是瀑布，有何不可言之妙？」。從「天清本不應有風雨」
即能明瞭陳衍以實事求是之眼光看待詩歌。

　　然而，陳衍其實亦有同意王士禛以及欣賞王詩之處，《詩話》卷
三：

〔註83〕楊家駱主編：《歷代詩史長編》，（臺北：鼎文書局，1971）。
〔註84〕《詩話》卷二十三又云：「張九齡〈湖口望廬山瀑布泉〉云：『天清風
　　　雨聞。』譚云：『瀑布詩此絕唱矣，進此一想，則有可知不可言之妙。』
　　　夫天清本不應有風雨，而聞風雨，自是瀑布，有何不可言之妙。」

鐵崖道人〈竹枝詞〉、〈漫興〉各絕句，專學杜者。漁洋〈冶春〉詞，專學鐵崖，余酷喜之。以為漁洋集中，無出此數首及〈懷人絕句〉右者。

〈戲用上下平韻作論詩絕句三十首〉之三：

眞個銷魂王阮亭，冶春絕句最芳馨。華嚴彈指何人見，聲調鏗然自可聽。（《詩集》卷四）

王士禛〈冶春〉絕句、〈懷人〉絕句為陳衍所賞，又七言古詩雖不甚高妙，但音節可喜：

今人工詩者不少，而七古音節不合者頗多，往往詞意雄俊，至三數句以後使人讀不下去。……試取昌黎、東坡、遺山之作讀之，有一篇一句犯此病者乎？……漁洋七言古，詞意并不甚高妙，而讀來自覺可喜，音節激揚故也。此事至顯而至要，人自不留意耳。（《續編》卷三）

陳衍認為七言古詩難作，其病在音節不合，古人只有韓愈、蘇軾、元遺山三人能不犯此病，而漁洋七古符合「音節激揚」，故讀之可喜，並讚譽王漁洋能夠賞識朱彝尊之特出眼光，〈近代詩學論略〉云：

王漁洋崛起挺秀於順康之間，知交遍天下，……乃所推重者，無如一布衣朱彝尊，其贈朱詩，如「江左風流惟汝在，文章流別幾人存？」漁洋與之初遇時，即嘆服其詩如此，其後王朱并稱，嗚呼！王氏洵具有特出之眼光矣！〔註85〕

另一方面，神韻說重視的「興會」也與陳衍論詩主張同調，《漁洋詩話》卷上第七十九則：

古人詩祇取興會超妙，不似後人章句，但作記里鼓也。

王士禛從嚴羽論詩擷取妙悟與興趣，再進一步提出神韻，所重有「興會」一條，妙悟、興趣、神韻這些審美感受多少有重疊部分，陳衍與王士禛對於興會之主張相同，但妙悟及虛靈則異。所以，陳衍並沒有將其反對之人一概扳倒，其間的同異亦須辨明。

詩有許多表現方式，只要能把詩意適切而感人地表達出來即應視為積極的創作，詩不能因為言情而模糊，王士禛徒標神韻，其極致反

〔註85〕《陳衍詩論合集》下冊，頁1086。

而離詩也遠。詩主性情，但是遙遠的詩，性情亦遠。自古詩人學玄、學佛、學禪者多有，甚至以玄、佛、禪入詩論詩，無非借用其超越之思想以拓展詩歌境界，但是，就詩而言，所追求的是一種與自然相會的經驗，在陳衍看來，這一種交會不必是超越的態度，只要如實把握就好。

梁章鉅《退庵隨筆》云：

> 王漁洋談藝四言，曰典，曰遠，曰諧，曰則，而獨未拈出一「眞」字。漁洋所欠者，眞耳。〔註86〕

有性情未必就是眞，更非講神韻就有眞。如果沒有「舍筏登岸」的心態，不論背著筏上岸、或者舍筏而重新以清靈無罣的直透寫詩，其實，只要以眞情寫動人之詩，要不要將筏帶上岸並不重要，所以，這種實實在在的「眞實」之追求是陳衍詩學的核心精神。

〔註86〕《清詩話續編》第三冊，頁 1983。

第六章　清代宋詩論與晚清詩學

　　論清詩者，多以唐宋詩之爭爲清代詩學重要的論題，而清代將近三百年的詩壇，同一命題在一個朝代的不同階段有遞變之勢。唐宋詩之爭之於清代詩壇，不論它是詩人主觀意識的論辯，或者是由於反映時代而出現的獨特思維，晚清詩人如何看待這個影響清代詩壇的論爭是相對重要的。本章討論清代之宋詩論而以清初至盛清、以及晚清兩部分言之，文獻資料以清代較具代表性之詩話著作爲主。

　　清代詩論對唐宋詩之爭採取調和折衷主張，由於「變化」在清代已是一個成熟的觀念，一些原本被文學批評史列入宗唐或宗宋之家，其實是唐宋兼採的。若唐宋詩之爭在清代有價值，應該更清楚地看到清代宋詩觀對宋詩的贊同或修正，如果僅從某一特徵去尋找宋詩，只會找到宋詩的某一肢骨，當然也難以看出宋詩在清代的萎弱或成熟，僅能重現宋詩的影子，更看不見清詩。目前學界並未對清代之宋詩論進行系統研究，所見者是唐宋詩之爭的歷史研究，例如齊治平《唐宋詩之爭概述》，﹝註1﹞將南宋至清初的宗唐、宗宋者分別述說其主張，清初宗宋以黃宗羲、呂留良、葉燮爲例；業師張高評先生〈清初宗唐詩話與唐宋詩之爭──以「宋詩得失論」爲考察重點〉﹝註2﹞指出宋

﹝註1﹞齊治平：《唐宋詩之爭概述》，（長沙：岳麓書社，1984）。
﹝註2﹞張高評〈清初宗唐詩話與唐宋詩之爭：以「宋詩得失論」爲考察重點〉，

詩與唐詩是風格特色異同問題，不完全是優劣高下問題；楊淑華《方東樹〈昭昧詹言〉及其詩學定位》所論則爲「宋代詩學」之唐宋詩之爭及在清初的發展，各掌握的論述點與範疇不同。

第一節　清代宋詩論之調和折衷

　　鄔國平、王鎮遠《清代文學批評史》〈宋詩派的理論〉提出清初宋詩派理論有三個特點：一、強調變化的詩歌發展觀，二、肯定趨新求奇的審美趣味，三、推尊韓愈和黃庭堅。而所謂宋詩派：

　　　　其實是兼取唐、宋的，他們在理論上並不否定唐詩，而且認爲宋詩正是唐詩的繼承和發展。〔註3〕

清初由於在「變化」基礎上講宗宋，所以，一時代有一時代的風貌，除了宗宋外，對金、元詩也是一起重視的，徐乾學〈十種唐詩選書後〉云：

　　　　詩不必學唐，吾師之論詩未嘗不兼取宋、元。〔註4〕

「吾師」指王士禛，可知王士禛對唐宋詩的兼取態度，未必宗唐。《國朝詩人徵略》卷十四〈邵長蘅〉：

　　　　字子湘，號青門，江南武進人，諸生，有青門集。山人古文與侯朝宗、魏子稱鼎足，詩力追唐人，晚變蘇黃范陸之派，亦宋詩中矯矯者。〔註5〕

邵長蘅詩原本力追唐人，晚年變宋詩而成爲矯矯者。所以，在面對宋詩或學習傾向上，清初詩人並未過分執守一端。清初有明確表示不必區分唐宋者，如田同之《西圃詩話》：

　　　　今之皮相者，強分唐宋，如觀漁洋司寇詩則曰唐，且指王、

《中國文學與文化研究學刊》第一期，（臺北：學生書局，2002），頁83～158。

〔註 3〕鄔國平、王鎮遠：《清代文學批評史》，頁 342～347。

〔註 4〕同前註，頁 342。

〔註 5〕楊家駱主編：《歷代詩史長編》第十六種第一冊。（臺北：鼎文書局，1971）。

　　　孟以實之；觀先司農詩則曰，且指蘇、陸以實之。〔註6〕
強分唐宋是皮相之觀，故調和折衷的宋詩觀是清代宋詩論的主要現
象。

　　　清初宋詩觀以融合唐宋作為基本論述，除了少數堅定不悔地尊
唐者，其實多持兼取唐宋之論。而所謂尊唐者，其言論也非完全反
對宋詩，基本觀念常是：宋詩從唐詩的繼承和發展而來，所以，如
果不以「詩分唐宋」來看，主要都從源與流討論宋詩之由唐詩而來
的發展變化。如田雯《古歡堂集雜著》卷一：

　　　今之談風雅者，率分唐、宋而二之。不知唐之杜、韓，海
　　　內俎豆之矣，宋梅、歐、王、蘇、黃、陸諸家，亦無不登
　　　少陵之堂，入昌黎之室。〔註7〕

認為宋詩重要詩人是登杜甫、韓愈之堂室，故肯定「宋詩」是從「唐
詩」去說的。黃宗羲〈姜山啓彭山詩稿序〉亦以源流視之，指出豫章
為少陵之流：

　　　天下皆知宗唐詩，余以為善學唐者唯宋。顧唐詩之體不一：
　　　白體、崑體、晚唐體。白體如李文正、徐常侍兄弟、王元
　　　之、王漢謀。崑體則……。晚唐體則……。少陵體則黃雙
　　　井專尚之，流而為豫章詩派，乃宋詩之淵藪，號為獨盛。(《南
　　　雷文定後集》卷一)〔註8〕

視唐詩有四體，而以「少陵體」為宋詩淵藪，流衍成為宋詩。故清初
講「變化」觀點，雖明言變化，其實也暗隱尊唐。再如葉矯然《龍性
堂詩話續集》：

　　　晚之不及初盛者，非謂今體，謂古體也。元和今體新逸，
　　　時出開元、大曆之上，惟古體神情婉弱，醖釀既薄，變化
　　　易窮。至宋得長公、涪翁、永叔諸公，天分既高，人力復
　　　盡，其繪情寫物，雖似另開生面，而實青蓮、工部胎骨，
　　　不知者徒以蘇、黃之體少之，真矮人觀場也。〔註9〕

　────────────

〔註6〕同前註，頁342。
〔註7〕《清詩話續編》第一冊，頁695。
〔註8〕《清代文學批評資料彙編》上集，頁99。
〔註9〕《清詩話續編》第二冊，頁1010。

> 歐陽永叔，心手經營，較子瞻尤多作意。余於全集中錄五
> 十餘首，皆翩翩唐調，不落宋習者，另梓外，今爲摘其佳
> 句。〔註10〕

說歐陽脩詩爲翩翩唐調、「不落宋習」，並沒有作唐宋詩的截然劃分。
然而，雖以「變化」云蘇軾、黃庭堅、歐陽脩，但視爲李、杜之「胎
骨」，仍然視唐爲宋之根本，即採取源流變化觀，並將「源」設定在
唐。又如賀裳《載酒園詩話》〈曾幾〉：

> 大率宋詩三變，一變爲傖父，再變爲魑魅，三變爲群丐乞
> 食之聲。〔註11〕

此言變化，而指出的「宋詩三變」：傖父、魑魅、群丐是宋愈趨下流
之勢，用語非常刻薄。朱彝尊〈王學士西征草序〉：

> 宋之作者，不過學唐人而變之爾，非能軼出唐人之上，若
> 楊廷秀、鄭德源之流，鄙俚以爲文，詼笑嬉褻以爲尚，斯
> 爲不善變矣，顧今之言詩，或效之何與。……舍唐人而稱
> 宋，又專取其不善變者效之，惡在其善言詩也？（《曝書亭集》
> 卷三十七）〔註12〕

朱彝尊也談變化，說唐宋之取捨是人心各有所樂，但宋詩是學唐而
變化，不能軼出唐人之上，似暗藏貶宋之意。又有以風格爲變化之
所別，故以「味」喻唐宋詩，指出兩者不同，然而，也視宋詩是「雜
肴」，《師友詩傳錄》第二十七則，王阮亭答「詩之味」：

> 詩有正味焉，太羹元酒，陶匏蕭栗，《詩三百篇》是也，
> ……再進而肴蒸鹽虎，前有橫吹，後有侑幣，賓主道饜，
> 大禮以成，初、盛唐人是也，……又進而正獻既徹，雜肴
> 錯進，芭穇藜羹，薇蕨蓬菖，矜鮮鬥異，則宋、元是也。
> 〔註13〕

《詩三百》是正味、宋元詩是雜肴。葉矯然《龍性堂詩話初集》亦云

〔註10〕《清詩話續編》第二冊，頁1017。
〔註11〕《清詩話續編》第一冊，頁443
〔註12〕引自《清代文學批評資料彙編》上集，頁241。
〔註13〕《清詩話》，頁143。

宋詩「雜」，〔註14〕宋詩雖雜，但又強調唐宋各有優劣，堅守其中一方是拘牽狹隘的，故又云：

> 微之評杜：「詞氣豪邁而風調清深，屬對律切而脫棄凡近。」
> 卓哉言乎！能豪邁而不能清深者，宋詩也。切對律而未免
> 凡近者，元、明詩也。〔註15〕

葉矯然引元稹評杜甫詩「詞氣豪邁、風調清深、屬對律切、脫棄凡近」之語，用來評論宋詩豪邁卻不能清深，也是暗藏貶意於褒意的講法，雖然它並不如言論情緒化者的說詞那般激烈，然而，明暗之間對宋詩的意見其實並未有特別宗向。

　　另有以指責宋詩之弊卻引出唐宋分界之妄，例如袁枚〈答施蘭垞第二書〉指出宋詩嚴重的弊病：

> 不依永，故律亡；不潤色，故采晦；又往往疊韻如蛤蟆繁
> 聲，無理取鬧，或使事太僻，如生客闌入，舉座寡歡。其
> 他禪障、理障、廋詞替語，皆日遠夫性情。〔註16〕

袁枚說宋詩不依永、不潤色、疊韻過繁、使事太僻、以佛與理摻入，並將這些缺點視爲無理取鬧。袁枚以性靈論詩，因此認爲詩之執唐宋爲界是不適當的，其〈答施蘭垞論詩書〉又云：

> 詩者，各人之性情耳，與唐、宋無與也。苟拘拘焉持唐、
> 宋以相敵，是子之胸中有已亡之國號，而無自得之性情，
> 於詩之本旨巳失矣。〔註17〕

只要詩有性情，毋分唐宋，若拘限地以唐宋互敵，是只見已亡國之唐宋，未見國雖亡而今日尚存之唐宋詩，不論國亡與否，詩尚可見

〔註14〕「學詩入手，舍初唐而言中晚，則失之纖；舍三唐而究宋、元，
　　　　則失之雜。得手以後，高語初盛而土苴中晚，則邊幅而少新警；
　　　　堅守唐調而抹殺宋、元，則拘墟而不廣大。今海內趨風宋、元，
　　　　鬥祕炫詭極矣，識者又不可不致思。」《清詩話續編》第二冊，頁
　　　　940。
〔註15〕《清詩話續編》第二冊，頁967
〔註16〕引自黃保眞、成復旺、蔡鍾翔：《中國文學理論史：明清鴉片戰爭前
　　　　時期》，頁656。
〔註17〕同上註，頁654。

者，在於詩是得之於性情的。袁枚之論雖是調停，但宋詩仍被視爲無理，值得注意的是其調和之訣竅是「詩的性情」。從這些方式論唐宋詩之爭，可看出清詩人對這個論爭似乎是矛盾的，或者，誠如齊治平《唐宋詩之爭概述》所云，是爲免「致招物議」：

> 梨州提倡宋詩，意欲與鼓吹盛唐者抗衡，本極顯然，但又不願落入「爭唐爭宋」之流，致招物議。〔註18〕

除了詩人避免招致非議的理由之外，可以看出的現象是「宗唐宗宋」不論正說或反說、明說或暗說，詩論家其實都有調和折衷之傾向。

清代詩話不乏堅決擁唐護宋者，然兩方畢竟言語激烈，摻雜情緒化成分，是個人之思，並不客觀，重要的是，這些是少數。除了少數激烈尊唐宗宋者，多數清代詩話圍繞著變化觀念論述的唐宋詩之別，其實導向唐宋融合，乃一種折衷論。此非兩面討好的明哲保身之語，清人對唐宋詩之爭論，有表現出百思不得其解之人，薛雪《一瓢詩話》第四十九則：

> 運會日移，詩亦隨時而變。其實義皇一畫，未嘗澌滅，何以有一種人，談唐宋而下，詆若仇讐，以宋詩比擬其作，即艴然不悅，吾嘗永夜思之，不得其解。〔註19〕

薛雪認爲時運移易，詩歌亦變，何必將唐宋詩視爲仇敵，故主張：因前人而變、「能以陳言而發新意，才是大雄」（第四十七則）等，用一種站穩源頭而發展流變的觀點論詩。李重華《貞一齋詩說》〈論詩答問三則〉之三亦對於唐宋詩之爭有所感慨：

> 宋、元以來，並有作者，而尊唐者劣宋，祖宋者挑唐，其折衷可得聞與？……「初」「盛」「中」「晚」特評者約略之詞，以觀風氣大概可耳，未足定才力高下；猶唐、宋時代之異，未可一概優劣也。〔註20〕

李重華認爲唐詩分初盛中晚四期不恰當，由唐詩分期之不當引申出

〔註18〕齊治平：《唐宋詩之爭概述》，頁72。
〔註19〕《清詩話》，頁687。
〔註20〕《清詩話》，頁923。

詩分唐宋亦不妥，感嘆是否以「折衷」看待？可知調和之說，在清代多有所見，只是清代詩話所載，批評家通常沒有明確表態，調和折衷論其實是他們屬意的觀點，這表現在他們從內容與形式上對唐宋詩的論述，內容以風格、形式以作詩技巧來說。也就是從風格、技巧看待唐宋詩，其中並沒有優劣高下之判。

一、唐宋詩各具面目

　　折衷論主要立足在變化觀念，由於詩是變化的，因此唐宋詩之異便有兩個思考方向；其一，詩人風格各具面目；其二，宋人思欲新變於唐，在創作上即改變內容思想與作詩技巧。清初在反對明末以摹擬而尊唐之下提倡宋詩，故由變化發展出的宋詩，莫說與唐詩不同，即使宋詩本身尚有不同風格。全祖望〈宋詩紀事序〉云宋詩「三變」，〔註21〕但平行列出，未突出何者為主。全祖望沒有分析「三變」具體內容如何，但由其文可知，即使宋代一朝之詩，風格多貌，不論以詩體、詩人、詩風來看，都呈現不同樣態，因此，其實以風格亦難言宋詩全貌。翁方綱《石洲詩話》卷四說宋南渡之後，詩風不同：

> 南渡自四靈以下，皆摹儗姚合、賈島之流，纖薄可厭。而《谷音》中數十人，乃慷慨頓挫，轉有阮、陳、杜少陵之遺意。此則激昂悲壯之氣節所勃發而成，非從細膩涵泳而出者也。〔註22〕

四靈以後，有纖薄、有慷慨頓挫，即使相同的世亂世變之詩亦存在著

〔註21〕《鮚埼亭集》外編卷二十六：「宋詩之始也，楊、劉諸公最著，所謂西崑體者也，說者多有貶辭。然一洗西崑之習者歐公，而歐公未嘗不推服楊、劉，猶之草堂之推服王、駱，始知前輩之虛心也。慶曆以後，歐、梅、蘇、王數公出，而宋詩一變。坡公之雄放，荊公之工練，并起有聲。而涪翁以崛奇之調，力追草堂，所謂江西派者，和之最盛，而宋詩又一變。建炎以後，東夫之瘦硬、誠齋之生澀、放翁之清圓、石湖之精致，四壁并開。乃永嘉徐、趙諸公以清虛便利之調行之，見賞於水心，則四靈派也，而宋詩又一變。」

〔註22〕《清詩話續編》第二冊，頁1443。

不同風格。又云《宋詩鈔》之失：

> 吳鈔云：「元祐文人之盛，大都材致橫闊，而氣魄剛直，故能振靡復古。」其論固是。然宋之元祐諸賢，正如唐之開元、天寶諸賢，自有精腴，非徒雄闊也。即東坡妙處，亦不在橫豪，吳鈔大意，總取浩浩落落之氣，不踐唐跡，與宋人大局未嘗不合，而其細密精深處，則正未之別擇。
> 〔註23〕

批評《宋詩鈔》之選未經認真擇別，但所論元祐、開、天詩人同屬盛世，一樣有不能斷然區劃者。值得注意的是，翁方綱指出宋人大局「不踐唐跡」，然精深處「未之別擇」，何嘗不是說出唐宋詩之間的相異又相似之微妙。葉燮《原詩》卷三亦指出：

> 作詩者在抒寫性情，此語夫人能知之，夫人能言之，而未盡夫人能然之者矣。作詩有性情，必有面目，此不但未盡夫人能然之，并未盡夫人能知之而言之者也。……余嘗於近代一二聞人，展其詩卷，自始至終，亦未嘗不工，乃讀之數過，卒未能睹其面目何若？竊不敢謂作者如是也。〔註24〕

肯定杜甫、韓愈、蘇軾各有面目，杜甫之面目是「無處不可見其憂國愛君，憫時傷亂」、韓愈之面目是「無處不可見其骨相稜矕，俯視一切」、蘇軾之面目是「無處不可見其凌空如天馬，遊戲如飛仙」，而面目有可見、不可見，又有分數多寡，各有不同。古之大家尚且如此，葉燮云近世詩人更難以明睹面目，其詩工則工矣，但看不出面目，葉燮並非諷刺當世詩人無面目可言，而是強調面目並非輕易可見，因為它可能是隱藏的、可能是半見半不見的。

　　所以，唐宋詩風格難分，正因其各具面目。葉矯然《龍性堂詩話續集》云：

> 宋人潘閬，字逍遙，有〈歲暮自桐廬歸錢唐〉詩云：「久客見華髮，孤棹桐廬歸。新月無朗照，落日有餘暉。漁浦風

〔註23〕《清詩話續編》第二冊，頁1421。
〔註24〕《清詩話》，頁596。

水急，龍山煙火微。時聞沙上雁，一一向南飛。」卻有唐
人風格。〔註25〕

所論之潘閬爲宋初詩人，由於以風格論唐宋詩會有重疊，故潘閬詩染
有唐風不是可怪之事。所以，唐宋詩風格不一、難見面目，因此應尊
重個別性。《說詩菅蒯》第二則：

> 詩以道性情，人各有性情，則亦人各有詩耳。俗人黨同伐
> 異，是欲使人之性情，無一不同而後可也。……昌黎以沈
> 雄博大之才，發之於詩，而遇郊、島之寒瘦者，亦從而津
> 津嘆賞之。蓋古之具異才者，未有不愛才者也。〔註26〕

吳雷發此語是讚賞韓愈之愛才，韓愈不因自己雄博之才而避郊、島
寒瘦，韓愈愛才，所愛者何？自然是郊、島異於韓愈自己之「個別
之才」。又《說詩菅蒯》第十五則：

> 論詩者往往以時之前後爲優劣，甚而曰宋詩斷不可學。彼
> 蓋拾人唾餘，鈍者以之自欺，黠者以之欺人。且詩學之源，
> 固宜溯諸古，至於成功，則無論其爲漢、魏、六朝，爲唐、
> 宋、元、明，爲本朝也。一代之中，未必人人同調，豈唐
> 詩中無宋，宋詩中無唐乎？……然前古之詩，豈獨無皮毛
> 疵類乎？在善學者不論何代，皆能採其菁華；惟能運一己
> 之性靈，便覺我自爲我。夫效顰者非即謂之西子，然不得
> 謂西子之外無美人也。戴折角巾者非即謂之林宗，然不得
> 謂林宗之外無良士也。〔註27〕

吳雷發從時論「宋詩不可學」闡述詩之源在古，後代之發展是詩的「成
功」，而成功之中又未必人人同調。吳雷發以「效顰者非西子、捨西
子外並非無美人」、「戴折角巾者非林宗、捨林宗之外並非無良士」比
喻唐宋各有專美，更重要的，打破唐、宋詩之各自以爲惟一論，換言
之，唐宋詩既各有面目，清詩爲何不能也有自己風格？西子與林宗之
外，必有美人良士，故亦必有清詩。

〔註25〕《清詩話續編》第二冊，頁 1013。
〔註26〕《清詩話》，頁 897。
〔註27〕《清詩話》，頁 900。

二、作詩技巧各有擅場

　　唐宋詩之異在各具風格、面目不一，這是從詩的內容言，即所謂的唐風宋調；從形式來說，江西詩派創活法、奪胎換骨、點鐵成金等技法，是爲了尋求與唐詩之異而自立生存，然而，字句的鍛鍊早已被唐詩人利用，只是在宋詩領域裡是更加強化的，因此，作詩技巧之講求未必是宋詩獨占的特徵。王夫之《薑齋詩話》卷下第二十一、二十三則：

> 作詩亦須識字。……唐人不尋出處，不誇字學，而犯此者百無一二。宋人以博核見長，偏於此多誤。（第二十一則）
>
> 一時、一事、一意，約之止一兩句；長言永嘆，以寫纏綿悱惻之情，詩本教也。〈十九首〉及〈上山採蘼蕪〉等篇，止以一筆入聖證。……若晚唐餖湊，宋人支離，俱令生氣頓絕。（第二十三則）〔註28〕

王夫之認爲唐人不求字之出處，卻不犯平仄音節且能注意音別義異，宋人處處考究卻偏此多誤。另外，漢樂府以一筆入聖，唐人絕句也能以一句表達一意，但宋人支離，故無生氣，這是說簡約字句可表現長言永嘆之情，而晚唐與宋之餖飣支離是死板的。又葉燮《原詩》卷三：

> 近今詩家，知懲「七子」之習弊，掃其陳熟餘派，是矣。然其過：凡聲調字句之近乎唐者，一切屏棄而不爲，務趨於奧僻，以險怪相尚；目爲生新，自負得宋人之髓。幾於句似秦碑，字如漢賦。新而近於俚，生而入於澀，真足大敗人意。夫厭陳熟者，必趨生新；而厭生新者，則又返趨陳熟。以愚論之：陳熟、生新，不可一偏；必二者相濟，於陳中見新，生中得熟，方全其美。若主於一，而彼此交譏，則二俱有過。〔註29〕

清初之宗宋的主要動機是反對明末七子追襲唐之流弊，嚴格說來，

〔註28〕《清詩話》，頁 13。
〔註29〕《清詩話》，頁 591。

並非一種自創新意的變革，是爲了反對而改變，不是別無旁騖而自立的思考。葉燮從作詩技巧上指出過於追求新奇乃學宋之弊，宋詩奧僻險怪、以生爲新之弊，是因反唐而出，由葉氏的解釋，並非唐詩就沒有這些宋詩之弊，其所認同者是陳熟與生新不可偏廢，那麼，藉批評宋詩文字之弊也是說明唐宋不可偏一的主張，只要「偏」就是「弊」。

關於宋詩之字字有來歷，《說詩晬語》第二十四則：

> 詩要字字有來歷，人所知也，然機杼又要絕不猶人。……
> 然面目難肖，而世俗之態，極易漸染。務須高自位置，寶
> 我天眞，鍊我骨格，使世俗之態不能入，自有一種不可磨
> 滅之氣，傲兀而超凡者。〔註30〕

字字有來歷並非不可爲，然而應守住自我面目，否則容易被世俗雜染，所以，在鍛鍊字句中，詩人自我天眞亦須寶愛，則「天眞」與「文字」應同時兼顧。葉矯然《龍性堂詩話初集》云：

> 昌黎詩不似唐，卻高於唐。……退之〈南山詩〉，中間連
> 用五十餘「或」字，又連用疊字十餘句，其體物精微，公
> 輸釋斤，道子閣筆矣。予嘗命子弟錄一通，誦而玩之，可
> 以變化心胸，錯綜筆下，信山谷云工巧子美不及也。退之
> 〈答張徹〉詩，奇句種種，……吾故曰不似唐而高於唐也。
> 〔註31〕

韓愈鍛鍊字句影響宋詩的寫作技巧極大，葉矯然欣賞〈南山詩〉之連用疊字與重出字，並云誦習玩味可以「變化心胸」，韓愈的造巧鍛鍊被葉氏以「奇」讚賞，因此譽爲「不似唐而高於唐」。「不似唐」表示它是異於唐，而「高於唐」表示「不似唐」是勝出的，在這裡，葉矯然頗有暗尊「不似唐」者。龐塏〈柯巨川詩序〉：

> 夫詩有源流，非三百、漢魏、唐宋之謂也。《書》曰：詩言
> 志。志者，其源，而言其流也。志無象，故曰新而不同；
> 言有跡，故模仿而可得，舍其富有日新之志，而騖於摹仿

〔註30〕《清詩話》，頁903。
〔註31〕《清詩話續編》第二冊，頁976。

　　　形似之言，言爲唐人所已言，非新也；言經宋人所已言，
　　　又安在其爲新乎？（《叢碧山房文集》卷一）〔註32〕

龐垲爲康熙時人，此序認爲詩之源在「志」，非《三百篇》、漢魏或
唐。學唐學宋，都是文辭上的功夫，因文辭可由模仿而得，所以，
在文辭上論唐宋都沒有差別，或者說是無謂的模仿，這是改變傳統
詩論一貫從「作品（《三百篇》）」論詩之源，而從「志」看詩之不必
區分唐宋。「志」是源、「言」是流，「言」是可以摹仿的，故唐宋詩
就是可摹仿的「言」而已，本源之「志」日新而常新，「言」因可摹
仿而不新，在這一點上，唐宋詩均「非新」。

　　蘇軾、黃庭堅是宋詩重要詩人，清詩人無不欣賞蘇軾詩汪洋恣
肆、鍛鍊冶鑄，但也有人眼中蘇軾長處在天才，不在鍛鍊的。例如
《甌北詩話》卷五：

　　　坡詩有云：「清詩要鍛鍊，方得鉛中銀。」然坡詩實不以鍛
　　　鍊爲工，其妙處在乎心地空明，自然流出，一似全不著力，
　　　而自然沁入心脾，此其獨絕也。〔註33〕

所以，清詩人對宋詩重視的如何表現文字技巧有不同的看法。另一
方面，葉矯然《龍性堂詩話續集》所謂「宋無詩」是宋人強作解人，
因爲不會說詩，故無詩：

　　　半山説詩云：「『風靜花猶落』，是靜中見動意；『鳥鳴山更
　　　幽』，是動中見靜意。」石林説詩云：「『聽雨寒更盡，開門
　　　落葉深』，是以『落葉』比雨聲。『微陽下喬木，遠燒入秋
　　　山』，是以『微陽』比『遠燒』也。」二公之説豈無解，然
　　　余正嫌其太索解，故後人說宋無詩，惟彊解詩，是以無詩
　　　也。〔註34〕

從宋人「強解詩」而說宋「無詩」，又舉蘇軾之不屑於字句，自創新
格爲例。如果蘇詩可代表宋詩的話，葉矯然所言，則宋詩並不以講求

〔註32〕引自張健：《清代詩學研究》，（北京：北京大學出版社，1999），頁
　　　491。
〔註33〕《清詩話續編》第二冊，頁1196、1199。
〔註34〕《清詩話續編》第二冊，頁1041。

字句新奇爲考量；若不以字句新奇而以「解詩」論宋詩，則解詩是一種開發思致之事，這樣的宋詩，指向思考層次意義而不在詩本身，若此，宋詩眞難言也。王夫之《薑齋詩話》卷下第二十五則，以寫景說明宋詩取向：

> 有大景，有小景，有大景中小景。「柳葉開時任好風」、「花覆千官淑景移」及「風正一帆懸」、「青靄無人看」，皆以小景傳大景之神。若「江流天地外，山色有無中」、「江山如有待，花柳更無私」，張皇使大，反令落拓不親。宋人所喜，偏在此而不在彼。〔註35〕

王夫之認爲寫景之法，須以小景傳大景之神，但宋人所喜之景是張皇而大者，所舉例山色花柳映在江流江山之中，是從小景寫至大景；若從江山寫到花柳，則一落筆便是張大之景，指出宋人寫景的偏好，所以，王夫之說是「落拓不親」的，不能親近何嘗不是一種隔閡呢？

《石洲詩話》卷三云：

> 情景脫化，亦俱從字句鍛鍊中出，古人到後來，只更無鍛鍊之跡耳。而《宋詩鈔》則惟取其蒼直之氣，其於詞場祖述之源流，概不之講，後人何自而含英咀華？勢必日襲成調，陳陳相因耳。此乃所謂腐也。何足以服嘉、隆諸公哉？
>
> 〔註36〕

翁方綱批評《宋詩鈔》缺點是跳脫鍛鍊工夫而直取蒼直之氣，因爲，字句的鍛鍊之上境必須做到「無鍛鍊之跡」，而《宋詩鈔》沒有指示學習者去了解古人如何做到這一點，翁氏認爲只強調宋詩風格，而沒有說明風格構成的來龍去脈，以及「宋詩無鍛鍊之跡」的重要性，才是所謂「腐」。翁方綱之意，必須說明宋詩之佳處何在，尤其是「詞場源流」，指出詞場源流能讓後人將宋詩學習得更好。翁方綱認爲《宋詩鈔》表現出偏枯之弊，對於了解宋詩是無益的。

可見要把宋詩說清楚、學得好，並非易事，所以，如果從任何

〔註35〕《清詩話》，頁14。
〔註36〕《清詩話續編》第二冊，頁1423。

一點看都是宋詩，也都不完全是宋詩，那麼，如何區分唐宋或者如何爭唐宋才會是一個完整的表述？這也正是唐宋詩之爭「難以平心易氣」之處。

第二節　清初至盛清之宋詩論

清代詩學的論題之一乃唐宋詩之爭，論者對於此一議題之研究往往從唐、宋兩個絕對立場各自傾向某一種偏執，最明顯的現象是：由於宋代學術風潮理學化，許多研究者在尋找到一部詩話或某一則詩的論述有「學」、「學問」、「理」等字眼，或因江西詩派學習杜甫韓愈，則服膺杜韓蘇黃者，或是詩尚冷澀平淡者，便指該詩人是「宋詩派」。蔡鎮楚《中國詩話史》又曾對近代詩話的宗宋傾向指出「盛世宗唐，亂世宗宋」，〔註37〕時代會影響詩歌風潮，但是，以時代之盛衰取決唐宋詩之宗尚，似又是一種偏失。實際上，若從詩人、詩學內容之關係談論比較親切，擷取「世亂」一端論詩，是以小體言大體，故稍嫌簡略，未必盛世宗唐、亂世宗宋。喬億《劍谿說詩》卷下有云：

> 明代詩人，尊唐攘宋，無道韓、蘇、白、陸者。國朝則祖宋祧唐，雖文章宿老，宋氣不除。〔註38〕

喬億爲乾隆時人，尚在清代盛世，他說當時「宋氣不除」即亂世宗尚宋詩的反證。

清代宋詩論是一個相對於「宗唐」的立場而言，並非絕對，用相對的角度來談是超越唐宋之爭二分的絕對性的另一種方法。錢鍾書

〔註37〕蔡鎮楚：《中國詩話史》：「近代詩話的宗宋傾向，有其深刻而廣泛的社會根源。在中國詩話史上，盛世『宗唐』，亂世則『宗宋』，幾成規律。每當國勢彌昌，社會昇平，百姓樂業，政通人和之際，詩壇多倡唐詩，標舉『盛唐氣象』；而國祚衰危，內憂外患，民族矛盾、階級矛盾日益激化、社會動亂之秋，詩人們往往推崇宋詩，多欲借助宋詩筆力以揭露現實，針砭時弊，抒愛國之心，發憂時傷亂之情。」（長沙：湖南文藝出版社，1988），頁318。
〔註38〕《清詩話續編》第二冊，（臺北：藝文印書館，1985），頁1106。

《談藝錄》云：「唐詩、宋詩，亦非僅朝代之別，乃體格性分之殊」，
〔註39〕以風格論之，而非以時代乃爲世所公論。唐宋詩之異在風格，
但唐宋詩不能二分。既然不能以「唐宋二分」來看清代詩學之唐宋詩
論，以下敘述清代的幾部代表性詩話中有關宋詩的討論，而這些詩論
都曾經被分置於宗唐、宗宋兩大壁壘的。

一、沈德潛《說詩晬語》

沈德潛當時被視爲宗唐人物，查爲仁《蓮坡詩話》第一七五則：

> 長洲沈碻士編修德潛有《說詩晬語》二卷，推論歷代風雅源
> 流，一一抒其心得。其自爲詩，有《竹嘯軒》、《歸愚》等
> 集，專宗三唐，文質相麗，五言及樂府，尤爲擅場。〔註40〕

說沈氏詩集著作「專宗三唐」，而沈德潛《說詩晬語》卷下多論宋詩：

> 西江派黃魯直太生，陳無己太直，皆學杜而未嚌其胾者。
> 然神理未浹，風骨獨存。南渡以下，范石湖變爲恬縟，楊
> 誠齋、鄭德源變爲諧俗，劉潛夫、方巨山之流，變爲纖小；
> 而四靈諸公之體，方幅狹隘，令人一覽易盡，亦爲不善變
> 矣。（《說詩晬語》卷下第八則）

沈德潛分述宋詩幾位重量級人物，指出江西派學杜未精，僅得風骨、
神理未合、不善變化，「未嚌其胾」意謂沒有探求杜甫深髓；南渡以
後詩風諧俗纖小、一覽而盡，江西詩人與南渡後詩人不同即在善變與
不善變。太生、太直、神理、風骨、纖小等語，談的是風格，而且沈
德潛似暗指代表宋詩的江西派也是有缺點的。

其論蘇軾，云：

> 蘇子瞻胸有洪爐，金銀鉛錫，皆歸鎔鑄。……韓文公後，
> 又開闢一境界也。元遺山云：「只知詩到蘇黃盡，滄海橫
> 流卻是誰？」嫌其有破壞唐體之意，然正不必以唐人律
> 之。（《說詩晬語》卷下第三則）

〔註39〕錢鍾書：《談藝錄》「詩分唐宋」，（臺北：藍燈文化事業公司，1987），
　　　　頁2。
〔註40〕《清詩話》，（臺北：木鐸出版社，1988），頁516。

蘇軾從韓愈開闢出一個新境界，元遺山又以蘇黃破壞唐體，因爲沈德潛遵唐，故蘇黃是「破壞」，然沈氏又認爲「不必以唐人律之」。儘管舉出宋詩之卑、怪、俚者，沈德潛又云：

> 學宋人者，并無宋人學問，而但求工對偶之間，如「木上座」、「竹夫人」、「趙盾日」、「展禽風」之類。曲摹里巷之語，舍大聲而愛〈折柳〉、〈皇荂〉，宜識者之不欲觀也。擴清俗諦，以求大方，斯眞宋詩出矣。「春水渡旁渡，夕陽山外山」何工於著景也！「客遊兒廢學，身拙婦持家」何工於言情也！此種何嘗不是宋詩？（《説詩晬語》卷下第十一則）

對宋詩的讚賞是「擴清俗諦，以求大方」，是「眞宋詩」之精神，這是對宋詩的肯定，雖然宋詩有卑、怪、俚者，〔註41〕亦同時視宋詩爲開闊廣大，並未從唐詩的對立立場而指責宋詩。宋人非惟學問是求，宋詩亦有言情之作，所以，以風格論唐宋詩，其實有難明之處：

> 杜詩：「江山如有待，花柳自無私」、「水深魚極樂，林茂鳥知歸」、「水流心不競，雲在意俱遲」，俱入理趣。邵子則云：「一陽初動處，萬物未生時」，以理語成詩矣。王右丞詩不用禪語，時得禪理；東坡則云：「兩手欲遮瓶裡雀，四條深怕井中蛇」言外有餘味耶？（《説詩晬語》卷下第七十一則）

杜詩已有「理趣」，王維不用禪語而時有禪意，蘇軾之「胸有洪爐」也曾寫平易凡俗之詩，故題材的內容與時代不足論定唐宋詩之別。因此，沈德潛認爲宋詩之才力體製高於前人，他所取雖在唐詩，但卻「不貶宋詩」，《清詩別裁·凡例》云：

> 唐詩蘊藉，宋詩發露，蘊藉則韻流言外，發露則意盡言中。愚未嘗貶斥宋詩，而趨嚮舊在唐詩。

沈德潛所論之唐宋，是在兩者蘊藉與發露之不同。其論北宋詩：

> 宋初臺閣倡和，多宗義山，名西崑體。梅聖俞、蘇子美起

〔註41〕沈德潛舉例之宋詩：所謂卑者有「卷簾通燕子，織竹護雞孫」、「爲護貓頭笋，因編麂眼籬」、「風來嫩柳搖官綠，雲起奇峰湧帝青」、「遠近笋爭滕薜長，東西鷗背晉秦盟」。怪者有「若見江魚應慟哭，此中曾有屈原墳」。俚者有「腳跟頭上兩青天」、「月子彎彎照九州」。

> 而矯之，盡飜窠臼，踔屬發揚，才力體製，非不高於前人，而淵涵渟滀之趣，無復存矣。歐陽七言古專學昌黎，然意言之外，猶存餘地。(《說詩晬語》卷下第一則)

肯定梅、蘇的才力體製，但是無淵涵之趣，而歐陽脩意在言外且尚留餘地。梅、蘇、歐同屬北宋詩人，從沈德潛評語可知所談的重點在詩中是否包孕蘊藉風格。即使嚴羽最早開啓爭論宋詩之「以文字爲詩，以才學爲詩，以議論爲詩」一語，沈德潛亦提出不盡然的看法：

> 人謂詩主性情，不主議論，似也，而亦不盡然。試思二《雅》中何處無議論？杜老古詩中，〈奉先〉、〈詠懷〉、〈八哀〉諸作，近體中，〈蜀相〉、〈詠懷〉、〈諸葛〉諸作，純乎議論。但議論須帶情韻以行，勿近傖父面目耳。(《說詩晬語》卷下第六十三則)

以議論爲詩並不是只出現在宋詩中，唐宋詩均曾有，《雅》詩與杜甫詩中均有議論，重點在議論而要帶有情韻，才能免於庸俗。沈德潛看待詩中之議論著眼於「須帶情韻」，情韻由詩人性情啓動感知而散發出來，可以說明沈德潛論詩注重與理致不同的「情感」。

詩之情韻由詩人性情所表現，故詩歌之別在於個人性情：

> 性情面目，人人各具。讀太白詩，如見其脫屣千乘；讀少陵詩，如見其憂國傷時。其世不我容，愛才若渴者，昌黎之詩也；其嬉笑怒罵，風流儒雅者，東坡之詩也。即下而賈島、李洞輩，拈恥一章一句，無不有賈島、李洞者存。倘詞可饋貧，工同鑿枘，而性情面目，隱而不見，何以使尚友古人者讀其書想見其爲人乎？(《說詩晬語》卷下第八十七則)

認爲唐宋詩之別在詩人性情，也惟有詩人性情面目才是詩之所以爲詩之所重。沈德潛雖被文學史家列爲「尊唐」，但是從他的詩論可以看出，並不是貶棄宋詩的。

二、宋犖《漫堂說詩》

宋犖《漫堂說詩》所論，立足尊唐而又不必規橅唐宋：

　　詩者，性情之所發。《三百篇》、《離騷》尚矣，漢魏高古，
　　不可驟學；元嘉、永明以後，綺麗是尚，大雅寖衰，獨唐
　　人諸體咸備，鏗鏘軒昂，爲風雅極致。……學者從此入門，
　　趨向已定，更盡覽《品彙》之全編，考鏡三唐之正變，然
　　後上則遡源於曹、陸、陶、謝、阮、鮑六七名家，又探索
　　於李、杜大家，以植其根柢；下則汎濫於宋、元、明諸家，
　　所謂取材富而用意新者，……久之，源流洞然，自有得於
　　性之所近，不必橅唐，不必橅古，亦不必橅宋、元、明，
　　而吾之眞詩觸境流出，……此之謂悟後境。悟則隨吾興會
　　所之，漢魏亦可，唐亦可，宋亦可，不漢魏、不唐、不宋
　　亦可，無暇模古人，並無暇避古人，而詩候熟矣。（《漫堂説
　　詩》第一則）

唐人「諸體咸備，鏗鏘軒昂，爲風雅極致」是對唐詩極高的褒揚，
所指出的學詩之道重在洞悉源流而不必規橅唐宋，強調的是自得之
性情。所謂「悟後境」是詩人透過洞悉源流，詩材豐富，用意自新，
詩由自我興會觸境而出，好詩都是悟唐宋後之所得，故不必學唐學
宋，甚至漢、魏、古詩都不必學，此時之「詩候」是一種勇氣的成
就，「無暇模古、無暇避古」眞正是氣魄之語。宋犖所論的唐宋詩消
長是一種循環論，但是，循環中應該檢討的，是「守固陋」：

　　明自嘉、隆以後，稱詩家皆諱言宋，至舉以相訾謷：故宋
　　人詩集，庋閣不行。近二十年來，乃專尚宋詩。至余友吳
　　孟舉《宋詩鈔》出，幾於家有其書矣。孟舉序云：「黜宋
　　者曰腐，此未見宋詩也；今之尊唐者，目未及唐詩之全，
　　守嘉、隆間固陋之本，陳陳相因，千喙一倡，乃所謂腐也。」
　　又曰：「嘉、隆之謂唐，唐之臭腐也，宋人化之，斯神奇
　　矣。」蓋意主捄弊，立論不容不爾。顧邇來學宋者，遺其
　　骨理而撦扯其皮毛；棄其精深而描摹其陋劣，是今人之謂
　　宋，又宋之臭腐而已，誰爲障狂瀾於既倒耶？（《漫堂説詩》
　　第二則）

明末時，宋詩不盛是謹守唐詩固陋所致，而清初吳之振《宋詩鈔》

出，以明代守固陋爲腐，換言之，只要守固陋即爲陳腐，而不在於守哪一種（唐或宋的）固陋，這樣的論唐宋詩是針對「救弊」而言，仍以一偏對治一私，並非對唐宋詩內在結構的反省，同樣是偏畸之私說。〔註42〕宋人化唐之臭腐爲神奇，此乃宋詩的重要性，所說唐之臭腐即嘉、隆之「固陋之唐」，而近人務爲吳之振所謂宋詩「皮毛落盡」，只爲了努力落盡皮毛而遺其骨理，仍是不懂得「化臭腐」之道。故唐宋詩之爭並非唐詩或宋詩本身的問題，所以有「今人之謂宋，又宋之臭腐而已」之語，也就是說，「臭腐者，守固陋也」，並非唐即臭腐、宋即是新。上述葉燮《原詩》卷三批評當時宗宋者理由亦同，〔註43〕爲了救弊，極端地摒一切唐之聲調字句不爲，以宋之「落盡皮毛」抵制唐之固陋，明爲「生新」，其實比「入舊」更嚴重。這樣的求變，嚴格說來，其弊更甚於未改變。

宋犖所云「捄弊」指清初反對明七子的模擬，故興起厭棄唐音之風潮，《四庫全書總目·敬業堂集提要》：

> 明人喜稱唐詩，自國朝熙初年，窠臼漸深，往往厭而學宋。
> 〔註44〕

朱彝尊〈葉李二使君合刻詩集序〉亦云：

> 今言詩者，每厭棄唐音，轉入宋人之流派，高者師法蘇、黃，下乃效及楊廷秀之體，叫囂以爲奇，俚鄙以爲正，譬之於樂，其變而不成方者與？〔註45〕

因爲厭棄唐音使得宋詩興盛，在這種情況下的摒棄或推崇，其實，唐詩不必卑而宋詩亦不必亢，宋犖與葉燮都能看到清初的唐宋詩，不論勝或不勝，其實只是一偏之見，是從一個窠臼掉入另一窠臼而已。故

〔註42〕葉燮：《原詩》卷一〈內篇上〉云明末尊唐與清初之矯其失，兩事是：「往往溺於偏畸之私說。其說勝，則出乎陳腐而入乎頗僻；不勝，則兩蔽，而詩道遂淪而不可救。」與宋犖此說類似。

〔註43〕同註29。

〔註44〕引自鄔國平、王鎮遠：《清代文學批評史》，（上海：上海古籍出版社，1996），頁341。

〔註45〕同前註。

納蘭性德《原詩》云：

> 十年前之詩人，皆唐之詩人也，必嗤點夫宋；近年來之詩
> 人，皆宋之詩人也，必嗤點夫唐。萬戶同聲，千車一轍。
> 〔註46〕

　　鄔國平、王鎮遠《清代文學批評史》〈清代前期的詩論〉指出：

> 當時宗宋的風氣充斥詩壇，甚至連一貫提倡唐詩的詩壇盟
> 主王士禛也曾一度宗宋，可見康熙前期宋詩派的影響之
> 廣。〔註47〕

厭棄唐音既是爲了救弊，它沒有針對唐宋詩自身內在脈絡作出梳理，
所以，雖然「萬戶同聲，千車一轍」，其聲與轍只是一種循環交替現
象，唐宋詩自身的反省不深。

三、葉燮《原詩》

　　葉燮《原詩》一書向來被文學批評史視爲具有嚴密美學體系之詩
話著作。葉燮對於唐宋詩的看法主要在變化觀念，因此，很符合多數
清代詩評家對唐宋詩的意見：

> 開宋詩一代之面目者，始於梅堯臣、蘇舜卿二人。自漢、
> 魏至晚唐，詩雖遞變，皆遞留不盡之意，即晚唐猶存餘地，
> 讀罷掩卷，猶令人屬思久之。自梅、蘇變盡崑體，獨創生
> 新，必辭盡於言，言盡於意，發揮鋪寫，曲折層累以赴之，
> 竭盡乃止。才人伎倆，騰踔六合之內，縱其所如，無不可
> 者；然含蓄淳泓之意，亦少衰矣。(《原詩》卷四外篇下)

漢魏以下詩都是變化的，而唐宋詩之別，在於唐詩留有不盡之意，宋
詩卻「辭盡於言，言盡於意」，梅、蘇二人開啓宋詩平淡風致但「含
蓄淳泓之意稍衰」與沈德潛看法相同。〔註48〕這也是對於當時「以變
爲新」地學宋，認爲是「頑固」，之所以稱爲頑固，原因是只了解前

〔註46〕同前註。
〔註47〕同前註。
〔註48〕《說詩晬語》卷下第一則：「宋初臺閣倡和，多宗義山，名西崑體。
　　　　梅聖俞、蘇子美起而矯之，盡翻窠臼，蹈屬發揚，才力體製，非不
　　　　高於前人，而淵涵渟滀之趣，無復存矣。」

後變化的承襲關係，卻不明白其中眞正原因：

> 今人見詩之能變而新者，則舉之而歸之學宋，皆錮於相仍
> 之恆，而不知因者也。(〈黃葉邨莊詩序〉) 〔註49〕

即只知「爲什麼變」而不知「如何變」。葉燮主張變化觀，變化之中又有小大，而後世誤解宋詩，在於將小變、大變一概視爲宋詩，《原詩》卷一：

> ……勢不能不變。小變於沈、宋、雲、龍之間，而大變於
> 開元、天寶高、岑、王、孟、李；此數人者，雖各有所因，
> 而實一一能爲創。……宋初詩襲唐人之舊，如徐鉉、王禹
> 偁輩，純是唐音。蘇舜卿、梅堯臣出，始一大變，歐陽修
> 亟稱二人不置。自後諸大家迭興，所造各有至極，今人一
> 槩稱爲宋詩者也。

詩之產生變化是由於詩歌有「因」有「創」，宋詩「創」唐音，但所創有小有大，不同的「創」卻被後人全部攏收爲一，所以後人所論之宋詩難明；唐詩之中有集大成者、傑出者、專家、弱者，這全部是唐人本色。〔註50〕

　　因此，唐宋詩不能一語而盡，也非輕言能盡，它們都包含了小大之變的變數。這是一種發展的觀念，葉燮著名的葉盛花開、復開復謝之喻：

> 譬諸地之生木然，三百篇則其根，蘇、李詩則萌芽由蘖，
> 建安詩則生長至於拱把，六朝詩則有枝葉，唐詩則枝葉垂
> 蔭，宋詩則能開花，而木之能事方畢。自宋以後之詩，不
> 過花開而謝，花謝而復開，其節次雖層層積累，變換而出，
> 而必不能不從根柢而生者也。(《原詩》卷二〈內篇〉下)

宋承唐而來，宋表現在異於唐者，爲益加變化與踵事增華；《原詩》

〔註49〕吳宏一、葉慶炳編：《清代文學批評資料彙編》上集，(臺北：成文
　　　　出版社，1981)，頁263。
〔註50〕《原詩》卷一：「集大成如杜甫，傑出如韓愈，專家如柳宗元，如劉禹
　　　　錫，如李賀，如李商隱，如杜牧，如陸龜蒙諸子，一一皆特立興起；
　　　　其他弱者，則因循世運，隨乎波流，不能振拔，所謂唐人本色也。」

卷四亦用架屋爲喻：漢魏詩初架屋，唐詩則於屋中增設器物、加雕刻，最後宋詩加入更多陳設，於是完成詩歌的完整繁茂，以此喻中國詩史的立體結構，後代是在前代骨架中，增益肌肉而成。據此，雖以正變盛衰論唐宋詩，但未必前者爲盛、後者爲衰，因爲無骨則肉難附，無肉則骨是空架子，骨與肉是同等價值、同需重視，而且是難以分離的。《原詩》卷二又云：

> 竊以爲相似而僞，無寧相異而眞，故不必泥前盛後衰爲論也。……詩自《三百篇》以至於今，此中終始相承相成之故，乃豁然明矣。

自《三百篇》以下，節節相生、環環相扣，是一個有根有枝葉的整體，各朝代詩之異在「體同用異」：

> 溫柔敦厚，其意也，所以爲體也，措之於用則不同；辭者，其文也，所以爲用也，返之於體則不異。漢、魏之辭，有漢、魏之溫柔敦厚，唐、宋、元之辭，有唐、宋、元之溫柔敦厚。（《原詩》卷一〈內篇〉上）

葉燮之變化觀以體用論爲基本脈絡，〔註 51〕詩之本質爲「體」，再引伸其發展進化之「用」，故此，天地間的草木未嘗有相同一定之形；宋詩是開花、全盛的、有代表性的，唐詩是它的對應者，兩相映照，本體同而作用不同；作用者，即踵事增華、因時遞變，所以「不讀唐詩，不知宋與元詩之工也」：

> 夫惟前者啓之，而後者承之而益之；前者創之，而後者因之而廣大之。（《原詩》卷二〈內篇〉下）

往上推之，「不讀六朝詩，不知唐詩之工」，「不讀漢魏詩，不知六朝詩之工」，「不讀三百篇，不知漢魏詩之工」；往下推之，不讀宋詩也不能知清詩。因此，唐宋詩是相對關係，而非兩個絕對，既爲相對，故雙方可以互相轉化對流。詩的整體是一脈洪流，各個高低峰在相互

〔註 51〕體用論亦出現在李重華：《貞一齋詩說·詩談雜錄》第六十三則：「有以可解不可解爲詩中妙境者，此皆影響惑人之談。夫詩言情不言理者，情愜則理在其中，乃正藏體於用耳。……如果一味模糊，有何妙境？抑亦何取於詩？」，《清詩話》，頁 933。

流轉中,自顯形貌。譬如水之於波瀾,風與湖石造就波瀾之美;波瀾因水而成形,水因波瀾而美,兩者建立於相對的互相推助關係,如果視水與波瀾爲各自存在,水缺乏變化的美感,波瀾亦不成波瀾,此爲兩失。

故葉變認爲清初爲了反明末宗唐而崇尚宋詩,當時用意良好但作法錯誤,以僻奧險怪務求於變唐音,是走不出厭陳熟而趨生新以及厭生新復返陳熟的互爲對立,此爲葉變之批判。

四、王士禛《師友詩傳續錄》

王士禛《漁洋詩話》自序,言其生平所作詩話散見各書,不下百餘條,〔註52〕《漁洋詩話》較少論述宋詩,《師友詩傳續錄》第十九、二十則,有歷來被敘述唐宋詩之爭者必引用之語:

> 唐詩主情,故多蘊藉;宋詩主氣,故多徑露。此其所以不及,非關厚薄。

> 昔人論詩曰:「不涉理路,不落言詮。」宋人惟程、邵、朱諸子爲詩好說理,在詩家謂之旁門。〔註53〕

「所以不及」其實已在潛意識裡貶低宋詩,而以程、邵、朱爲宋詩之喜好說理者,可知王士禛喻爲旁門左道的是指「好說理」的理學家之詩,看來,他又非全面貶抑宋詩。《師友詩傳續錄》第八則,蕭亭答「七律」:

> 元和以後,律體屢變。其造意幽深,律切精密,有出常情之外,雖不足鳴大雅之森,亦可爲一倡三嘆。至宋律則又晚唐之濫觴矣。雖梅、歐、蘇、黃,卓然名家,較之唐人,氣象終別。〔註54〕

由元和與北宋名家氣象之別可知唐宋詩之異在風格,非關時代,所

〔註52〕 王士禛:「余生平所爲詩話,雜見於《池北偶談》、《居易錄》、《皇華紀聞》、《隴蜀餘聞》、《香祖筆記》、《夫于亭雜錄》諸書者,不下數百條;而《五代詩話》,又別爲一書。」《清詩話》,頁164。

〔註53〕 《清詩話》,頁152。

〔註54〕 《清詩話》,頁133。

以，不論哪一個時代，名家都各有擅場，甲詩人風格可能會出現在乙詩人，乙詩人所無者亦可能在甲詩人身上。因此，以風格分唐宋會出現「唐人宋調」或「宋詩唐調」的重疊現象。

王士禎之「神韻說」向來被劃歸為「宗唐」論，但是，俞兆晟〈漁洋詩話序〉引王士禎之語「還念平生，論詩凡屢變」，他在中年以後，轉宗兩宋：

> 中歲越三唐而事兩宋，良由物情厭故，筆意喜生，耳目為之頓新，心思於焉避熟。〔註55〕

唐宋詩之爭在王士禎這一位「宗唐」重量級人物觀念裡，因年增歲長，思慮轉趨成熟而轉變，這個思考已「成熟」卻「屢變」的現象傳達的訊息是：唐宋詩之分不易解或者是不必解，而這其實也是陳衍的觀點。

五、翁方綱《石洲詩話》

翁方綱《石洲詩話》卷四談到宋詩以及與唐詩之異：

> 談理至宋人而精，說部至宋人而富，詩則至宋而益加細密，蓋刻抉入裡，實非唐人所能囿也。……宋人精詣，全在刻抉入裡，而皆從各自讀書學古中來，所以不蹈襲唐人也。〔註56〕

「益加細密」指出宋詩受到宋人說理之精與說部之富而成就，此言「細密」是一種往深處方向的鑽進，而非明顯易見的一個平面坦露的現象，宋詩之於唐詩是遞進加益的立體局面，而且其方針不在整合而是分散，分散到詩之多方面加密中去。翁方綱認為宋詩好處在「不蹈襲唐人」，所以，宋詩以突破唐詩為志。《石洲詩話》對吳之振、呂留良《宋詩鈔》意見頗多，卷三批評吳之振選宋詩：

> 吳選似專於硬直一路，而不知宋人之精腴，固亦不可執一而論也。且如入宋之初，楊文公輩雖主西崑，然亦自有神

〔註55〕《清詩話》，頁163。
〔註56〕《清詩話續編》第二冊，頁1426。

致，何可盡祧去之？……必以不取濃麗，專尚天然爲事，
將明人之吞剝唐調以爲復古者，轉有辭矣。故知平心易氣
者難也。〔註57〕

只選硬直之詩而無視宋詩的精膄，翁方綱從選詩不妥而表達其對宋
詩風格的認識不執於單一。又《卷三》再云：

《宋詩鈔》之選，意在別裁眾說，獨存眞際，而實有過於
偏枯處，轉失古人之眞。如論蘇詩，以使事富縟爲嫌。夫
詩之妙處，固不在多使事，而使事亦即其妙處。奈何轉欲
汰之，而必如梅宛陵之枯淡、蘇子美之鬆膚者，乃爲眞詩
乎？〔註58〕

《宋詩鈔》別裁眾說，立意爲佳，但所選過於偏頗。翁方綱以爲蘇
軾之使事富縟是優點也正是缺點，故梅聖俞、蘇舜卿之平淡鬆闊何
必因爲相對於富縟即爲「眞詩」？

所以，翁方綱主張不專主唐或宋之一家，《石洲詩話》卷四：

漁洋先生則超明人而入唐者也，竹垞先生則由元人而入宋
而入唐者也。然則二先生之路，今當奚從？曰吾敢議其甲
乙耶？然而由竹垞之路爲穩實耳。〔註59〕

引文所論：竹垞的穩實，因其「由元入宋而入唐」，而漁洋由明入唐，
中間越過宋，可知漁洋不取宋，翁方綱認爲竹垞穩實，此暗示捨宋不
智。而其實王士禎對唐宋詩的取決也不是所謂的「宗唐」，如〈論詩
絕句〉云：「耳食紛紛說開寶，幾人眼見宋元詩」，其詩之追求清遠淡
雅、與到神會，又所輯撰之著作看來，〔註60〕其心目中唐詩應比宋詩
勝出，但王士禎又不廢宋詩。

六、趙翼《甌北詩話》

趙翼《甌北詩話》體例有明確分條，卷一至卷十一均評論詩人，

〔註57〕《清詩話續編》第二冊，頁1402。
〔註58〕《清詩話續編》第二冊，頁1420。
〔註59〕《清詩話續編》第二冊，頁1427。
〔註60〕王士禎有《十種唐詩選》、《唐人萬首絕句選》、《唐詩七言律神韻集》
　　　　等選作，均爲唐詩範疇。

從中可了解其論詩觀點。自北宋奉杜甫韓愈爲宗，杜韓雖身爲唐人卻儼然爲宋詩之隔代代表。二人爲後世所樂道樂學者，在於奇險變化，然而趙翼以爲「奇險自有得失」：

> 蓋少陵才思所到，偶然得之；而昌黎則專以此求勝，故時見斧鑿痕跡。有心與無心異也。其實昌黎自有本色，仍在文從字順中，自然雄厚博大，不可捉摸，不專以奇險見長。恐昌黎亦不自知，後人平心讀之自見。若徒以奇險求昌黎，轉失之矣。（卷三）

也許，連韓愈都不知道雖然自己提倡奇險，但韓詩本色仍然在「文從字順」，後人如果專求奇險，亦是缺失。又《甌北詩話》卷八〈高青丘詩〉：

> 元末明初，楊鐵崖最爲巨擘，然險怪仿昌谷，妖麗仿溫、李，以之自成一家則可，究非康莊大道。〔註61〕

唐詩的「險怪」一格，本爲宋詩攝取的養分，趙翼認爲可以作爲自家特點，終非康莊大道，所以，不能爲了追奇險而盲從，趙翼提出欲於奇險中求勝，要以「無心」爲之，即不見斧鑿，此「有心」、「無心」與陳衍評宋大樽《茗香詩論》復古之「有意」與「無意」異曲同工。可知學習杜甫韓愈並未構成清詩人之宋詩觀的絕對條件，反而清詩人藉杜韓之奇險反思「文從字順」乃詩之本色。

趙翼〈論詩〉詩：

> 宋調唐音百戰場，紛紛脣舌互雌黃。
> 此於世道何關係？竟似儒家鬬老莊。〔註62〕

趙翼以史學家的眼光論詩，在他眼中唐宋詩之爭與世道無關，意謂無須爭論，其理由正是唐宋詩的存在是客觀的，不必互相指責。

從以上幾部清代詩話關於唐宋詩的言論，可知清代宋詩觀在大方向的把握上，因「體用」、「源流」觀念而強調變化，再因變化而

〔註61〕《清詩話續編》第二冊，頁1274。
〔註62〕《趙翼詩編年全集》卷二十六，（天津：天津古籍出版社，1996），頁743。

開闔，故強調風格各異，風格各異又強調表現力不同，因此，不可執一。

第三節　晚清詩學

　　清初至盛清之宋詩論或隱或顯，實已道出破除唐宋樊籬之想法，採取一種融合折衷的觀點。顯者，各自表態，即明確有爭唐宋之意；隱者，藉由尊唐抑宋或尊宋抑唐，其實均有調和觀念，有趣的是，明確表態者少。時至晚清，似乎沒有哪一部詩話堅決地討論此一問題，勉強說宋詩論，其實是學者沿襲傳統說法，以未經權衡的宋詩特色套入其論述，定其宗尚。所謂宗宋者，繼「清初宋詩派」之後，被推爲道咸之間的宋詩發軔者有何紹基與程恩澤，反之，則有王闓運代表的漢魏六朝派，以及易順鼎、樊增祥代表之中晚唐派。本節以晚清詩派敘述晚清詩學，主要是漢魏六朝派與中晚唐派在所謂「宗宋」的對立面之主張，即晚清「非宗宋詩論」，而最能代表宋詩的江西詩派，在晚清除了陳三立之外，其實是寂寞無聲的，晚清詩學可由此三部分略見梗概。至於程恩澤與何紹基詩論被譽爲「晚清宋詩論發軔者」以及同光體在傳統唐宋詩之爭中被定位的所謂「宗宋」之論述見於第八章；與陳衍同時的南社、詩界革命等，則於第九章以〈同光體之反對者〉論之。

一、漢魏六朝詩派

　　晚清漢魏六朝派以師法漢魏六朝詩歌爲宗旨，代表人物是王闓運（1832～1916）。湖南湘潭人，字壬秋，號湘綺，咸豐七年（1857）舉人，太平天國起義期間，曾入曾國藩幕府，後退隱講學。辛亥革命後，曾任清史館館長、參議院參政，不久再度退隱，卒於長沙。有《湘綺樓詩集》、《湘綺樓說詩》等。

　　漢魏六朝詩派異名很多，有漢魏派、漢魏六朝派、文選派、湖湘派、湖南詩派，習慣稱漢魏派，陳衍與汪辟疆稱之爲「湖外詩」。

主張「詩必法古」，在尊古復古思想下，認爲宋詩不如唐，唐詩不如魏晉，魏晉又不如漢，惟古是尙。錢基博《現代中國文學史》指出晚清詩壇三宗爲漢魏派、中晚唐派、宋詩派，其中敘述漢魏、中晚唐派云：

> 詩則所謂同光體者，又喜談宋詩，以別於中晚唐一宗焉。近來詩派大別爲三宗：清季王闓運崛起江潭，與武岡鄧輔綸倡爲古體，每有作皆五言，力追魏晉，此闚風騷，不取宋唐歌行近體。……樊增祥也，早歲崇清詩人袁枚、趙翼，自識之洞，皆悉棄去，從會稽李慈銘遊，頗究心於中晚唐，吐語新穎，則其獨擅。龍陽易順鼎，固能爲元、白、溫、李者，於是流風所播，中晚唐詩極盛，然學者頗多，而佳者卒尟，何者？蓋此體易入而難精也。〔註63〕

說明王闓運、易順鼎、樊增祥之詩歌取向：王氏力追魏晉、樊氏究心中晚唐、易氏學元、白、溫、李，此爲一般文學批評史認爲同光體之成立是爲了與王闓運、易、樊分庭抗禮，就是從這樣的「宗唐或宗宋」去劃分，而所劃分之標準是詩人的學習對象有別。重點是，錢氏認爲「中晚唐派」詩佳者少。《晚晴簃詩話·王闓運》云：

> 自曾文正公提倡文學，海內靡然從風，經學尊乾嘉，詩派法西江，文章宗桐城，壬秋後起，別樹一幟。解經則主簡括大義，不務繁徵博引，文尚建安典午，意在駢散未分，詩擬六代，兼涉初唐，湘蜀之士多宗之，壁壘幾爲一變，尤長七古，自謂學李東川，其得意抒寫，脫去羈勒，時出入於李杜元白之間，似不以東川爲限。〔註64〕

應該注意的是，王闓運並未因追摹漢魏而反宋詩，只是尊古而已，故汪辟疆〈光宣詩壇點將錄〉稱之曰「詩界舊領袖」，又〈近代詩人小傳稿〉云：

> 其詩直造漢魏六朝，而與陸謝爲近，七古略涉初唐，決不

〔註63〕錢基博：《現代中國文學史》，（臺北：粹文堂），頁178。
〔註64〕《清詩匯》下冊，（北京：北京出版社，1995年10月），頁2500。

肯作開天後人語。〔註65〕

王闓運並非嚴肅地反宋詩，只是明確表示自己提倡盛唐詩的立場，「略涉初唐」即他所選擇的宗尚。王闓運〈論作詩之法〉強調復古學古：

> 樂必依聲，詩必法古，自然之理也。……古人之詩盡美盡善矣，典型不遠，又何加焉？……不古不唐不宋不元，學之必亂。（《湘綺樓說詩》卷七）

由於視「古」為無上之美，故王闓運不勸人學詩，因其難也；同理，今人詩可以不觀，因為欲盡知古人詩之工拙，非三四十年不能成就，但是，若以三四十年治經學道，必有所成。王闓運不只重古輕今，且重文輕詩，故錢基博雖以王闓運為晚清詩派三大宗之一，但書中卻把王闓運置於文章類，意亦在王闓運的此一自述趨向。

王闓運反對區分唐宋詩另有理由，其〈論詩示黃鏐〉云「詞章莫難於詩」，詩與文亦異：

> 詩與諸文不同，必求動人者，動人而何以免俳優之賤，以其處於至尊至貴而無天治之心也。以人求之，唐以前人尚不徇於人，宋以後，人知者稀矣。杜子美語必驚人，便有徇人之意。……文有朝代，詩有家數，文取通行，故一代成一代之風；詩由心聲，故一人有一人之派。論文而分班馬，論詩而區唐宋，非知言也。（《湘綺樓說詩》卷六）

一代有一代之風、一人有一人之派，各有不同，故詩與文異。歸根究底，王闓運也無意分別唐宋詩，僅因偏重五言詩，設定漢魏詩為最上等之詩，故不取唐、宋，換言之，王闓運不是反對唐宋詩，而是極度推崇漢魏詩，王闓運此一思維角度應該辨明。其學詩方法，則主張模擬與學古，〈答張正暘問〉：

> 文有時代而無家數，詩則有家數，易模擬，其難亦在於變化。於全篇模擬，自運一兩句，久之可一兩聯，又久之可一兩行，則自成家數矣。（《湘綺樓說詩》卷四）

〔註65〕汪辟疆：《汪辟疆說近代詩》，（上海：上海古籍出版社，2001），頁126。

王闓運雖承認時代有流、人各有派，但並不強調變化，因爲變化是一件難事，故主張完全模擬，其矛盾是：既全篇模擬，而變化又是難事，則模擬後如何「自成家數」？有變化觀念但不勸人學詩，這一點也是王闓運的說法之奇怪之處。

　　陳衍評論王闓運，說：

> 湘綺五言古，沉酣於漢魏六朝者至深，雜之古人集中，直莫能辨正，正惟其莫能辨，不必其爲湘綺之詩也。……蓋其莫守成法，不隨時代風氣爲轉移，雖明之前後七子無以過之也。（《近代詩鈔》〈王闓運〉）

不認同王闓運，在於王氏復古而沒有變化，以至無自家面目。陳衍說得很好，「正惟莫能辨，不必爲湘綺詩」，一語道盡模擬之弊。王闓運堅決主張復古擬古，黃霖《近代文學批評史》認爲其大膽無以復加：

> 責龔魏爲變亂，說洋務爲無益，攻擊維新變法，詛咒辛亥革命。……自明以來，欲洗「優孟衣冠之誚」而能如此大膽、直接、絕對地倡言復古者似無第二人。〔註66〕

如此極端的復古主張，文學史上確屬少見。王闓運之漢魏派，對於晚清宋詩論並未特別突顯什麼理論內容，只因王闓運以重五言、詩學漢魏而否定唐宋以下之詩，於是被名曰漢魏派。於晚清宋詩論中，可以由它看到宋詩論如何在晚清詩壇被反襯反顯的另一個向度。

二、中晚唐詩派

　　所謂中晚唐詩派，指晚清以宗法中晚唐詩人爲主之派別，代表詩人爲樊增祥、易順鼎。易順鼎（1858～1920）和樊增祥（1846～1931）爲清末民初詩壇宗唐詩派兩大首領，主要師法白居易、元稹、李賀、李商隱、溫庭筠等中晚唐詩人，故又稱中晚唐派。李繼凱、史志謹《中國近代詩歌史論》指出此派：

> 爲詩刻意追求詞語工巧、華麗、對仗，喜用典故，喜逞才

〔註66〕黃霖：《近代文學批評史》，（上海：上海古籍，1996），頁247。

氣，大有近代「玩」文字派的嫌疑，而且講求柔麗綿密、
精深華妙。過於貪求此道，反而時有做作，遂失詩之自然
天成的真味，難逃「詩匠」之譏。……易與樊以多產而尤
工裁對著稱。〔註67〕

因易、樊二人過度追求中晚唐詩豔冶風格，故成為「詩匠」。錢基博
《現代中國文學史》亦云：

順鼎詩才綺絕，自少至壯，所作近萬首；尤工裁對，與樊
增祥稱兩雄。惟增祥不喜用眼前習見故實，而順鼎則必用
人人所知之典。增祥詩境，到老不變，而順鼎則變動不居，
學大小謝、學杜、學元白、學皮陸、學李賀、盧仝，無所
不學，無所不似，而風流自賞，以學晚唐溫李者為最佳。

〔註68〕

評論家並不以為易、樊二人在晚清有何特殊貢獻，甚至有「玩文
字」、「詩匠」之譏。錢基博在論鄭孝胥時，指出易、樊二人詩正缺
乏「惘惘之情」：

三十以後，乃肆力於七言，自謂為吳融、韓偓、唐彥謙、
梅堯臣、王安石，而最喜王安石。嘗言：「作詩工處，往往
有在惘惘不甘中者。」此其所為與樊增祥、易順鼎異趣者
也！〔註69〕

故知中晚唐詩派與鄭孝胥詩的幽并熱情、悵惘失意之作正好是相反
的類型，以下分析樊、易二人之論唐宋詩。

（一）樊增祥

樊增祥並沒有專門論詩之作，散見其詩歌者，略見如下。其中
〈冬夜過竹簣侍講論詩有述〉認為唐宋並可尊，沒有貴賤優劣之別：

……獨厭耳食界唐宋，唐固可貴宋亦尊。盧陵雄彞剪榛
菉，臨川詰屈規典墳。西江三宗共一祖，老骨細細縈秋

〔註67〕李繼凱、史志謹：《中國近代詩歌史論》，（長春：吉林教育出版社，
　　　　1995），頁195。
〔註68〕錢基博：《現代中國文學史》，頁195。
〔註69〕同上註，頁235。

筋。……〔註70〕

樊氏雖無特別的唐宋詩論述，然而其自述詩學追求，或可對照出晚清「宗宋說」的另一種看法。〈余論詩專取清新以爲古作者雖多於詩道固未盡也賦此示戟傳午詒〉：

> 句律原參造化工，兩間風景信無窮。
> 若無鹽豉莼何味？爲有梅花月不同。
> 略取蜀薑生辣意，定須越紙熟槌功。
> 今當萬事求新日，故紙陳言要掃空。〔註71〕

作詩要求參造化、追求生辣，「故紙陳言要掃空」是韓愈務去陳言的同調。所以，樊增祥講求詩之「新」，是說古今互相對照時，方顯出個別特色，反之，沒有對照，就不能見出對方特色。又〈與翰臣論詩〉：

> 詩到天然始是佳，玉爲底蓋兩無瑕。
> 衣裁須取全身稱，棋力難教半子差。
> 水裏著鹽知有味，樹頭剪採不爲花。
> 性靈即是良知說，要讀奇書過五車。〔註72〕

以上兩詩，論及詩法與詩風的追求，前首以追求「新」與「生」爲尚，後首「水著鹽」則是有法而無法的暗示，「性靈即良知」以奇書培植性靈，所談的性靈是由多讀書而來。

汪辟疆《近代詩人小傳稿·樊增祥》說到樊氏詩之趨向：

> 樊山生平論詩，以清新博麗爲主，工於棣事，巧於裁對。作詩萬首而七律居其七八，次韻、疊韻之作尤多，無非欲因難見巧也。近代詩人棣事之精，致力之久，益以過人之天才，蓋無逾於樊山者。晚年與易實甫并角兩雄，二家在湖湘爲別派，顧詩名反在湘派諸家之上。蓋以專學漢魏六朝三唐，至諸家已盡，不得不別闢蹊徑爲安身立命之所，

〔註70〕錢仲聯編：《近代詩鈔》第二冊，（上海：江蘇古籍出版社，2001），頁690。
〔註71〕同前註，頁702。
〔註72〕引自馬亞中：《中國近代詩歌史》，（臺北：臺灣學生書局，1992），頁432。

轉益多師，聲光並茂，則二家別有過人者也。〔註73〕

指出樊、易二人是因爲當時專學漢魏唐者都已窮盡，故不得已另闢蹊徑。然而，所謂另闢的途徑：清新博麗、工於棣事、巧對，在當時並沒有特別重要的意義。清初尙爲了救晚明之弊而激起對宋詩的思考，而中晚唐派之格局較小，所開闢之徑只求與漢魏派「不同」而已，並無新意，從汪辟疆之語知樊增祥是近代詩人中有「過人之才」耳。

（二）易順鼎

易順鼎與樊增祥相同，沒有刻意的唐宋詩論述，其〈秋懷詩之四〉自述詩學追求：

> 吾詩耽冷趣，白日常冥搜。下筆幽想來，奔赴萬古愁。
> 竹屋一鐙青，夜寒唫未休。有時不自主，身被精靈收。
> 無人大荒外，隻影貪清遊。借茲空際濤，吹我胸中秋。
> 唫成似初悟，顧影疑浮漚。萬山煙雨深，獨立天西頭。
> 〔註74〕

如果依照以風格論唐宋之慣例，易順鼎此云「冷趣」、「寒吟」，卻無人把他劃入宋詩派，反而視爲中晚唐派，也堪稱奇事。上述汪辟疆論樊增祥亦同，汪氏所謂樊增祥「因難見巧」、「棣事之精」、「用力之久」，習慣上都是所謂宋詩特色。然而易順鼎也有詩作如民歌者，〈天童山中月夜獨坐六首〉：

> 青山無一塵，青天無一雲。
> 天上惟一月，山中惟一人。（其一）
> 此時聞松聲，此時聞鐘聲。
> 此時聞澗聲，此時聞蟲聲。（其四）
> 青山如水涼，綠陰如水涼。
> 碧天如水涼，白雲如水涼。（其六）〔註75〕

用字遣詞平白如話，且是同一句式之轉換名詞而已，運用的是民歌口

〔註73〕汪辟疆：《汪辟疆說近代詩》，頁130。
〔註74〕陳衍：《近代詩鈔》第十冊。
〔註75〕錢仲聯：《近代詩鈔》第二冊，頁1147。

語特色，彷彿漢代樂府詩〈江南〉，〔註76〕文字簡單明瞭。據陳衍《近代詩鈔·易順鼎小傳》，易順鼎詩作極多，有將近萬首，且面目屢變：

> 君於學無所不窺，為考據、為經濟、為駢體文、為詩詞，
> 生平詩將萬首，與樊樊山布政稱兩雄，惟樊山始終不改此
> 度，實甫則屢變其面目。〔註77〕

既然易順鼎學問富厚，用之於寫詩，應該比樊增祥更懂得變化之道，其〈呈弢庵〉詩云：

> 元祐諸公天人姿，慶歷聖德天所毗。
> 既清海甸卷懷巳，不殫厥鍔焉施為。
> 鄉黨流風要人紀，文獻晻昧煩探披。
> 泉虛石佇蓋可負，況詠莘泰賡參差。
> 青春登朝強仕歸，猿鶴懽喜迎龍夔。
> 摩崖浯溪興不衰，老於文學今其誰。
> 溫良顏色入座有，時以句法相質疑。
> 龍章鳳姿愛籧篨，亂頭粗服參旌旄。
> 東屯西瀼隔還往，歲四五至窮昏曦。
> 坐公聽水之齋思，松皇琴筑彈流澌。
> 山舁踏月夜半至，挾卷報道詩尋醫。〔註78〕

「時以句法相質疑」表示易順鼎喜歡推敲斟酌的字句，且追求不懈。錢基博《現代中國文學史》引易順鼎自憙《四魂集》〔註79〕之言，他又喜歡對仗成語：

> 不知以對屬為工，乃詩之正宗。凡開國盛時之詩，無不講

〔註76〕樂府詩〈江南〉：「江南可採蓮，蓮葉何田田。魚戲蓮葉間，魚戲蓮葉東，魚戲蓮葉西，魚戲蓮葉南，魚戲蓮葉北。」

〔註77〕陳衍：《近代詩鈔》第十冊。

〔註78〕《清詩匯》下冊，頁2740。

〔註79〕陳衍：《近代詩鈔·易順鼎小傳》云：「其集名甚多，曰丁戊之間行卷、曰摩圍閣詩、曰出都詩錄、吳船詩錄、樊山沱水詩錄、蜀船詩錄、巴山詩錄、錦里詩錄、峨眉詩錄、青城詩錄、林屋詩錄、遊梁詩賸、廬山詩錄、曰宣南集、嶺南集、甬東集、四魂集、四魂外集、霛園詩事、蓋足跡及十數行省，一地一集也。」，案：《四魂集》為易順鼎自負之作。

對屬者。……況余對仗皆用成語，且不憙用僻典，而所用
皆人人所知之典，又皆寓慷慨、悲歌、嬉笑、怒罵於工巧
渾成之中，自有詩家以來，要自余始獨開此派矣。〔註80〕

當時人詆毀《四魂集》，因詩集中處處對仗，且皆用成語對仗，但是，
人們以爲缺點，易順鼎卻自認爲開此一派，頗對自己創作取向獨具信
心。其〈與弢庵夜談〉詩云：

貪涼初夜垂廉坐，新月辭人早上樓。
斜漢漸中秋指顧，空階如掃露沈浮。
㥄聞乍愛貞元士，癖好誰甄雅故流。
落與閒中商句法，定交京兆馬籠頭。〔註81〕

〈呈弢庵〉詩中之「元祐諸公天人姿」以及此詩「㥄聞乍愛貞元士」，
說明兩人因爲共同欣賞貞元、元祐詩人而定交，閒暇喜商定句法。可
知易順鼎喜用對仗作詩已融入日常生活中，故其詩以求工巧爲務。

陳衍評易順鼎：

學謝、學杜、學韓、學元、白，無所不學，無所不似，而
以學晚唐爲最佳。後又從葉損軒處，見其《魂東》、《魂北》
各集，古體務爲恣肆，無不可說之事，無不可用之典。近
體尤惟以裁對新鮮工整爲主，則好奇太過，古人所謂君患
才多也。……實甫少作，工者致多，山水遊第一，詠物次
之。（《詩話》卷一）

前引錢基博評樊增祥有「過人之才」，陳衍不約而同也說易順鼎「患
多才」，「才」爲易、樊二人共同特點。易順鼎無所不學，而學晚唐最
好，故裁對工整成爲此「中晚唐詩派」之特色，然而因其才多，好奇
太過亦爲缺失。易順鼎無所不學則與樊增祥相反，陳衍《詩話》卷一
云樊增祥「終身不改塗易轍」：

樊山詩才葷富有，歡娛能工，不爲愁苦之易好。……請業
於張廣雅、李越縵，心悅誠服二師，而詩境并不與相同，
自喜其詩終身不改塗易轍，尤自負其豔體之作。

〔註80〕錢基博：《現代中國文學史》，頁195。
〔註81〕《清詩匯》下冊，頁2741。

樊氏喜作豔體，不作愁苦之詩。大略言之，這種題材比較不需要咬文嚼字、講究詞藻技巧，只要將情感直接了當寫出即可，因此，在這一點上，與易順鼎相反。汪辟疆《近代詩人小傳稿・易順鼎》有云：

> 其詩才高而略變其體，初爲溫李，繼爲杜韓，爲皮陸，爲元白，晚乃爲任華。橫放恣肆，至以詩爲戲，要不肯爲宋派。〔註82〕

依此言，易順鼎詩的創作動機在「不肯爲宋派」，因此就有研究者直稱易、樊爲宗唐，曰「清末民初宗唐詩派兩大首領，隱然與『同光體』分庭抗禮」，〔註83〕但以上舉易順鼎詩之例，易順鼎也無意爲唐派。此與王闓運的心態相似，他們都不是以反宋詩爲基準，易順鼎因「以詩爲戲」之故，不肯爲宋派，當然更不會成爲其他任何一派，故批評家對於晚清唐宋詩之判，其實並無絕對標準或重要意義。〔註84〕

　　晚清在宗宋的對立面之漢魏六朝派與中晚唐派，其有限的論詩文字所透露的訊息，其實只是重新講解一些自許自負的概念，並沒有可以用來推論唐宋詩之確實意義者。在唐宋詩取捨方面並無特別關懷，上述王闓運專講漢魏，而樊、易二人自負豔體與裁對，晚清詩人各以性之所近爲詩。

　　除了「宗宋」相反的漢魏六朝、中晚唐兩派外，見於晚清筆記中的唐宋詩論，如黃濬《花隨人聖盦摭憶》〈子培以詩喻禪〉指出唐宋詩是各求出路：

> 至宋詩導源於韓，此說已舊。從其大處言：唐與宋本不當區別。開天極盛，難乎爲繼，故中晚取徑於穠麗流轉。寖尋靡極，宋初西崑，已漸參硬語，至於荆公歐公，皆從太

〔註82〕汪辟疆：《汪辟疆說近代詩》，頁140。
〔註83〕王廣西：《佛學與中國近代詩壇》，（開封：河南大學出版社，1995），頁184。
〔註84〕例如嚴復〈說詩用琥韻〉：「……譬比萬斛泉，迴洑生微瀾。奔雷驚電餘，往往造平淡。每懷古作者，令我出背汗。光景隨世開，不必唐宋判。大抵論詩功，天人各分半。詩中常有人，對卷若可喚。……」《瘉壄堂詩集》卷下。

白子美昌黎柳州……。故與其以朝代爲區分，不如謂爲文
質之相代，尋其源委，一以貫之。譯以新詞，各求出路而
已，非云唐別有唐，宋別有宋也。〔註85〕

黃濬是陳衍最得意的弟子之一，《花隨人聖盦摭憶》以記述晚清及民
初的歷史掌故與人物軼事爲主，兼有評議或考證，具文史價值。黃
濬認爲唐宋詩不必區分，因爲唐宋到了清代已各尋出路，視唐宋詩
爲文質相代比較適當，此可視爲發展了陳衍之論。朱庭珍《筱園詩
話》卷二云：

宋人承唐人之後，而能不襲唐賢衣冠面目，別闢門戶，獨
樹壁壘，其才力學術，自非後世所及。〔註86〕

宋詩可貴在於它別闢門戶的努力，其價值是獨樹自我，它只爲
了成爲自己，如此，唐宋其實是不必區分的。

三、江西詩派

江西詩派在晚清不盛，曾國藩始大力提倡。陳衍《近代詩鈔‧
曾國藩小傳》云：

詩極盛於唐，而力破餘地於兩宋。……坡詩盛行於南宋、
金、元，至有清幾於戶誦，山谷則江西宗派外，千百年寂
寂無頌聲，湘鄉出而詩字皆宗涪翁。〔註87〕

《晚晴簃詩話‧曾國藩》亦指出黃庭堅在宋代之後，百千年無聲，
曾國藩此舉「有陶鑄一世之功」。〔註88〕曾國藩提倡後，晚清詩人始
喜黃庭堅，更有仿效「涪翁體」之作，〔註89〕以作家名字獨立爲詩
體名，重視的程度可知。曾國藩亦頗自負其推倡黃庭堅之功，〔註90〕

〔註85〕黃濬：《花隨人聖盦摭憶》，（上海：上海書店出版社，1998），頁364。
〔註86〕《清詩話續編》第三冊，頁2370。
〔註87〕陳衍：《近代詩鈔》第三冊。
〔註88〕「文正勳業文章皆開數十年風氣，餘事爲詩，承袁趙蔣之頹波，力
矯性靈空滑之病，務爲雄峻排奡，獨宗西江，積衰一振。題彭旭集
詩云：自僕宗涪公，時流頗欣嚮。蓋自道得力處，實有陶鑄一世之
功能也。」《清詩匯》下冊，頁2272。
〔註89〕陳作霖〈感述效涪翁體〉，《清詩匯》下冊，頁2743。
〔註90〕曾國藩〈題彭旭詩集後即送其南歸二首〉云：「大雅論正音，箏琶實

但是，在曾國藩提倡之前，除了陳三立因同爲江西籍而力崇黃庭堅之外，乏人問津，故陳衍評詩有云：

> 豐城涂世恩，寄示其詩十數首。……又句云：「西江宗派今當盛」，西江詩人，在今日未爲甚盛，然尚有人耳。（《續編》卷四）

江西詩派在當時不盛行，只是稍稍「尚有人耳」。這裡所說的江西詩人，並非指黃庭堅所代表的江西詩派意義，陳衍論江西詩派：

> 江右詩家，自陶潛以降，至趙宋而極盛。歐公、荊公、南豐、廣陵外，又有所謂江西宗派，祖山谷而禰彭城之後山，其甥徐師川，即不宗仰山谷，不足憑之說也。至前清而就衰。名者雖有蔣心餘、吳蘭雪、高陶堂，派別既不一致，力亦不足以轉移天下風氣。五十年來，惟吾友陳散原稱雄海內。（《續編》卷三）

可知晚清所謂江西詩派有別於南宋「以味不以形」的意義，是將詩人籍貫列爲此派條件的。如此說來，江西詩派與江西籍貫似乎被晚清詩論家所混淆，以宋詩的考量而言，江西詩派應指黃庭堅所代表的深具特色之宋詩，是可以獨挺宋詩一代者，然而汪辟疆〈近代詩派與地域〉所言之「閩贛派」說：「閩贛派或有逕稱爲江西派者」，並論曰：

> 閩贛二省，地既密邇，山川阻深，岡巒重疊，亦復相肖。
> 且文化開展，並在唐後，而皆大盛於天水一朝。文士攄懷，
> 有深湛之思，具雄秀之稟，所謂與山川相發者非耶？〔註91〕

將閩贛派合稱的原因是地理環境相似，然而山川地理可以影響詩人創作，但詩人創作未必由某一地山川地理蘊成，更何況以兩省合一而論詩派更嫌牽強。楊萬里早云江西「以味不以形」，〔註92〕汪辟疆的論

> 繁響。杜韓去千年，搖落吾安放。涪翁差可人，風騷通脬臟。造意追無垠，琢辭辨倔彊。伸文操作縮，直氣摧爲枉。自僕宗涪公，時流頗忻嚮。」
>
> 〔註91〕 汪辟疆：《汪辟疆文集》，頁297。
> 〔註92〕 楊萬里〈江西宗派詩序〉：「江西宗派詩者，詩江西也，人非皆江西

點是「同形必同味」，故將閩贛合論。這是否意味晚清對江西詩派的看法已產生變異，若地理籍貫可視為「形」之一種，那麼，是由「以味不以形」進入到「以味又以形」的階段了。如果此論成立，更可知宋詩觀念到了晚清是變異的，晚清之宋詩觀已不再是宋代的宋詩了。江西詩派雖經曾國藩大力提倡，但是，晚清已近古典詩之末時，它只是曇花一現。清代江西詩派不盛，必有其深刻的詩學原因，僅以唐宋詩之爭的論題來看，如果江西詩派可作為宋詩代表的話，清代江西派不盛，那麼，應該如何看待「清代宋詩派」呢？

　　回到江西詩派本身。陳衍《詩話》記載張之洞論詩主「清切」，故批評江西派為「魔派」，這是從黃庭堅詩的風格而言：

> 廣雅相國見詩體稍近僻澀者，則歸諸西江派，實不十分當意者也。……〈過蕪湖吊袁漚簃〉則云：「江西魔派不堪吟，北宋清奇是雅音。雙井半山君一手，傷哉斜日廣陵琴。」……故余近敘友人詩，言大人先生之性情，喜廣易而惡艱深，於山谷且然，況於東野、後山之倫乎？（卷十一）

陳衍認為將僻澀之詩歸之於江西派並不十分恰當，因為張之洞身為高官厚爵之人，厭惡艱深的詩乃因貴人性情所致，所以，陳衍並不認為艱澀必不是好詩，是欣賞者不同之故，雖然他自己也不欣賞黃庭堅。以清代一朝來看，清初尚視黃庭堅為宋詩淵藪，《宋詩鈔·黃庭堅小傳》：

> 宋初詩承唐餘，至蘇、梅、歐陽變以大雅。然各極其天才筆力，非必鍛鍊勤苦而成也。庭堅出而會萃百家句律之長，究極歷代體製之變。自成一家，雖隻字半句不輕出，為宋詩家宗祖，江西詩派，皆師承之。〔註93〕

又田雯〈芝亭集序〉云：

> 余嘗謂宋人之詩，黃山谷為冠，其體制之變，天才筆力之奇，西江詩派，世皆師承之。夫論詩至宋，政不必屑屑規

也。人非皆江西而詩曰江西者，何繫之也？繫之者何？以味不以形也。」（《誠齋集》卷七十九）

〔註93〕《宋詩鈔》第一冊，（北京：北京中華書局，1996），頁889。

摹唐人。〔註94〕

他們推崇黃庭堅，因其體製變化、筆力出奇，欣賞黃詩之耳目一新。
又《甌北詩話》卷十一〈黃山谷詩〉論黃庭堅詩特色：

> 杜牧之恐流於弱，特創豪宕波峭一派，以力矯其弊。山谷
> 因之，亦務爲峭拔，不肯隨俗爲波靡，此其一生命意所在
> 也。究而論之，詩果意思沉著，氣力健舉，則雖和諧圓美，
> 何嘗不沛然有餘？若徒以生鬪爭奇，究非大方家耳。〔註95〕

趙翼對黃庭堅有揚有抑，讚揚其沉著沛然、獨闢蹊徑，貶抑其只不
過寫未經人道之語，其實無甚意味，由此看來，黃庭堅好處正所以
爲其壞處。北宋詩壇蘇黃並稱，但黃庭堅似乎少了蘇軾的從容遊泳
之趣，〔註96〕這一點可能是清代詩人不喜江西派的最大共識。從《甌
北詩話》所論，趙翼常云「非大方之家」、「非康莊大道」，或許正是
他對黃庭堅的潛意識意見。晚清欣賞黃庭堅者不多，甚至稀少，雖
然欣賞黃庭堅並不等於宗宋，但是，相對來說，蘇黃雖並稱，宋代
以後，蘇軾爲大多數詩人所激賞，黃庭堅則否；嚴格說來，蘇軾的
恣肆宏大、坦蕩自然，其實已是非唐非宋境界，而能夠欣賞黃庭堅
者，或許才是眞能從宋詩角度看待宋詩的人，換言之，能欣賞黃庭
堅才有比較充分的理由稱爲「宗宋」。

同治末年更有一派「祧唐宗宋」，陳衍《近代詩鈔‧王景小傳》
云：

> 同治季年，陳芸敏、葉損軒方持祧唐宗宋之說，蘭生乃務
> 爲幽峭一派，手鈔錢籜石、屬樊榭、萬柘坡、金冬心、祝
> 芷塘、黎二樵諸家詩。〔註97〕

〔註94〕引自鄔國平、王鎮遠《清代文學批評史》，頁349。
〔註95〕《清詩話續編》第二冊，頁1331。
〔註96〕《甌北詩話》卷十一〈黃山谷詩〉比較蘇軾與黃庭堅詩境不同：「山
　　　谷則專以拗峭避俗，不肯作一尋常語，而無從容遊泳之趣。……山
　　　谷則書卷比坡更多數倍，幾於無一字無來歷，然以選才庀料爲主，
　　　寧不工而不肯不典，寧不切而不肯不奧，故往往意爲詞累，而性情
　　　反爲所掩，此兩家詩境之不同也。」《清詩話續編》第二冊，頁1331。
〔註97〕陳衍：《近代詩鈔》第十九冊。

桃，義爲繼承，「桃唐宗宋」是繼承唐詩、宗主宋詩，則此派的重點
應是以宋爲主、唐爲輔。陳芸敏即陳琇瑩，《近代詩鈔》小傳云：「字
芸敏，福建侯官人，光緒丙子進士，官兵科給事中。君幼穎異，博極
群書。……然敝精力於小楷律賦試帖詩，體羸善病，未四十而卒。詩
宗浙派，未大成。」〔註98〕據此，則「桃唐宗宋」宗尚之「宋」義
接近浙派，因此，所謂清代「宋詩派」或「宗宋」其實是一個複雜而
尚待斟酌的觀念。

　　以上，清初至盛清的宋詩觀，除了少數強烈維護個人力主的唐或
宋陣壘，並言語情緒化之外，大多傾向唐宋詩之調和折衷，此折衷論
述提供一個另一類思考，亦即不再在意爭唐爭宋，而是以融合唐宋暗
指不必爭唐宋，將注意力放在「詩是什麼」的問題之上，也就是如何
更理性而清晰地看待詩的問題。兩宋的時代精神爲知性反省，〔註99〕
清代所反省的宋詩是透過唐宋詩的討論，爲了更確定創作方向。

　　清初至盛清唐宋詩之爭沒有完全明顯且具理性的界線，那麼，紛
擾的公案有何隱示？此流行的話題，其實是藉唐宋詩之辨，意欲指出
「詩是什麼」？《國朝詩人徵略》卷十四〈邵長蘅〉引《青門集》云：

> 詩之名家，皆學古人而各得其性情所近，自漢魏六朝三唐
> 至宋元明人之作，皆有可學有不可學，視吾自得何如爾。
> 苟吾之詩學既成，無論其爲漢魏六朝，爲李杜，爲三唐，
> 爲宋元明詩，皆可使之就吾之鑪冶而皆不能爲吾病，吾之
> 詩學未成，無論其學漢魏六朝，學李杜三唐，及宋元明皆
> 足以病吾，而皆未必有當於詩，何則？其自得者尠也。

詩之所重在性情，各人又有不同性情，所以學古人詩有可學與不可學
之別，要學的是「自得」，缺乏性情之人，再如何學也無法學到「自
得」，則可以不學，邵長蘅看待唐宋詩的角度在於詩中有無自得之性
情。《詩友詩傳錄》第二十四則，王士禛回答志、言、詩三者的關係：

〔註98〕同前註，第十一冊。
〔註99〕龔鵬程〈知性的反省：宋詩的基本風貌〉，《中國文化新論・文學篇
　　　　二：意象的流變》，（臺北：聯經出版社，1982），頁263～08。

何謂志？「石韞玉而山以輝，水懷珠而川以媚」是也；何
謂言？「其爲物也多姿，其爲體也屢遷，其會意也尚巧，
其遣詞也貴妍」是也；何謂詩？「既緣情而綺靡，亦體物
而瀏亮」，「播芳蕤之馥馥，發青條之森森」是也。〔註100〕

「既……亦……」的語式是兼重前後者，故詩是緣情並體物的，抒情
與達意兩涵括，不是只爲抒情或只重達意爲目的；詩用來傳達的工具
爲文字，其範圍與用法是多方面的，形式屢經變化，必須設法巧妙地
將心志傳達出來，據此，即使主張神韻的王士禛，除了講求情韻外，
並不廢「言」的使用技巧。至於「志」，不論是指作者或讀者之志，
清詩論傾向以詩人本有的性情去體悟詩，並成就詩之所以爲詩的角
色。沈德潛《說詩晬語》卷下第三十八則：

鍾伯敬云：「但欲洗去故常語，然別開一徑，康衢有弗踐者
焉。故器不尚象，淫巧雜陳，聲不和律，豔訣競響。」此
持論極善，且似自砭其失處。蓋詩當求新於理，不當求新
於徑。譬之日月，終古常見，而光景常新，未嘗有兩日月
也。〔註101〕

詩之道當求詩理而非詩法，這裡的詩理並非指天理、玄理、道理、釋
理等形上哲學之謂，而是詩自身之理，是詩之可觸、可想、可覺者，
即日出日新、光景常新之理，日出日新並常新之理是詩人自我性情，
因此，詩人性情是清代宋詩論所突顯出來的終古未嘗有兩日月之那一
個「日月」。

　　詩人「性情」以及由性情蘊積的「自得」是清代宋詩論於唐宋
詩之爭中，不論以隱喻或明示的途徑所反覆論述的，顯示清詩論以
體用觀念打破「絕對」，清代宋詩觀透過唐宋詩之論，所力辨者是回
歸「詩」本身的討論。從清詩論中的唐宋爭，可以看出清代是傾向
唐宋融合的，表面上，爭論唐宋的態勢是言之鑿鑿，但是，其論旨
若非爲了救弊便是挾帶情緒化之語，這些都不是針對詩本身的思

─────────────

〔註100〕《清詩話》，頁142。
〔註101〕《清詩話》，頁549。

考。尤其到了晚清，經過漢、魏、六朝、唐、宋、金、元、明詩的
盛衰，晚清所謂宋詩的思考面是寬泛的，甚至已不再具有宋詩本來
之面目與內容。「宋詩」的內涵，在清代與晚清已經改變了其在宋代
的內外觀，是添加了清詩人破除「絕對」概念後，所呈顯的一種融
和唐宋的清代宋詩觀。